José Luis Castillo-Puche

Sin camino

José Luis
Castillo-Puche

Sin camino

Ediciones Destino
Colección
Destinolibro
Volumen 207

A Jaime Ivorra Planes

Consejo de Ciento, 425. Barcelona-9
Primera edición: Emecé Editores. Buenos Aires, 1956
Primera edición en Destinolibro: diciembre 1983
ISBN: 84-233-1283-6
Depósito Legal: B. 41663-1983
Impreso por: Gráficas Diamante, Zamora, 83, Barcelona-18
Impreso en España — Printed in Spain

PRÓLOGO TARDÍO PERO ACASO ÚTIL

A veces los prólogos explican algo, y ante esta nueva edición de *Sin camino* —la primera edición española, en realidad— he sentido la necesidad de explicar ese algo. A fin de cuentas, *Sin camino* es mi primera novela, la primera que escribí, aunque no la primera que publiqué, por razones que precisamente trataré de explicar aquí. Esta novela mía, aunque se habló mucho de ella en años pasados, es bastante desconocida del público, ya que, de hecho, apenas ha circulado hasta ahora en edición asequible y comercial. ¿Que por qué he tardado tanto en reeditarla? Quizás porque va unida a los más dolorosos pasos de mi carrera literaria y siempre me daba pereza no sólo afrontarlos sino hasta releerla. Pero parece llegado el momento de incorporar esta especie de oveja negra de mi producción al redil literario. Lo que no he podido hacer es releerla, ya que el editor no me deja alterar ni una coma. Aquí va, pues, tal como se publicó en 1956.

Por razones de censura, *Sin camino* apareció primero en Emecé de Buenos Aires, diez años después de haber sido escrita, en la colección de «Grandes novelistas», la misma en que aparecieran, por los mismos años y por las mismas razones, *La colmena* de Cela y *Fiestas* de Goytisolo. Eran los terribles y oscuros años cincuenta, en que los novelistas españoles nos debatíamos entre la persecución y el miedo. En el año 1963 ya la censura había aflojado, y sobre todo estábamos en pleno Concilio Vaticano II, y entonces se autorizó una edición en España, edición que me contrató y pagó muy bien una editorial que había de nacer y morir sin pena ni gloria, «como las verduras de las eras». Estaba yo entonces muy en candelero por la reciente publicación de *Paralelo 40*, una novela que tuvo cierto éxito, y también por mis reportajes sobre América, y la editorial Bullón quiso explotar mi nombre contratándome, de salida, dos obras, y como ya dije, pagándomelas muy bien. Estas obras fueron *Sin camino* y *América de cabo a rabo,* la primera no llegó a ser distribuida y la segunda quedó en pruebas, ya que la susodicha editorial Bullón S. L., que había comenzado con muchas ínfulas pero poca experiencia y ninguna solidez, fue vista y no vista. Finalmente, en 1981, el Círculo de Amigos de la Historia ha sacado una edición limitada aunque muy bonita.

Es justo y explicable que uno sienta cierto gozo y consuelo al ver esta novela mía, al cabo de casi cuarenta años de haber sido escrita, incorporada, con mis otras novelas, a la colección de Destino, después de los disgustos, azares y contratiempos que me proporcionó en mis primeros años de novelista, contratiempos y disgustos que ahora pueden causar un poco de risa, pero que fueron entonces capaces de amargarme la vida y hasta pudieron llegar a dar al traste con mis primeros sueños literarios si estos no hubieran sido más fuertes que todo.

La situación de soledad, aniquilación total de mi familia y decepción, al terminar la guerra, me llevan al seminario, pero no a un seminario cualquiera, sino a la Universidad Pontificia de Comillas, centro teológico de tal importancia en aquellos momentos que de allí proceden, por cierto, la mayoría de los obispos importantes que hoy ocupan algunas de las diócesis españolas —entre los que guardo muy buenos amigos— más algunos teólogos más bien contestatarios.

Pero yo no tardaría en confesarme a mí mismo la falsedad de mi vocación, que acaso había sido solamente un invento personal para sublimar mi soledad o quién sabe si una fuga inconsciente de la lucha por la existencia para la que no estaba ciertamente preparado. El caso es que, abiertos los ojos y rota la vocación, abandono el seminario y me entrego de lleno a la literatura, que era de hecho el morbo que me hacía insufrible el seminario, y, como era de esperar, escribo *Sin camino,* una especie de alegato generacional frente al fallo de la educación eclesiástica y al fraude, la cobardía y el engaño de tantas conductas dentro del seminario. Escribí la novela en los años 1944 al 1946, siendo becario en el Colegio Mayor Ximénez de Cisneros de la Universidad de Madrid; pero aquellos años no eran precisamente propicios para lanzar un documento narrativo de esta naturaleza, y así no sólo la novela fue prohibida por la censura sino que sufrí hasta persecución física por ello; se dicta búsqueda y captura del original y la policía llega a registrar mi habitación, en una pensión de la Gran Vía, un torreón estrambótico y pintoresco que, en cierta manera, se describe en mi segunda novela, *Con la muerte al hombro*. Afortunadamente, tuve soplo a tiempo y pude poner el original a recaudo bajo la custodia de un notario de Madrid, mientras mis compañeros de pensión casi organizan una sentada, cosa insólita en aquel Madrid temeroso, aborregado y policíaco de los años cincuenta. Se me prohibió escribir en la prensa durante una temporada y se me sometió a presiones continuadas para que entregase el original. Las misiones o embajadas de los jesuitas, algunos para mí muy respetables, otros no tanto, se presentaron en Madrid y me pusieron cerco en los dos puntos más sensibles y vulnerables para un escritor, que eran entonces el Ministerio de Educación y la prensa. Era ministro de Educación Ibáñez Martín, y desde la llamada Subsecretaría de Educación Popular me fueron lanzados los tiros más directos y contundentes.

A todo esto, tengo que recordar aquí que quien intervino con buena voluntad a mi favor —no sé si en parte por manía a los jesuitas—, pero sin grandes resultados positivos, fue el Obispo Patriarca de Madrid-Alcalá, D. Leopoldo Eijo y Garay, que, por una parte quiso liberarme de la persecución jesuítica y, por otra, intentó echar algún remedio a mi deteriorada existencia, en un momento en que no podía escribir ni trabajar en ninguna parte; tampoco en este aspecto logró gran cosa, pero yo siempre he conservado un buen recuerdo de sus invitaciones y consejos, aunque siempre me invitaba a empanada gallega, cosa que no sólo detesto sino que me pone malísimo.

Otro recuerdo emocionante en la historia de *Sin camino* fue la intervención —también estéril pero no por ello menos de agradecer— de D. Pío Baroja. Yo le había dejado el original y él, si no lo leyó enteramente, al menos lo hojeó y le gustó. Puedo decir que Baroja creyó en mí como novelista, y la prueba es que se ofreció gentilmente a escribir una carta de presentación de la novela a Victoria Ocampo, directora de la editorial Sur de Buenos Aires. Aquello me hizo una gran ilusión, pero don Pío y yo esperamos en vano la respuesta de la gran vaca sagrada de Buenos Aires. Curándose en salud, don Pío decía:

—Cualquiera sabe... A lo mejor esta tía, que es tan absurda y tan cursi, ni nos contesta. Ortega era muy amigo suyo.

La novela se publicaría en Buenos Aires, diez años más tarde, como ya dije, pero no por intervención de Victoria Ocampo, ni tampoco de Guillermo de Torre, como se ha escrito, sino por contacto directo que tuve con Bonifacio del Carril, director de Emecé, el cual por aquellos años venía a España en busca de originales detenidos por la censura.

Sobre *Sin camino* se han dicho y hasta se han escrito un montón de inexactitudes, como decir que la novela era pura autobiografía. Hubo gente que estuvo siguiendo la pista a más de una muchacha, tratando de identificar a Inés, la protagonista, y muchos creyeron y creen que a mí, efectivamente, me había pillado el incendio de Santander en un lupanar de la capital montañesa. Nada de eso es cierto, y aunque pueda servir de desilusión para algunos lectores, tengo que decir que mi descripción del incendio de Santander es pura imaginación, por supuesto apoyada en una realidad solamente entrevista y de oídas. No presencié el incendio de Santander, pero pude narrarlo porque para eso soy un novelista. La gente, y ni siquiera muchos críticos, acaban de entender el proceso de la creación y recreación de la realidad en una novela, y entonces a uno le cuelgan de pe a pa todas las peripecias de los protagonistas que uno ha ido creando, novela tras novela. En *Sin camino,* eso sí, hay una necesidad de confesión, de sinceramiento, en una lucha entre el ideal de sacrificio y la pasión por la vida, y por ello la novela resultó en aquel tiempo una especie de acta de acusación contra la hipocresía, la ruina moral y la rutina que se vivían, sin fe auténtica, sin verdadera entrega y sin verdadero amor, en los seminarios. Naturalmente, yo no trato de envenenar la fuente generosa de las vocaciones cuando son verdaderas, heroicas y sinceras, sino que simplemente —en esta y en otras novelas mías de curas— trato de ahondar, analizar y descubrir el cúmulo de simulaciones con que muchos aspirantes a la familiaridad con Dios, desvirtúan el verdadero ministerio sagrado, negando además con su conducta el verdadero Evangelio, y desconociendo el desamparo del hombre y su desconcierto y desorientación en este mundo. Mis novelas de curas, tratan de conductas, no de confesionalidad, no de conversiones ni, por supuesto, se aventuran nunca a penetrar en el misterio de la fe.

Con todo, en aquel momento, *Sin camino* fue una novela escandalosa, se prohibió su circulación en España, se prohibió toda crítica sobre ella en la prensa, y los seminaristas eran perseguidos e incluso expulsados sólo por leerla o tenerla; como es lógico muchos la leían a escondidas. Hoy, *Sin camino* es una novela inocente, con una fuerte dosis de romanticismo y una sátira totalmente benévola y aceptable; pero es que unos años más tarde el Concilio Vaticano II vino a darme la razón, y muchas cosas han cambiado, aunque no todas las que tienen que cambiar todavía. Afortunadamente, aquellos seminarios obsesivos, donde se enseñaban principalmente las artes del disimulo y la hipocresía, están pasando a la historia si no han pasado ya del todo. Hoy se vive la fe y la educación en los seminarios de una manera más honesta, más limpia, más verdadera.

Pero ese mundo de las sotanas, por haberlo conocido y vivido en mi propia carne, me enredó en varias narraciones, osadas y dolorosas, mucho más crudas que *Sin camino,* ya que a medida que la censura aflojaba, ya se sabe que los novelistas nos soltábamos un poco más el pelo. Así nacieron *Como ovejas al matadero, Jeremías el anarquista,* etcétera. Pero una cosa creo que está clara, y es que los curas no fueron nunca para mí en estas novelas personajes en cuanto sacerdotes, sino en cuanto hombres, esto es, en cuanto conllevan, soportan, sufren, arrastran y se atormentan, sucumben y se envilecen por problemas y conflictos humanos. Dado que para mí la novela, y la vida, es un proceso existencial, es decir, enraizado en las problemáticas profundas del ser hombre, lo que me ha interesado es todo aquello que plantea al hombre dilemas, dudas, ambiciones, sueños, fracasos, deserciones y cobardías.

Hay una profesora americana que trabaja en estos momentos sobre esta novela mía, y ella dice que *Sin camino* se adelantó al Concilio. Dice también que, aparte alguna influencia mironiana, muy propia de mis primeros escritos —por los mismos años en que escribía *Sin camino* publicaba yo, en folletón, en un periódico de Murcia, una novelita totalmente mironiana que se titula *Bienaventurados los que sueñan*—, en *Sin camino* se percibe una gran influencia dostoievskiana y también de Unamuno. Pero ésas ya son cosas que yo dejo a los críticos y comentaristas.

Sin camino, ante todo, es mi primera novela, y siempre una primera novela estará, junto a la última, para cerrar el ciclo mágico, atormentador y divertido a la vez, de nuestro testimonio, de nuestras experiencias, nuestras intenciones y nuestros sueños, en esa brega continua e ilusionada que es la vida literaria, la única vida dada a un escritor.

J. L. CASTILLO-PUCHE

Madrid, octubre de 1983

CAPITULO PRIMERO

El coche de línea parecía no saber cuál era el límite del viaje; iba saltando de pueblecillo en pueblecillo como un perro juguetón seguro de su presa. En cada parada subían y bajaban excursionistas y gentes de la montaña.

El Hermano iba algo asustado. ¿No había demasiada disipación en el bullicio de aquella atolondrada juventud? Se decidió a preguntar:

—¿Falta mucho...?

—¡Aquello es! —le respondieron varias voces que no quiso averiguar de dónde procedían.

El Seminario estaba a la vista. Lo vió colocado encima de una montaña caprichosa, dominando por un lado el mar y por el otro la vertiente enjardinada de un pueblo marinero. El Seminario no estaba hecho de una pieza; en su conjunto se reunían tres edificios en una línea estridente. El primero era todo de ladrillos rojos, con una gran profusión de arcos y torreones de aspecto medieval; el siguiente era más alargado, liso como una fábrica de cemento, con ventanas amplias y sin adornos ni escudos; el último no parecía terminado, pero se le veía ya un edificio con presunciones decorativas modernas.

Por fin, había llegado. Traía poco equipaje, un simple maletín. El coche se detuvo en una plazoleta sombría y húmeda rodeada de casas señoriales. Había mucha gente en los miradores. Las muchachas rodearon el coche y estallaban besos y risas.

Creía que todos le miraban. Apenas si sabía moverse. Se le acercaron varios golfillos, y uno de ellos, descalzo, muy sucio, le cogió el maletín.

—Yo se lo llevaré...

Comenzó a andar, siguiendo al pequeño guía. Cruzaron varias callejuelas hondas, en las que alternaban los viejos palacios con chalecitos y hoteles modernos que parecían recién pintados. Advirtió un contraste raro, contraste que abarcaba a las casas y a las personas. Junto al techo caduco y pobretón, la mansión ricachona; junto a la alegría y la opulencia, la miseria y el rostro marchito.

Emprendieron la caminata por un sendero empinado a cuyos lados estaban edificando hoteles y palacetes. Atravesaron un portalón barroco sobre cuya puerta velaban dos pajes pontificios que sostenían un escudo caballeresco. Los azulejos brillaban con destellos de oro. El Hermano Gabriel pensó: "Éste debe de ser el escudo del marqués, el fundador del Seminario, que ya le falta poco para estar en los altares."

—Esto ya es —le dijo el "peque".

Ascendían por un sendero sombreado y pino. En realidad todo aquello era más propio de un palacio señorial que de un seminario. Se veía que el jardín estaba cuidado por manos expertas. Había allí árboles que él conocía muy bien, puestos en simetría y orden perfectos. Pinos, eucaliptos, olmos, plátanos, sauces, chopos, cipreses, colocados con esmero y pulcritud, como acabados de poner junto a las tapias.

Cuadros de rosales, orlas de boj, bancos de madera y dibujos perfectos trazados sobre el césped.

El Hermano sentía como miedo; había oído hablar demasiado de aquel sitio. Decían que era lo mejor que tenía la Compañía de Jesús en España. Allí se congregaban seminaristas de todos los países: lo mejor de cada diócesis, decían. También los jesuítas destinados a este centro eran rigurosamente seleccionados. Hasta decíase que, después de la guerra, habían comenzado a llegar marqueses, condes y hombres con carreras terminadas.

—¿Queda muy lejos el mar? —se atrevió a preguntar.

En realidad él mismo estaba escuchando ya el poderoso ruido del oleaje, pero, como no lo había visto nunca, esperaba su aparición sobrecogido, desconcertado.

—Al dar esta última vuelta ya está —respondió el chiquillo.

Estaban llegando a la cumbre de la montaña; de vez en cuando, volvía los ojos al pueblecillo y le veía tendido y recostado al abrigo de un bosque, igual que un campesino holgazán que dejara las faenas para soñar ocios de rico.

"Buen sitio para mí; clima sano, aire puro..."

Apareció por fin el mar, con menos apariencia de terrible de lo que se había imaginado, pero, de todos modos, pavoroso. Sólo en las orillas se podía notar que aquello fuese una fuerza en movimiento, al ver saltar las crestas de espuma como caballos locos; pero a lo lejos el mar era como una plancha azulada y quieta, o como una gran piedra gris resplandeciente.

Cerró los ojos, cansados, y le entró en los pulmones un chorro de aire salado, que casi le hizo desvanecerse. El Maestro de novicios les había dicho siempre que el mar era como una fiera enjaulada, igual que las pasiones en el corazón. Y algo se movía, también, en su alma, con temblores de ola voluptuosa. ¿Sería el recuerdo de aquellas muchachas que había visto en el coche, con aquellos vestidos blancos, casi transparentes, y aquel olor insólito y aquellas risas...?

Llegaron, por fin, a la puerta principal. Un Hermano bajó las escalerillas y fué corriendo a coger el maletín de manos del chiquillo. Varios padres que paseaban calmosamente entre los árboles, se detuvieron un momento y luego continuaron su plácida charla.

—Descanse un momento. ¿Qué tal el viaje?

Aquel Hermano, tan solícito, tan fino, le produjo la impresión de una falsa ternura. El chiquillo recibió dos pesetas del Hermano portero.

—¿Le gusta esto? —siguieron preguntándole.

—Sí, es muy hermoso.

—Mire: por aquella carretera es por donde ha venido. ¿Venía mucha gente en el coche? Ha sido una lástima, hoy no pudo salir nuestro Ford. El caso es que hoy llegó demasiado temprano. Iban a bajar a recogerle... ¡Qué mala suerte!

Los montecillos se iban escalonando graciosamente en la línea misma del litoral. Todos eran verdes, pero cada uno tenía un matiz distinto, según les diera la luz del sol. Todo el paisaje era múltiple en sonido y en tacto. Llegaban hasta el Seminario gritos perdidos que no se sabía bien de dónde procedían, y las manos parecían poder acariciar las peladas rocas o las arenas de los recovecos más lejanos.

Hacia la derecha, remotísima, brillaba la nieve de los Picos de Europa con llamas cegadoras. Ningún color tenía una permanencia fija, se combinaban y repetían dando origen a mezclas maravillosas. El Hermano se sentía como borracho.

Pasaron al vestíbulo. Allí se quedó anonadado ante tanta obra de arte. No se podía pedir más madera labrada, más filigranas en el mármol ni más abundancia de cuadros y marcos dorados.

Se presentó un nuevo Hermano. Al principio creyó que se trataba de un Padre; tales eran su compostura y aplomo.

Cogió el maletín del recién venido y dijo solemnemente:

—Voy a enseñarle, lo primero, su celda.

Ascendieron por unas escaleras suntuosas, un poco oscuras, en cuyo techo se retorcían serpientes y dragones que escupían al aire risotadas macabras. Después, cruzaron un pasillo con suelo de madera y se perdieron por una escalera ya menos relumbrante.

—Aquí es. ¿Le gusta?

Le enseñó el panorama que se dominaba y el recién llegado se asomó. Se divisaba un trozo de jardín, el cementerio del Seminario, el del pueblo, la playa y muchas casitas diseminadas por la ladera.

—Está bien, ¿no?

Por la playa se movían, como aladas, varias figuras. En el puerto, varios barquichuelos ensuciaban el aire con un humillo negruzco.

Llegó otro Hermano que se presentó como el encargado de la imprenta.

La celda era pequeña: constaba de una cama, una mesilla de noche, una mesa, una silla, un lavabo y una pequeña estantería.

—¿Salimos a enseñarle todo? —sugirió el Hermano Rosendo.

—Vamos —contestó dócil el Hermano Justo.

Salieron a la explanada. Los *teólogos* paseaban bajo los plátanos; daban unos cuantos pasos y se paraban de cuando en cuando a discutir. Otro grupo jugaba al balón; se habían quitado las sotanas y las habían dejado en un montón al lado de la portería. Otros jugaban a los bolos. Algunos se habían tumbado al lado de la portería y miraban hacia el mar con un libro entre las manos.

Los *latinos* cruzaban apelotonados la explanada con las toallas en la mano.

—Pero... ¿se van a bañar? —preguntó el Hermano Gabriel.

—Probablemente será *pediluvio* nada más; los baños, generalmente, son por la mañana.

—Pero, ¿se meten dentro? —insistió el nuevo.

—Cuando se bañan, sí; hoy solamente serán los pies.

Dieron la vuelta en redondo y se encontraron otra vez ante la puerta principal. El Hermano Rosendo comenzó a desplegar sus dotes de cicerone.

—No creo que pase de los mil habitantes —dijo, señalando al pueblo—, emigran bastantes. Esto, cuando está mejor es más adelante, con el veraneo; aquí viene la gente más rica de provincias y hasta de Madrid. ¿Ve aquella casita que está allí, bajando de aquella especie de castillo, casi tocando la carretera? Allí veraneaba Calvo Sotelo. También el Nuncio ha parado alguna vez en ese palacio de enfrente. Siguiendo por la carretera, ya lo verá algún día que vayamos, está una finca de recreo que tenía Alfonso XIII.

Hablaba con pocas pausas, como acostumbrado a repetir un disco aprendido.

—¡Y menos mal que no consintieron los Padres que se trajera por aquí la línea del ferrocarril! Le habrían quitado el recogimiento a este lugar. Hubiera sido fatal la proximidad con la capital, ciudad que están echando a perder los extranjeros. Aquí donde lo ve, el pueblo no tiene más que el puerto, y ahora verá cómo están los vaporcitos, anclados, meses y meses... Les da demasiado por divertirse. ¿Y qué es ahora? Nada de nada; antes tenía obispos, títulos de la grandeza; ahora, es un puro escándalo... ¡Y si no fuera por nosotros, cuántas familias se hubieran muerto de hambre! ¡Sí, de hambre!

El Hermano Gabriel se tambaleaba. Por el camino de la playa se veían mujeres con grandes sombreros de paja en la cabeza. Por entre el arbolado se elevaban los torreones de los chalets y columnas de humo.

—Aquello de lo alto era un palacio de los mejores; le prendieron fuego los "rojos" cuando ya estaban entrando los nacionales. Al Seminario le pensaban colocar cargas de dinamita, pero no les dieron tiempo. Aquí pusieron un hospital. También después, con los alemanes, tuvieron que andar listos los Padres. Se habían encaprichado con esto, pero les salió mal el juego. Aquí ondeaba la bandera del Vaticano y...

El Hermano Justo intervino:

—Hitler y Stalin son lo mismo, tal para cual.

—Peor, peor todavía Hitler —cabeceaba el Hermano Rosendo.

Seguían andando, dando la vuelta al Seminario.

—¿Nota allí, en aquel montecillo, unas cuevas? Aquello eran unas minas de no sé qué; el cielo nos oyó, en seguida se agotaron. ¡No faltaba más que una zona minera aquí! Todavía estaría el pueblo más corrompido de lo que está. ¿Se fija en la playa? Pues ya verá en verano, siempre repleta de gente, pecando; no tiene otro nombre: ¡pecando!

Figuras etéreas, casi hechas de sombra y viento, se movían por la espejante llanura de la playa.

—...revueltos, con unos bañadores indecentes, desnudos casi, y a lo mejor, luego suben a misa como si tal cosa...

Estas frases perturbaron atrozmente la conciencia del Hermano Gabriel. Acaso las muchachas que venían en el coche, las mismas, estarían ahora tumbadas en la arena.

—Están dejados de la mano de Dios. La prueba es que casi todas las familias ilustres se han ido, y si vienen aún aquí es por nosotros, por nosotros, únicamente por esto.

El Hermano Rosendo era alto, grueso, con cara rojiza, nariz

anchota y ojos de pescado cocido. Andaba con las manos cogidas a la espalda. El Hermano Justo, el de la imprenta, era magro, con cara de mojama y ojos de ictericia. Hablaba con voz de falsete.

—¡Quién iba a decir —continuó el Hermano Rosendo— que de este pueblo iban a salir cinco ilustres prelados y caballeros insignes! ¿Ha oído hablar del marqués de R.? Pues es de aquí. Y el General X, también es de aquí. Pero el que más ligado está a esto es el Gobernador. Ya lo verá cuando venga; usted será el encargado de ponerle el reclinatorio en el altar mayor. ¡Si no fuera por él, si tuviéramos que vivir ahora del racionamiento, estábamos arreglados!

—¡Pero ni un seminarista tenemos en el pueblo! —exclamó en tono plañidero el de la imprenta.

—Más vale así. Uno que tuvimos hace años fué el botarate mayor del globo. Estaba aquí y se estaba carteando con varias chicas de abajo.

—¡Dios mío! —se le escapó al nuevo Hermano. Comenzaba a sentir una especie de rara flojedad en las piernas y, al mismo tiempo, la cabeza le daba vueltas, como si el mar hubiera transfundido su movimiento a la tierra.

El Hermano Rosendo fulminó con brazos de predicador de cuaresma:

—¡Este pueblo, al tiempo, desaparecerá: no ha sabido aprovecharse de la Gracia!

Por unos instantes se quedaron los tres en silencio. Y solamente se podía oír el ruido sordo del mar y la gritería de los *latinos* que ascendían de la Playa de los Muertos.

—Aquella estatua reluciente, rodeada de pinos, es la estatua del marqués. Esta tarde, si quiere, bajaremos a su Palacio y verá los panteones. Al principio, dicen los Padres, el marqués no hacía caso al proyecto del primer Padre Rector, pero después se volcó. ¿Usted calcula el dineral que costaría edificar todo esto sobre la roca viva? Creo que se pasaron años tirando barrenos.

Poco a poco se iba oscureciendo, y sombras lentas transitaban por las calles del pueblo. Sobre los vaporcitos del puerto volaban las gaviotas lanzando chillidos.

Llegaron ante el cementerio del Seminario.

—Todavía sin estrenar —dijo el Hermano magro.

—¿Quién será el primero? —dijo el corpulento.

¿Lo decía acaso por él? ¿Sabían que venía delicado? Al recién llegado le corrió un frío helado por la espalda; allí estaban los nichos, vacíos, y al Hermano Gabriel le recordaban ahora las caras de los novicios cuando rodearon su lecho para darle el Viático. El Hermano Rosendo sonreía estúpidamente. Para él, morirse no era más que tumbarse como para echar la siesta. El Hermano Justo, más amarillo con la luz del crepúsculo, se remojaba continuamente los labios con una salivilla espesa.

—En el cementerio del pueblo están el Padre López, el Padre Silva, el Padre Lucio y más de quince seminaristas: los ahogados en la ría, uno que murió en el mismo frontón de un pelotazo y los de la famosa gripe. ¡A poco, no quedamos ni uno! —decía el Hermano Rosendo.

Salieron al recinto tapiado y se dirigieron a la fachada principal. El Hermano Rosendo iba a dar ahora su lección más brillante.

—Conste que este Seminario no es un seminario más; éste es el Seminario preferido del Papa. Dentro de pocos años, ya verá, cuando estén aquí los escolares de la Compañía y cuando el Colegio Hispano-Americano funcione. Sabrá que de aquí han salido la mayoría de los obispos de España y algunos de fuera. Estos estudios son famosos en el mundo entero. Y es que aquí no se admite a cualquiera; aquí se seleccionan mucho las vocaciones...

Subieron por las escaleras al Paraninfo universitario.

—Aquí es donde se celebran los conciertos, las obras de teatro y las disputas teológicas, a las que viene mucha gente de fuera. Este piano era el que tenía la marquesa, y esos cuadros dicen los entendidos que tienen un gran valor. Al terminar la guerra todo esto quedó hecho un desastre. El Papa nos envió muchos miles de liras. Los de otros seminarios, aun los mismos obispos, tienen un poco de rabia y manía contra esto, pero, ¿sabe por qué? Sencillamente, envidia; los sacerdotes de aquí se hacen en seguida los amos en donde van; ése es el secreto. Dicen que salen demasiado independientes. Lo que ocurre es que no transigen con muchas cosas y salen adictos a la Compañía *in sempiternum*. También nos critican el patrocinio de las esferas oficiales. ¿Cuándo llegó el Gobernador de S.?

—El jueves —le auxilió el Hermano Justo.

—Pues vino a ofrecerse enteramente para todo. Al principio, después de la guerra, tuvimos unos tiempos difíciles; pero ahora, en este curso y el que viene ya no nos faltará harina, ni garbanzos, ni patatas. ¡Estaría bueno que hubiera que cerrar una institución que tiene más mérito que todas las universidades del Estado juntas, donde los estudiantes no van más que a perder la fe y las buenas costumbres! ¿Ha oído hablar de la Universidad de Salamanca?

—Sí, sí —asintió mansamente el nuevo Hermano.

—Ha de saber que es filial nuestra, que no le quita ninguna gloria a ésta; es más, se puede decir que está en manos de los antiguos alumnos. Todo lo están copiando de aquí...

El Hermano Gabriel miraba absorto los techos labrados del salón. Por allí discurrían en pomposa procesión todo el Antiguo y el Nuevo Testamento.

Pasaron al tránsito del Teologado: un corredor amplio con piso de madera, cubierto de estampas y cuadros de Vírgenes y Patronas de toda España y América. Se tropezaron con varios grupos de seminaristas que paseaban discutiendo. Unos andaban hacia atrás con gran dominio, sin pisarse las sotanas, y al llegar al cruce del corredor les tocaba andar hacia atrás a los de enfrente, y todo esto mecánicamente, sin equivocarse.

El Hermano Rosendo señaló a un grupo que parecía interesante.

—Ese que habla con tanto brío es de Vitoria; una de las mejores cabezas que han pasado por aquí. El otro, el rubito, es peruano, de una familia muy importante. El Padre Espiritual dice de él que es *canonizable*. El otro es médico, y en un año que lleva ya domina el latín y el griego perfectamente. Ese gordito, con el pelo rizado, es el arquitecto que ha hecho el plano de las nuevas obras. Todos han venido después de la guerra.

El Hermano Gabriel observó uno por uno a aquellos seminaristas. Hablaban con una gran desenvoltura. Reían con carcajadas limpias, estruendosas. No se parecían en nada a los novicios de la Orden, que parecían estar movidos por resortes.

—En los primeros tiempos, aquí sólo había *becarios*, los que querían los Padres, pero la realidad ha hecho abrir las puertas a más. Son muchos los obispos que envían a sus mejores seminaristas aquí. Ahora, como algunos seminarios han quedado destruídos, nos han enviado, en bloque, a sus teólogos. Los Padres no han podido resistirse, pero están disgustados. Inevitablemente no es el mismo nivel de preparación que tienen aquí. Ni aun haciéndoles repetir algún curso se ponen a tono.

—Ahí está el Padre Pablo —cortó el de la imprenta.

—¿No ha oído hablar de él? Es raro, es ya conocido hasta en Roma. Ése es el Padre Espiritual del Seminario, un santazo de cuerpo entero. Todo lo que tiene de feo, como ellos dicen, tiene de santo. Ya verá, ya verá, ni come ni duerme... Él es quien lleva el Seminario adelante.

El nuevo Hermano se quedó mirándolo atónito. Era un Padre de figura realmente grotesca. Andaba como a saltitos y su facha era monstruosa. Era todo pies y cabeza, con un cuerpo raquítico. Pero el modo de moverse y de pararse, el modo de sonreír y escuchar le hacían conmovedor. Las puntas de sus zapatos se doblaban hacia arriba, y sus gruesos lentes parecían estar hechos de lágrimas cristalizadas. Imponía su figura repelente y a la vez llena de ternura.

—Todos los antiguos alumnos siguen dirigiéndose con él; porque ha de saber que aquí no ocurre como en los demás seminarios, que cuando salen no se les vuelve a ver el pelo. Aquí, los días de San Ignacio, vienen casi todos, hacen ejercicios, se reúnen. Salen de aquí muy unidos y se ayudan siempre entre ellos. A propósito, ¿qué se decía en Loyola del *Opus*?

—¿De qué? —preguntó el Hermano Gabriel.

—¿No está enterado de nada? Eso sí que creo que es peligroso. Los Padres están sobre aviso ya y creo que han acudido a Roma. Es algo así como una secta de iluminados, que se proponen fundar una orden que vista como los seglares y sea como una Compañía de Jesús en el mundo. Menudo lío hay aquí con todo esto del *Opus*.

—La repanocha —añadió chistoso y despreciativo el de la imprenta.

—¿Y cuántos son?

—¿Los del *Opus*?

—No, no, aquí.

Cruzaron una galería de vidrieras y aparecieron en el jardín de los Padres. El Hermano Rosendo echó mano a sus registros estadísticos.

—Padres debe de haber unos cincuenta; unos van y otros vienen; ahora es que coincide que hay algunos alemanes huídos. Escolares de la Compañía unos cien; pero estamos esperando más de América. El teologado debe de llegar a los trescientos. En Filosofía serán unos ciento cincuenta y en las comunidades del Seminario Menor unos trescientos y pico.

Su archivo funcionaba. Podía, si hubiera querido, indicar hasta el número exacto, pero prefería dejarlo en la vaguedad.

Pero algo se le había olvidado. El Hermano Justo le advirtió:

—Y nosotros...

—¡Ah, sí!, nosotros somos sesenta y uno; es decir, hay sesenta y dos. Ahora somos más que nunca, porque como ve, estamos de obra y nosotros tenemos que ser capataces, pintores, fontaneros, cristaleros, de todo. Tenemos además unos treinta criadillos que son los que sirven la comida, barren...

—¿Y entran muchos jesuítas? —preguntó el nuevo.

—Los mejores.

Por la cuesta del Seminario subían unos cuantos seminaristas, algunos ya tonsurados. Alguno llevaba gafas ahumadas y con la esclavina metida por detrás dentro del bonete, se libraban del calor. Otros jugaban con el bonete alegremente.

Dos muchachas, más bien elegantes, salieron de la Sala de

Visitas acompañadas de un Padre muy joven y pálido. Pasaron riéndose junto a los seminaristas y hasta se internaron en el jardín y arrancaron unas flores, con mucha naturalidad.

—¿Es que bajan...? —se le escapó al nuevo Hermano.

—¿Qué dice? —preguntó el Hermano Rosendo.

—Preguntaba si los seminaristas pueden bajar...

—Para bajar al pueblo, claro, necesitan permiso del Padre Prefecto; habrán ido a algún pueblecito donde ellos dan el catecismo los domingos. Cuando la República disolvió la Compañía, los Padres vivían en el pueblo, como simples sacerdotes. La gente que sube aquí con frecuencia es ya muy conocida, son familias adictas que se dirigen y tienen gran confianza con los Padres. Esas dos chicas son de una familia muy distinguida, son dos primitas. El peligro no está aquí, porque se ve, se nota en seguida; cualquier tontería y en seguida subirían a decirle a los Padres gente que responde bien. El mal está en las vacaciones, cuando salen; vienen cambiados, en dos meses. ¡Cómo se transforman! Antes no salían a sus casas en los trece años de carrera. Ahora que salen, siempre ocurren deserciones y extravíos... Los Padres están divididos en esto: unos dicen que es mejor probarlos antes, que es mejor ver, por experiencia, cómo se portan en los veranos; otros preferirían que no salieran a sus pueblos. Acaso son las propias familias las que los echan a perder. Vuelven con el pelo largo, fumando, con trajes y corbatas, aseglarados... ¿Quién vigila sus amistades, adónde van, si entran a un cine, si se juntan con malas compañías...?

—Y más que nada los extranjeros que vienen. Esos americanos que no dejan la máquina fotográfica ni para dormir. Estos tipos son muy raros.

—Están chalaos —matizó el impresor.

—¿Chalaos? Lo que ocurre es que es muy bonito hacer cada uno lo que se le antoja.

Cruzaron el estanque y se internaron por un senderillo que conducía a la central eléctrica. El motor trepidaba. Salió el Hermano Cuesta y juntos se encaminaron a la panadería. De la panadería salió otro Hermano, vestido con un mono azul blanqueado de harina. Al poco rato, cuando estaban echando una ojeada al horno, se presentó un Hermano altísimo, con nariz colorada y boina torcida a un lado.

—El Hermano Urrutia —dijo, haciendo las presentaciones, el Hermano Rosendo; el encargado del suministro del Seminario; lo que no tenga él no lo tiene nadie. Vamos a su *guarida.*

El Hermano Urrutia vivía en un edificio de una planta que era garage.

—Hay que celebrarlo —dijo sacando de un armario una botella de vino y una lata de anchoas—. Beban, beban, vayan bebiendo.

Todos reían menos el hermano Gabriel, que estaba aturdido. Parecía que un enorme moscardón le zumbaba en los oídos. Intentaba sonreír, pero su sonrisa a él mismo le parecía una mueca.

—¿Conque viene a apagar velas? —preguntó el Hermano Cuesta.

—Brindemos —exclamó en plena jerga vasca el Hermano Urrutia— por la feliz incorporación del nuevo sacristán a la peña *Peripato.*

Levantaron formalmente los vasos y bebieron.

El Hermano Rosendo consultó su reloj cronómetro. Todos, como si se hubieran puesto de acuerdo por una contraseña, se disolvieron. Sólo el vasco se quedó con él.

Se dirigieron lentamente a la iglesia del Seminario. En la puerta del matadero gemía lastimosamente una ternerilla. El Hermano Urrutia dijo relamiéndose:

—¡Buenos filetes!

Por encima del matadero volaban insistentemente unos cuervos relucientes lanzando chillidos.

Penetraron en el templo. Mientras sus ojos no se acostumbraron a la oscuridad no pudo distinguir nada. Pero, al poco rato, vió relucir los bronces y los mármoles con reflejos de sepulcro. Las vidrieras tamizaban la luz a través de sus multicolores cristales y todo parecía dispuesto para producir efectos de asombro y devoción. El Hermano Gabriel deseaba quedarse solo allí y rezar; pero el Hermano portero se les acercó.

—Es un error imperdonable del artista, un catalán que no sé ahora mismo cómo se llama, casi un sacrílego.

—¿El qué, el qué? —preguntó el Hermano Gabriel, saliendo de su éxtasis.

—El corazón. ¿No ve que el Sagrado Corazón lo tiene fuera del pecho, en la mano? Eso es antilitúrgico.

Sin embargo, al Hermano Gabriel le pareció muy bien que Cristo tuviera el corazón sangrante en la mano, como una fruta madura de amor. Pero no se atrevía a decir nada. Aquella iglesia era mucha iglesia para su alma; todo tenía como un velo de misterio que descomponía la simpleza de su espíritu. Y todos estos Hermanos, tan desenvueltos, lo cohibían.

Diseminados por los bancos vió a muchos seminaristas con la cabeza hundida entre las manos, meditando. Otros repasaban las cuentas del rosario con ritmo igual. En el coro, bajo la luz escasa de una bombilla, se veía a un seminarista que maniobraba en las teclas del órgano; sólo de vez en cuando sonaban algunas flautas.

El Hermano Gabriel se arrodilló y rezó durante un rato. Al salir de la Iglesia los otros Hermanos le acompañaron a su celda. Cuando se quedó solo, se asomó y contempló el jardín del Seminario, donde una fuentecilla parecía llorar unas últimas y calladas lágrimas.

Los *filósofos* subían por un camino rampante desde la playa. Los Padres seguían paseando tranquilamente bajo las acacias. Uno de ellos discutía con gran coraje. Tenía un periódico en la mano izquierda y con la otra parecía amenazar.

El Hermano Gabriel se reclinó en el quicio de la ventana. Las sienes le zumbaban como si dentro le golpearan con martillos blandos que le producían un dolor voluptuoso. A veces, este dolor se le condensaba en el pecho y sentía necesidad de toser un poco para poder respirar.

Sonó un pito y el silencio se desparramó por la montaña como una túnica fúnebre. Tampoco allí se obedecía a la campana como en el noviciado.

En vez de bajar al comedor se quedó en la celda. Estaba muy cansado. Se puso el termómetro. Tenía más de treinta y ocho grados. Casi nada. No podía dormir, sin embargo. El corazón le latía con extraña intensidad. Después de rezar las últimas oraciones salió a dar una vuelta por Miramar. Necesitaba ordenar sus pensamientos y aquietar tantas sensaciones nuevas con unos instantes de soledad y silencio frente al mar, que a la vez le asustaba y le atraía. La luna derramaba su luz sobre las cúpulas y las copas de los árboles. Sentía la necesidad de acercarse a los nichos vacíos del cementerio.

Paseando estaba medrosamente bajo los pinos, cuando vió a Enrique. Le dió un vuelco el corazón. Aquella cara entrevista en medio de las sombras y las luces blanquinosas, le produjo verdadero miedo. Era un rostro intenso y descarnado, que reflejaba un ascetismo feroz o una lucha agotadora. Enrique miraba con ojos fijos y extraviados hacia el pueblo, sin apercibirse siquiera de la presencia del Hermano.

El Hermano Gabriel estaba como fascinado por el aspecto de Enrique.

Las campanas del Seminario comenzaron a repicar un toque pausado y triste. Las campanas tenían aquí, junto al oleaje, un acento demasiado lúgubre. Al Hermano Gabriel le hubiera gustado que sonaran más cristalinas. Aquellas campanas caían húmedas, mojadas, melancólicas...

—Debe ser el rezo de difuntos —se dijo, y se palpó por encima de la sotana el extraño trepidar de su corazón.

Siguió paseando por la vereda. Ahora era un perro el que poblaba con sus ladridos la montaña. Caminaba sin saber por qué, pegado a Enrique. Aquel ser debía de estar sufriendo algo violento y atroz, alguna amargura profunda y complicada. No debía de tratarse de una simple enfermedad. Las enfermedades matan, pero no hacen sufrir tanto.

En una de las revueltas de Miramar, el seminarista miró de frente al Hermano. Lo desconocía. Pero esbozó una sonrisa para el recién venido. Esto amedrentó mucho más al Hermano. Miraba a Enrique con una obstinación extraña.

Pero en seguida el Hermano pudo respirar algo más tranquilo porque el joven teólogo volvió a su abstraída ensoñación, que consistía en andar despacio mirando hacia el pueblo como contando una a una las luces del alumbrado.

El Hermano se sentó en un banco de madera. Mar y cielo juntos se le iban espesando en la sangre. Le parecía estar tumbado y con la cabeza mucho más baja que los pies. Le fueron invadiendo una paz y una dulzura insospechadas.

De nuevo pasó Enrique frente a él. Entonces comprendió claramente que aquel hombre llevaba encima una honda desesperación, una rebeldía incurable.

—¿Se encuentra mal? —le había preguntado.

El que se encontraba mal, definitivamente mal, era él, pensó el Hermano. Sus labios se contraían doloridamente y en sus gestos había como el anuncio de algo sutilmente demoníaco. Demoníaco, pero bello.

Una gramola debía de estar funcionando en el pueblo porque en oleadas subía hasta las mismas tapias del Seminario un murmullo de música bullanguera. También entre las ramas de los pinos los pajarillos piaban por lo bajo, como cansados del jolgorio de todo el día. El faro del diminuto puerto iluminaba el mar y un trozo de montaña. Se movía constantemente, como las pupilas de un loco.

El nuevo Hermano comenzó a sentir frío, un frío extraño que le hacía castañetear los dientes y que le hacía chocar una rodilla contra otra. Las manos le sudaban. Comenzaba a temer por sí mismo. ¿Qué Seminario era aquel donde podía encontrarse libremente un tipo como Enrique? ¿Es que los Padres no tenían ojos? Pero, ¿qué era lo que tenía aquel joven teólogo para haberle obsesionado...?

Se dió un pellizco en las escasas carnes del muslo. Se había sorprendido imaginándose un fatal extravío del joven teólogo y él no tenía ningún derecho para suponer nada. La culpa era suya y nada más que suya. ¿No comenzaba a disolvérsele la propia voluntad como un trocito de hielo en un vaso de agua?

Respiraba afanosamente el aire fresco del mar, pero lo respiraba, también con miedo, porque una de aquellas bocanadas podía hacerle perder la conciencia y matarle. Si seguía respirando con aquella ansia seguro que habría de terminar ahogándose y más que por falta de aire, por exceso. Él sabía muy bien que su vida dependía tan sólo de un golpe de tos inesperado, que era como una lámpara caprichosa pendiendo de un hilo fragilísimo. Para él morir iba a ser desvanecerse y acabar. Lo sabía.

Y fué a Enrique a quien le tocó dar la voz de alarma. Porque inesperadamente en una de sus vueltas vió al Hermano caído junto a las patas del banco. No se movió ni expresaba ninguna clase de agonía. Simplemente le resbalaba una lágrima interminable por la punta de la nariz. Repetía de un modo maquinal, casi travieso:

—El primero por la izquierda. Entrando, el primero por la izquierda.

CAPÍTULO II

Enrique fué siguiendo paso a paso la enfermedad del Hermano Gabriel. No había podido olvidar por un momento aquello que le había dicho al cogerlo del suelo en Miramar.

—Y usted, ¿qué hace aquí?

Pero el nuevo Hermano, a los pocos días, ocupaba ya en el cementerio sin estrenar el puesto que había presentido en su primer delirio.

Su muerte no había sido como la de un pajarito, que fueron las palabras del Hermano Rosendo. Al contrario, su agonía fué larga y espantosa. En los labios se le habían formado unas llagas que debieron producirle una sed y un dolor insoportables. Y también en el alma le habían brotado en los últimos momentos unos escrúpulos y remordimientos inexplicables.

Nadie comprendía cómo tan cándida alma pudo recibir la muerte con tantos temores y alarmas. Una de sus obsesiones había sido la de rascarse constantemente la cabeza.

—Pero, Hermano, ¿qué es lo que hace? —le preguntaban.

—Me estoy borrando la tonsura —contestaba.

—Pero si no la tiene.

—Ojalá, ojalá no la tuviera —volvía a replicar.

Padres y Coadjutores achacaron todos estos arrebatos al proceso febril, pero Enrique vió claro, desde el primer momento, que había algo más. Lo más fuerte de todo fué que en el momento de expirar, el Hermano Gabriel, que más bien tenía la voz muy fina, sacó un vozarrón enorme y le dió por gritar:

—Ese teólogo, ese teólogo.

Todo esto vino a aumentar la excitación y perturbación en que estaba viviendo Enrique la última temporada. Estaba visto que lo suyo no tenía remedio. Hasta un ingenuo Hermano, recién llegado al Noviciado, se había convertido en profeta de su extravío.

En el Seminario todas las muertes exigían un día de vacación. Al volver del cementerio a su celda, después de las exequias, Enrique había escrito repetidas veces en un papel:

—Naufrago, naufragas, naufragare...

Y se veía a sí mismo luchando a brazo partido con las olas junto a las peñas del Rompeolas. Era el suyo indudablemente un naufragio sin testigos, desesperado y exasperante. Estaba harto de mentir y fingir. De rezar inútilmente y de pecar en la peor de las soledades. Además, ya nadie le entendía.

Se refugiaba en la ventana de su celda. Era una fortuna para él tener ventana abierta al paisaje; otros tenían la celda proyectada hacia los claustros interiores y los patios húmedos. Desde su ventana se divisaba perfectamente el pueblo, el mar, la carretera, el cementerio... Desde allí podía abarcar todo aquello que en cierta manera le estaba prohibido mirar.

Gravitaba dentro de la celda de Enrique una atmósfera de indecisión y hastío, de suma perplejidad y cansancio. Los libros permanecían abiertos encima de la mesa, uno encima de otro.

—¿Y si dijera que me encuentro enfermo? —pensó.

Se tumbó en la cama y cerró los ojos. Estaba dispuesto a hacer algo. Algo que tenía que hacer. No siempre iba a continuar lo mismo, dejándose llevar. Él tenía una vida propia, anhelos, sentimientos, fervores, dudas, y todo tenía que existir dentro de sí mismo con una vida oculta y casi anónima. Era necesario que empezara de una vez para siempre a conocerse. Sobre todo, había que aceptar que era posible que hubiera llegado la hora de actuar.

Dieron con los nudillos en la puerta. Era Gerardo:

—Por Dios, Enrique, que estamos en silencio.

—Pero, ¿qué pasa?

—Que estás cantando.

Era cierto. Sin darse cuenta, mientras resolvía o intentaba resolver los más penosos conflictos de su existencia, se había entregado al ritmo de una estúpida cancioncilla de moda:

> Divina, muñequita adorada,
> no comprenden tus ojos mi pesar.

Canción que tampoco se puede decir que le brotara caprichosamente sino que existía un motivo cada día más fuerte y hondo para encadenarse a ella o a otras parecidas.

La realidad era que desde algún tiempo Enrique venía cometiendo una serie de disparates por una muchachita vecina del Seminario que subía todos los días a misa. Eran los suyos unos disparates muy estudiados —porque temía pavorosamente que nadie pudiera sorprender su idilio distante y fantástico—, pero esto no evitaba que a veces se propasara y estuviera a punto de bordear casi la locura y dar el gran escándalo.

Lo peor de todo es que también la rubia vecina del chalecito rojo y blanco correspondía al enamoramiento.

Dos seres algo absurdos pero con una gran capacidad para lo sublime se habían juntado entre el claustro del Seminario y la playa del pueblo. Dos seres que vivían de miradas y mensajes sutilísimos, el uno en víspera de recibir las Órdenes Sagradas y la otra al mismo tiempo que coqueteaba con los señoritos del lugar.

La tarde anterior el *Noli* había venido a su celda pidiéndole que le acompañara al pueblo. Debían recorrer varios palacios y casas señoriales buscando jarrones y telas preciosas para adornar el Monumento de Jueves Santo.

Era la última vez que la había visto. Le pareció a Enrique más triste que de costumbre. Le había mirado como reprochándole cobardía y debilidad. Y Enrique había estado casi a pique de producir una escena.

—"Ya le enseñaré yo a esta..."

Era para escamarse la disposición que mostraba siempre el *Noli* para llevarlo al pueblo. El *Noli* era el único que tenía un permiso para bajar y subir cuando se le antojara, y siempre encontraba ocasiones para hacerlo. Todo lo que fuera habladuría, chisme, se cocía en su caletre, que era una máquina de pamplinerías y devocioncillas. Una especie de comadre celosa y recadero soplón.

Por el *Noli* no se podía sentir más que asco, pero dentro del Seminario era muy mal enemigo. Con su apariencia humilde y su falsa caridad, tenía engañados a los Padres. Y disfrutando de la confianza de sus Superiores, toda murmuración y toda confidencia, fuera de lo que fuese, tenía que pasar por él necesariamente. Había que soportarlo, pues.

Era también muy difícil huirle, porque el *Noli* había puesto por delante su diligencia y sus alardes de confianza y reserva al servicio de los compañeros. Todos, más o menos, le habían rogado alguna vez que les comprara un libro o les echara una carta. Una vez ya en la antesala de cualquier secreto —aun inocente— el *Noli* lo que hacía era exagerar el valor del encubrimiento dándole una malicia que a lo mejor no tenía. Probablemente no movía un dedo sin consultar a los Padres, si bien también es posible que a los Padres les estuviera haciendo otro juego no menos cauto y rufianesco. Todo era materia apta para el *Noli,* porque su vicio consistía exclusivamente en gozar fisgoneando y vigilando la vida de los demás.

En la tarde anterior, al salir del chalecito de Inés, le había dicho a Enrique:

—Cualquiera la entiende.

—¿Por qué?

—Porque está rodeada de pretendientes por todas partes y ella siempre sola con un libro entre las rocas. Su madre dice que está como una cabra.

—A lo mejor es que se va a meter monja —dijo Enrique, disimulando.

—Sí, sí, monja. Eso de tener director espiritual arriba y subir a todas horas es un pretexto.

—Un pretexto, ¿de qué?

—De elegancia, chico, de elegancia; eso viste mucho.

Enrique había estado en un tris de estrellar las dos preciosas ánforas que les habían dejado en casa de Inés. Nunca la había tenido tan cerca. Notó que ella se ponía colorada y su nerviosismo le impidió casi despedirse cortésmente.

—Esto del *Noli* se ha de acabar —pensó resueltamente, convencido de que tenía que empezar a moverse con mucho más cautela.

Seguía pegado a la ventana. Desde allí se afanaba en abarcar la vida del pueblo con enfermiza curiosidad. ¿Quién era aquella amiga de Inés, tan pálida, siempre vestida de luto? ¿Qué pretendía aquel muchacho que montaba a caballo y que cuando salían de paseo le buscaba entre todos con una mirada tan tensa y dura? Algunas de las beatas colocadas eternamente en los miradores, ¿no estarían puestas allí por los Padres para servir de espías?

Sobre las torres de los palacios y las terracitas planas de las chozas caía el polvillo de la luna semejando nieve. Las olas brillaban en la superficie del mar como dibujos toscos de plata en una bandeja antigua. Avanzaban las carretas de heno por unos senderos tortuosos produciendo unos lamentos prolongados y angustiosos. Los grillos cantaban.

Estaba peor que al comienzo, cuando, recién terminada la guerra, se presentó en el Seminario. Estaba en el mismo punto de partida. Había sido feliz unos meses, acaso unos años, creyendo que había olvidado, que el pasado había muerto. Y el pasado estaba cada día más presente, más apremiante. Se podía decir que sólo había venido al Seminario para examinarse en lo más hondo, para comprobar que poseía una historia original y un proyecto de vida excepcional y que todas las meditaciones, las pláticas, los exámenes y los estudios lo único que habían logrado era revivir los recuerdos y darle más vibración y fuerza a las evocaciones. Estaba comido por una nostalgia incurable. ¿Por qué no le dijo ni una palabra a Isabel? ¿Por qué hasta le hizo dichoso que ella dijera: *Has acertado*? ¿Por qué nunca le había confesado lo que sentía? ¡Todo para concluir ahora haciendo el amor a distancia a una muchachita cursi sin la cual tampoco podía vivir!

—Realmente soy un tipo raro o estoy loco. ¿Por qué no le cogí la mano entonces y le dije la verdad?... Y ahora me paso los días pensando en ella...

Encontraba como desasosegado el universo entero, y el blancor de la luna, el ruido bronco del mar, el cántico metálico de los grillos, el susurro de los árboles, todo repercutía en su sensibilidad con ansias de desahogo. Todo era ya para él tentación y tortura. Todo estaba relacionado con la mujer sin saber siquiera de qué manera había llegado a esta delirante mutación de su naturaleza. Porque tampoco podía olvidar que, durante meses y años, tuvo su carne a raya y hasta el recuerdo de Isabel fué algo así como la dulce estela que dejan los barcos en el agua, algo poético y puramente soñado.

Había pasado cinco años sumiso al reglamento, sin saber cómo había podido doblegarse. Pero en su frente iban surgiendo unas arrugas sombrías y algunas canas prematuras. No parecía sino que se hubiera recluído allí para madurar, junto a las disciplinas teológicas, alguna herejía desafiadora. Cada día sentía también mayor rencor por sus compañeros, como si no les perdonase que ellos siguieran adelante y fueran allí felices.

Los ojos se le pegaban de rato en rato en las tapias del cementerio. *El primero empezando por la izquierda.* Era un extraño personaje al que había tratado apenas y por el que sentía una compasión enfermiza. Puede ser también que lo que sintiera al conmoverse pensando en el Hermano Gabriel fuera un poco de piedad por sí mismo.

Enrique determinó pasarse varios días en la celda sin salir. Le subían la comida y de vez en cuando aparecía el Padre Prefecto a preguntarle por su salud. ¿Cómo no se daban cuenta de que fingía constantemente y los estaba engañando? Sin embargo, tampoco Enrique estaba convencido de que su vocación hubiera entrado en una fase de definitivo desastre. En el fondo esperaba que pudiera surgir aún de su propia voluntad, tan gastada, algún recurso inesperado, alguna fuerza milagrosa que lo entregara de un modo absoluto en los brazos del Señor. Quizá todo era cosa de tener paciencia y esperar.

—Por lo pronto, *ella* debe comprender que me he sacrificado.

Alguien estaba moviendo el picaporte de la puerta. Por los pasos suponía quién era. Debe ser Gerardo un condiscípulo siempre sonriente y amable, un tipo sutil y tierno a la vez.

Gerardo lleva siempre por delante el acierto esquivador de una linda sonrisa. Es un caso de dulzura e ironía combinadas. Es pausado, burgués. En las manos Gerardo suele llevar una varilla de junco que mueve graciosamente y que lo mismo le sirve para espantar las moscas que los malos pensamientos. En él no se dan apresuramientos ni vacilaciones extremas.

Para Enrique, Gerardo es un misterio. Nadie más escéptico que él, pero ninguno tampoco más conmovedor. Es como un volcán que sabe ocultar sus ardores más íntimos con un capacete de nieve cortés y agradable. Es una de esas almas delicadas que se escapan de las manos como peces que se saben de memoria todos los peligros de la red y los ardides de los pescadores. Pasa de la frialdad a la dulzura sin transición, como quien tira de un resorte. En Gerardo la piedad es una elegancia, y aunque pudiera presumirse en él algún rapto sentimental, es seguro que habría de terminar siempre ceñido al molde canónico.

—Tiene mérito lo de este hombre.

Gerardo se ha quedado parado junto a la ventana, como dejando que el paisaje se detenga petrificado en el cristal de sus gafas.

—Mira, Enrique, estos días, como tú no has ido con la Comunidad, he oído hablar de ti. No mal, porque muchos te quieren. Pero también hay los que te tienen envidia y murmuran.

—¿Qué es lo que murmuran?

—Nada, nada, no te pongas nervioso. Lo que ocurre lo sabes tú mejor que nadie. Tú eres un personaje discutido y a ti eso más bien te gusta fomentarlo y con eso más pierdes que ganas. Aquí lo mejor de todo, Enrique, es pasar inadvertido.

—Pero, ¿qué es lo que hago yo?

—Nada, nada, pero te interesa mucho no originar aquí ni admiración ni desdén. Los empollones, porque si tú dejas los libros de texto y te dedicas a lo que te da la gana; los escrupulosos, porque te dejas el pelo un poco más largo de la cuenta; los "viva la Virgen", porque tus críticas, tus sermones, tus planes de apostolado, les fastidian.

—¿Y qué puedo hacer yo? ¿Quién puede evitar que existan chismosos?

—Ya serás libre más adelante. Ahora no te interesa que haya alrededor de ti comentarios ni oposiciones. Hay que hacer que se estrellen. No es suficiente ser bueno; hay, sobre todo, que parecerlo. A ti te faltan sólo algunos detalles, los matices, las apariencias, ciertas pequeñeces... Es cosa muy fácil. Si otros tuvieran tu espíritu, tu fondo...

—Pero es que...

—Nada, escóndete un poco, disimula, menos sinceridad, más prudencia. Los detalles, Enrique, más, menos...

Enrique se quedó mirando el fino anzuelo de aquellos ojos vivaces y expresivos, aquella sonrisa aguda y suave a la vez. ¡Qué fácil era todo para Gerardo! Todo era cosa de conjugar discretamente el *más* y el *menos* y alcanzar un equilibrio casi de estatua.

Gerardo seguía mirando con absoluta prudencia el parpadeo de las luces del pueblo. Podían estar parados sus ojos muy bien en la bombilla de la torre de la iglesia o en el farolillo que había en la puerta del chalet de Inés.

¿Por qué se exacerbaban todos contra él, que no hacía sino resistir y tratar de forjarse una vocación a fuerza de ensueños y mortificación? Para otros quizá había sido cosa fácil el matar los recuerdos, caso de que los hubieran tenido; pero para él era distinto. ¿Por qué, de pronto, Isabel se le aparecía incluso en las gradas del altar? Era imposible para él prescindir absolutamente de ella. ¿Y qué podían saber de todo esto aquellos condiscípulos ya preocupados con la canonjía del día de mañana y sólo atentos a hacer un examen lucido? Se rebelaba el espíritu de Enrique contra el bloque del Seminario. Ni siquiera se salvaba el propio Gerardo.

—Enrique, no eres un caso único. Cada uno tiene su alma en su armario.

Pero Enrique no replicó. Inadmisible que en aquella celda hubiera vivido alguien en quien se hubiera dado un dualismo tan feroz, en quien los juramentos del corazón y los remordimientos del alma se amasaran de forma tan compacta e inseparable. No era posible. Allí abundaban los tipos pacíficos, vulgares, alegres, pero ¿no sería porque eran almas simples, sin complicación? También abundaban los tipos groseros y ruines para los que la vocación era casi una mercancía o una pingüe oposición. Como los había despóticos, soberbios, que daban a entender que tenían las pasiones domesticadas en jaulas herméticamente cerradas. Había mucha trapacería, mucha insulsez, mucha pedantería, mucho disimulo dentro del Seminario. Los ojos de Enrique no veían más que lo dañino, lo turbio, lo feo, y no distinguía a ver y valorar lo que allí también había de recio, sereno y valeroso. Mentalmente repasaba los nombres de sus condiscípulos y no encontraba más que recelo e insensibilidad. Cada compañero le parecía un bloque de piedra.

—No sabes cómo te lo agradezco, Gerardo.

Y Gerardo se alejó minucioso e imperturbable. Antes de irse, dió cuerda al reloj que Enrique tenía encima de la mesa y que estaría parado Dios sabe desde cuándo.

Menos mal que Enrique no tenía nada que ver con todos ellos, en absoluto. Él era un caso singular. De ningún modo ellos podían sentir el amor como él. En su misma celda habrían parado ya muchos, pero ninguno habría experimentado la hermosa y dramática incertidumbre que a él le conmovía, ninguno seguramente estaba dispuesto a jugarse como él el destino a cara o cruz, ninguno vivía tan tenso y agónico.

—Lo que ocurre es que soy un cobarde. Siempre lo he sido. Cobarde al terminar la guerra y venirme aquí. Cobarde por continuar aquí y no marcharme. Cobarde y más cobarde cada minuto que pasa.

Había tomado la manía de mirarse al espejo. Su aspecto era flaco y quebradizo y su rostro unas veces era de un gran atractivo y otras amedrentaba. Los ojos de Enrique hacían contagiosa cualquier congoja, pero también hacían desbordante su alegría. Todo lo miraba con ahinco y frenesí, pasando rápidamente de la rebeldía a la sumisión. Si miraba a Santa Teresita derramaba lágrimas de candor, y si se quedaba embelesado en los paseos mirando a una mujer, ella indudablemente se quedaba estremecida, traspasada, como arrepentida de no poder acercarse y preguntarle: "Ande, dígame eso tan endolorido que está pensando." Pero entonces, Enrique no habría acertado a decir nada, porque en estos instantes se mostraba tímido y desolado.

Iban regresando las barcas hacia el diminuto puerto. Volvían ufanas, hinchadas. Antes de entrar hacían sonar insistentemente las sirenas. Eran unas barcas muy pequeñas, pero graciosas. Casi todas llevaban nombre de mujer.

Otros nudillos estaban dando en la puerta.

—Está visto que no me han de dejar tranquilo —murmuró con acento desesperado.

Era el cartero, un seminarista de Segovia, algo tartamudo y que siempre andaba corriendo. Sobre la mesa dejó tres cartas. Enrique encendió la luz.

La primera, que era de su madre, la dejó para lo último. Comenzó por la de un amigo. Eran cartas que querían ser literarias. Por lo visto, José María estaba de humor:

AMIGO DE MI LADO IZQUIERDO:

El caso es que comencé copiándote unos versos de Machado y me corrí a unas sutilezas místicas de don Juan Valera, que he creído que te sentarían igual que una hila para un dolor de muelas. ¡Pamplinas!, dirás tú. Dime qué te parecen los versos que te incluyo. Sinceramente.

A tu lado soy un indecente ser, falto de pájaros en la cabeza. Soy el tipo perfecto del hombre aburrido. ¡Dios, y si fuera verdad que las perlas son producidas por el aburrimiento de las ostras! Pero el canario modoso que tengo bajo el pulmón izquierdo, cuando canta por cuenta propia, me pone en un espantoso ridículo.

En cambio a ti te veo avanzar con una vida pujante y plena. Iba a decir aventurera, pero no quiero. Ya sabes que soy un consumado hombre civil con más miedo acaso del que fuera conveniente a cosas que a ti ni te van ni te vienen. Una cosa es cierta: elegiste la mejor parte. Es, yo creo, el molde burocrático el que cría bichos tan raros como un servidor. En cambio, tú... ¿crees de veras que te hace falta mi mano para coronar de éxito el templete de tu acerada empresa? Mi mano, pero, ¿qué mano? Tengo la seguridad de que la fama llora por ti y de que los dioses —perdón— se saben tu nombre y apellidos de memoria. Es más, estoy seguro de que la luna se presta a abrir sus lumínicos brazos para abrazarte. Los héroes sois así. ¡Qué vamos a hacerle!

Para ese instante cuenta con un soneto ecuestre mío. ¿No te da frío, de verdad, pensar en el bronce y en el mármol? He leído reposadamente y con delectación tus dos últimos ensayos: *"El sentimiento griego del dolor"* y *"La lógica de las leyendas"*, y créeme que me gustan mucho. ¡Amigo, qué gravedad y qué pulso! Pienso que tu proceso de sedimentación está ya concluso.

Ahora, otra cosa. Tiemblo como un ratoncillo ante el efervescente patetismo de tus últimas cartas. Pero, por lo que más quieras, no esperes que las conteste. Tú tienes (¿me permites que te lo diga?) un *sino*, sin duda, genial. Esto no te lo digo ni para que te consideres proscrito ni para que te ensalmes. Eres, sobre todo, un hombre inspirado que está cruzando un bosquecillo perturbador. Pero después de la crisis, amigo, tú habrás *llegado*. Salvarás estupendamente el momento crítico, pero, no obstante, debes llevar cuidado. Cuidado para que tu sinceridad no sea nunca retórica, cuidado para que tu retórica sea siempre producto humano de la mejor tensión. Eres como una carretera batida por dos fuegos. ¿Amigo? ¿Enemigo? *Chi lo sa!*, que dice el tendero de la esquina. Lo importante es que tu destino te lo guises tú, tú mismo, y te lo comas tú, tú solo. Y se me ocurre preguntarte también: ¿Tienes algún guía que te conozca? Creo que no, porque tú eres un artista, y los artistas...

Si yo tuviera que darte algún consejo, te diría simplemente: suprime cuanto más escenario puedas para el desarrollo de tan sencillo drama. Lo que tenga que ser será. Sé obediente a ti mismo y no te asustes por lo indeterminado de tu ser. Esa misma indecisión, esas torturas reales, esos apremiantes delirios, son los que pueden hacerte acabado e inexorable. Alaba a Dios, amigo, que te dió tan recia imaginación, y conserva, sobre todo, para la fantasía cierto equilibrio económico. Repara, además, en que hay sombras que son más avasalladoras que muchas figuras reales, pero no olvides tampoco que hay seres de carne y hueso que se convierten y transforman en cautivantes sombras. Rara vez la sombra ejerce un papel bienhechor como no sea la de la higuera y en medio de un desierto. De todas maneras, yo te envidio, porque veo bien claro que aceptando esta lucha, has encontrado el portento de la creación y de la fecundidad. He dicho.

Un abrazo.

José María.

PD. Pero, ¿quién me mete a mí a "consiliario", como decís vosotros?

Dejó la carta encima de la mesa. Una sonrisa de vanidad le asomaba a los labios. Por lo menos, existía un testigo de su drama. Un escritor joven que le admiraba, alguien que tanteaba y medio descubría su sufrimiento. Su sacerdocio no iba a ser como el de los demás. Si costaba sangre, pues mucho mayor mérito.

Cogió la carta de Alfredo. A su primo le tenía miedo. Cultivaba un cinismo irritante que no tenía más remedio que desagradarle. No estaba tampoco en el fondo de su problema.

Siempre le colaba alguna noticia de Isabel. Al parecer lo que intentaba era perturbarle.

Sí, aunque no lo creas, primo. El día que menos lo pienses me tienes ahí. Tengo que contarte muchas cosas. Y, sobre todo, quiero verte con sotanas. No termino de hacerme a la idea. ¡Oficial rojo y luego aspirante a obispo! Por cierto que no te he dicho que tengo un cargazo de aúpa y que estoy propuesto para la medalla del Mérito Militar.

Isabel está como ajena a todo lo de este mundo. Sus hermanas temen que termine metiéndose monja, pero yo más bien creo que cualquier día les dará una sorpresa y se casará con quien no podemos ni figurarnos. Porque la racha de pretendientes continúa. Estuvo algo delicada. En su casa no puedes hacerte una idea del predicamento que tienes, máxime después de la última carta tuya con esa sarta de consejos y reflexiones que parecen mismamente del Padre Alonso Rodríguez. No son nadie los Padres Jesuítas dándoles la vuelta al calcetín. Quién te ha visto y quién te ve.

A veces he pensado qué pasaría si yo me declarara a Isabel. ¿Tú crees que me haría caso? ¡Oh, esa emoción del paracaidista que se lanza al espacio con la mano puesta en una anilla que lo mismo puede abrirse como puede no abrirse! Pero no me hagas caso; ya sé que ella tampoco me lo haría.

Escríbeme cuando os den suelta, porque a lo mejor ya tengo "haiga" y puedo ir por ti...

Dejó la carta encima de la mesa sin terminar de leerla. Todavía estaba por abrir la de su madre:

Querido Quico:

Cada día tardas más en contestar a mis cartas y me tienes muy preocupada. En la fotografía última que hemos visto de ti en la revista del Seminario te veo algo más delgado. Cuídate, hijo mío, y si tienes que estudiar mucho, come mucho también. Y si es menester que te mandemos algo lo dices. La vida por aquí se está poniendo cada vez peor; no sé adónde vamos a parar. Yo pienso si no será un castigo del Cielo.

Cuando todos me dicen que eres tan listo, yo solamente me digo que lo que importa es que seas santo, porque antes quiero verte muerto —bien lo sabe Dios— que sirviendo de escándalo. Porque hace poco se ha dado un caso terrible en X., que nos tiene a todos confundidos. Al pobre Obispo, tan delicado de salud como está, lo que le faltaba.

Pero también hay ejemplos hermosos. ¡Si hubieras visto! Aquí no se habla de otra cosa. Una fila interminable de hombres, que estuvieron pasando casi dos horas y todos cantando. Daba gusto y era un espectáculo de los que no se habían visto, yo creo, nunca. Dicen que se han confesado muchos que no habían pisado nunca la iglesia, y la comunión duró tres horas, y la dieron dos misioneros sin parar. Hemos vivido unos días emocionantes porque desde el *Rosario de la Aurora* por la mañana, hasta los *Via Crucis* al atardecer, todo el mundo, sin respeto humano, ha vivido unos días santos. Ésta es la única forma de que Dios nos perdone, porque la gente no tiene más ilusión que el dinero, el lujo y las diversiones, y parece mentira que hayamos pasado una guerra tan horrorosa y la gente no se haya enmendado. Y lo que queda después de vivir es lo bueno que hayamos hecho. Por eso tú no debes tener más ilusión que ser santo como este Padre misionero que tanta gloria está dando a Dios y del que dicen y no acaban, pues hasta se ha corrido la voz de que ha hecho milagros. Todo el mundo no hace otra cosa que hablar de él, pues hasta dicen que no come y que duerme en el suelo. ¿Cuándo te oiré yo a ti predicar de esta manera? Pero ahora tienes que cuidarte mucho. No sé si yo llegaré a verte en el altar, pues cada día estoy más floja y viejecita, pero sea como sea, tú ya sabes que yo lo único que quiero es que seas un sacerdote santo y que mi único consejo ha sido siempre decirte que las cosas de la tierra no valen nada y todas son desengaños y que lo único que hace ser feliz es tener la conciencia tranquila y hacer bien. ¡Qué feliz seré yo aunque esté en el cielo viendo que tú salvas muchas almas...!

No pudo terminar la carta. Su madre le recrudecía e incrementaba el dolor de una herida insufrible. La tenía tan engañada como se tenía engañado a sí mismo.

Pero, ¿por qué él no habría de poder llegar a donde habían llegado otros?

El humo que ascendía de los prados fué trasladando su espíritu a una región de paz soñada e inefable. Podía, si de veras se empeñaba. Todavía estaba a tiempo.

Sintió un murmullo acompasado de voces. Eran los teólogos que salían a dar una vuelta por la explanada. Unos paseaban de prisa bajo el techo abovedado de los plátanos. Amenazaba lluvia. Otros formaban corrillos a la puerta de la Iglesia. Bajo su ventana se había parado un grupo de *canonistas* que discutían acaloradamente.

—No todos son rebaño. No todos fabricados como en autoclave. Los hay con personalidad. Pero son los menos. Abunda el monótono, macilento, como esterilizado, que produce náuseas. ¡Cómo se fusionan! Se juntan como partículas de un mismo plasma anodino. ¡Cómo se amasan, cómo caminan todos al mismo ritmo, cómo tuercen el cuello y mueven las manos a compás! Si uno al irse pudiera llevarse muchos por delante, creo que abandonaría esto más conforme. Pero de llevarme alguno siempre sería algún tipo tarado o trivial. Aquí hay muchos que saben por qué han venido y por qué están aquí. Hombres que podían haber triunfado plenamente en el mundo, muchachos que mutilaron sus ilusiones terrenales con valentía y ardor, tipos fuertes que se entregaron a la vocación con alegría y entusiasmo. Esto es innegable. Como es evidente que lo mismo que siento yo lo habrán sentido otros que supieron cruzar el abismo y ahora viven tranquilamente predicando el bien a sus hermanos. Todo es cosa de tener energía y saber desechar la tentación. Todo es cosa de sacarle la raíz a los recuerdos.

Asomado a la ventana quiso establecer una especie de discriminación de la comunidad, quiénes eran aptos y quiénes no lo eran, según su criterio. Pero no pudo. La comunidad era una masa compacta, uniforme, elástica, indefinible. Todos daban la impresión de querer, y sentir lo mismo.

—Pero, ¿es que algunos quieren, piensan, sienten y sueñan algo? Yo creo que no. Por no tener, no tienen ni pasiones, ni amor, ni dolor, ni odio, ni tampoco ganas de tenerlos.

Enrique estaba desorbitándose. La felicidad de la comunidad le parecía mansedumbre y la obediencia, insensibilidad. La comunidad para él eran almas sumisas sobre las que cualquier mano algo dura podía escribir en serie frases iguales.

Tendió la mirada hacia el pueblo en donde la visión era más alegre y entretenida. Era un pueblecito escondido entre tejados rojos y azules, verdes tapias y altas chimeneas. Donde el pueblecillo terminaba se veía una playa redonda, poblada de pinos viejos y rocas monstruosas. Alrededor del pueblo se apiñaban unos montecillos redondos cuajados de bosques de eucaliptus tiernos.

Se escuchaban algunos gritos. Los seminaristas corrían. Había comenzado a llover estrepitosamente. Sonó un trueno interminable. Las nubes pasaban casi pegadas a tierra, como galgos detrás de una presa difícil.

Iban abriéndose las puertas de las celdas. Los seminaristas se refugiaban en el estudio. Tenían por delante todavía una hora para desgranar textos de Concilios. Amodorrarían sobre el libro el calor animal que rezumaban sus cuerpos. De vez en cuando rezarían una jaculatoria, ahuyentando algún peligro quimérico o concreto, y la bestia exhalaría algún suspiro beatífico.

—Todo debe quedarse para mí solo. Todo esto pasará. Es mi madre la que tiene razón. Puedo ser sacerdote. Puedo si quiero. Lo de la chiquilla del chalecito, una simple distracción. Lo de Isabel, ganas de complicarme la vida. Nada más. Lo importante es recordar unas cosas y olvidar otras. Más, menos; lo que dice Gerardo.

—¿Se puede?

—Adelante.

Era Escoriaza, un tipo sosegado y fino.

—El Padre Prefecto, que vayas.

—¿No sabes para qué?

—Ni pum. Creo que tenía en la mano una carta dirigida a ti.

—¿Sí? ¿Pero estaba serio o de broma?

—¡Ni que hubieras matado a alguien!

Enrique se encaminó a la Prefectura. Llamó con miedo. Tuvo que esperar a la puerta. Había otro teólogo dentro. ¿Qué podría ser? Enrique siempre estaba temiendo una investigación policíaca en la trama oculta de su vida. Había muchos sucesos en su vida de los que prefería no darse por enterado, como si pertenecieran a otra conciencia.

—Pase —ordenó el Padre Prefecto.

Lo recibía complaciente y locuaz. Pero no había que dejarse sorprender. Podía tratarse de una simulación. El Padre Prefecto era muy hábil.

—Siéntese, por favor.

Le dió su mano a besar cogiéndole a Enrique la suya. Así el beso parecía más paternal por parte del Padre Prefecto y más efusivo por parte de Enrique.

—Le he mandado llamar en primer lugar para felicitarle.

Enrique no comprendía. El Padre Prefecto prosiguió:

—Hizo caso de mis advertencias y ahora le viene una grata sorpresa. Cuando se deja guiar rinde el ciento por uno.

Enrique continuaba como pasmado. Todo esto se lo había dicho el Padre Prefecto entre sonrisas halagadoras y un repertorio progresivo de gestos bondadosos. Alguna vez, le pareció a Enrique que hasta le guiñaba un ojo. Enrique estaba avergonzado.

—Pero, ¿de veras no sabe a qué me estoy refiriendo? ¿No le alegra?

—Pues, la verdad es que yo no sé...

—Pues sí, le han premiado. Y el trabajo está bien, muy bien. De concepto y de estilo. Los Padres están contentos.

Ya sabía Enrique de qué se trataba. Era un artículo extenso sobre *Cristo, Sacerdote ejemplar*, que había presentado a un concurso nacional.

—Veinte mil pesetas no están nada mal —remachó el Padre.

Desbordaba Enrique de contento aunque había puesto cara de afligido. La había puesto y en cierto modo tenía motivos hondos para tenerla. Mientras él estaba desertando interiormente de la vocación, he ahí que sus ideas sobre el sacrificio de Cristo habían merecido la aprobación general. Dios le salía siempre al paso. No había manera de enajenarse. Era para rendirse.

—Lo malo es que estas cualidades suyas —matizó el Padre— que tanta gloria podían dar a Dios, le hagan descuidar a veces los estudios y todo lo que aquí consideramos fundamental. Lo primero son siempre los cimientos. ¿Verdad?

¿Hacia dónde se dirigía ahora el Padre Prefecto? Había que estar alerta.

—Lo que necesitamos más que nada son sacerdotes de mucha vida interior. Y todo lo que le robe el recogimiento debe tirarlo a un lado. ¿Comprende?

—Sí, Padre.

—Si se dejara llevar podría dar mucha gloria a la Iglesia, pero debe romper con todas las cosas que le disipan y derraman. ¿Y sabe qué cosas son?

Ahora el Padre parecía paladear las palabras. Enrique se había quedado inmóvil en la silla. Escuchaba sin pestañear siquiera. El rostro del Padre Prefecto estaba pasando de la melosidad a una especie de amonestación severa.

Enrique sospechaba que el Padre Prefecto analizaba más de la cuenta su correspondencia. Por eso últimamente había optado por usar para algunas cartas otros procedimientos clandestinos.

—¿No le parece que lo primero que debe hacer es dar gracias al Señor?

—Sí, Padre.

Enrique se acordó de su madre y, sin saber por qué, del Hermano Gabriel. Estaba enterneciéndose por momentos. El Padre se levantó del sillón. Enrique se dispuso a salir.

—Pero no vaya tan de prisa, no sea impaciente. Hay otra cosa que quiero decirle... —y buscó afanosamente dentro del cajón.

Enrique cavilaba si habría ya dado con el ovillo. Sacó una carpeta de papeles.

—Solamente quiero advertirle que las Órdenes están encima y hay que tramitar toda la documentación. Es preciso que, además de la preparación interna, de la cual no le voy a decir ni una palabra porque supongo que el Padre Espiritual le habrá hablado largamente, exteriormente se prepare lo mejor que pueda. Tiene que redoblar el fervor, y el fervor sólo puede hacerse visible a base de mucho silencio, mucha puntualidad y muchísima disciplina.

—Sí, Padre.

—Firme aquí, este pliego.

Enrique firmó. El Padre Prefecto sonreía. Era para él un triunfo personal la conquista y la rendición de Enrique. Se lo había propuesto en repetidas ocasiones para demostrar la eficacia de su gobierno y el acierto de su sistema. Era difícil, pero podía ser canalizado. Y rendiría más que otros. Sería más infatigable, incluso más dócil. Todo era cosa de entenderlo.

De la Prefectura, Enrique se fué derecho a la iglesia. Estaba toda en penumbra, pero por entre los bancos se movían algunas sombras. Enrique se arrodilló y hundió la cabeza entre las manos. El fulgor de la lamparilla del Sagrario convertía en fantasmas a los *filósofos* y *teólogos* que iban de un lado a otro recorriendo los pasos del Vía Crucis.

Poco a poco le fué brotando la oración. Le costaba arrancar, pero nacía aleteante y fervorosa.

—¡Señor! ¡Cómo tienes tanta paciencia conmigo! Porque Tú nunca faltas a la cita y yo siempre estoy fallando. Está visto que por Ti no quedaría, que Tú lo tienes todo dispuesto para que yo sea sacerdote, pero yo me empeño en torcerlo todo. Es cosa de mi voluntad, que la tengo débil, que la tengo enferma, que no tengo voluntad. Pero Tú, que has hecho tantos milagros, deberías quitarme la poca voluntad que tengo y podrías hacer ya siempre lo que quisieras. Yo sería feliz dejándome llevar por Ti, por ese camino tuyo, que eres Tú mismo y en el cual está ciertamente mi salvación. Gracias, Señor, por haberme dado a tiempo este amoroso aviso, porque no era del sacrificio del Cristo inmolado del que Tú querías que yo escribiera, sino del mío propio que cada día voy retardando y regateándote más y más.

Con esta explosión de fervor, Enrique se quedó calmado.

Volvía a su celda. Leería durante un rato. Enrique era desconcertante. Debajo de la almohada tenía algunas obras de Stendhal y otras de San Juan de la Cruz.

La tormenta iba en aumento. De vez en cuando la montaña y el mar se iluminaban de rojos resplandores. Los truenos aún estaban bastante lejos.

Sin darse apenas cuenta, ya Enrique había cogido los gemelos y estaba observando el chalecito rojo y blanco. Al reconocerse de nuevo en pleno desvarío, una idea sangrienta cruzó por su mente. Levantó el colchón. Cogió las disciplinas que tenía allí enrolladas. Sólo en los días de "ejercicios espirituales" se había sentido algo valiente y había intentado disciplinarse, pero había sido sin demasiado fervor. Fueron golpes que recordándolos ahora los sentía casi como leves caricias. Se hacía necesario dejar de una vez inerte, desvanecido, humillado el cuerpo causante de su prevaricación. A su cuerpo había que darle una lección solemne.

Echó el cerrojo a la puerta y se desnudó. Antes de descargar el primer latigazo se acercó al crucifijo que tenía en la cabecera de la cama y lo descolgó.

—Ha llegado la hora de demostrar que soy capaz de algo por Ti, que aunque mi corazón sueña locuras, mi razón te pertenece. Y que todavía es posible que Tú y yo nos entendamos.

Comenzaron a caer los golpes secos sobre la blanca piel. Los cordeles hacían un chasquido raro al ajustarse a la carne. Temblaba el débil cuerpo intentando apiadar el crispamiento de la mano que castigaba. Pero los nervios de Enrique estaban disparados y los golpes cada vez eran más ceñidos y más secos. De vez en cuando y sin querer, le brotaba un quejido de dolor. Pero cada vez que le escapaba algún grito, reaccionaba con más furia y las cuerdecillas trenzadas buscaban la dureza de los músculos con mayor fiereza.

Le brotaban las lágrimas que no quería derramar de ningún modo. Quería cumplir aquel rito con toda rigidez y frialdad, como si estuviera castigando un cuerpo ajeno, un cuerpo aborrecido y despreciable.

Improvisaba reproches e improperios para que la paliza fuera más metódica y ritual.

—Toma, Enrique, y no huyas. Para que aprendas. Toma, Inés, para que aprendas a cerrar los ojos. Toma, uno, dos, tres... Pero no siempre en el mismo sitio. Toma ahora por Isabel. Para que aprendas a enterrar y pudrir los recuerdos.

Tú, toma, toma, toma, tienes vocación. Tienes que tenerla. Quiere Dios que la tengas. Lo quiere tu madre. Debes tenerla. Toma, más ahí, no te escapes, duro. No te vas a morir por esto. Demasiado le concedes al cuerpo. Que aguante ahora. Pega fuerte, no decaigas, que ya vas aflojando. Toma sueños. Y sin temblar. No seas cobarde. Y cierra la boca como un muerto. Para que vean que cuando yo digo voy, voy de veras. Otra vez, contando: uno, dos, tres, cuatro, cinco, seis, siete... ¡Ay!, no te quejes. Es que tienes que ser otro. Es que hay que mudar hasta de piel, Enrique. ¿No ves cómo no te mueres? Esto es lo que te estaba haciendo falta. Toma, toma...

Respiraba jadeante. Se atizaba ya los latigazos sin orden ni concierto. Sangraba. Aunque el rostro expresara contracción y dolor, por dentro Enrique estaba gozando. Miraba al Crucifijo ansiosamente.

Se detuvo unos instantes. Quería ceñirse a la cintura la toalla. Por la espalda le corría la sangre, o se lo parecía a él, porque notaba como unos hilillos mitad fuego mitad hielo que bajaban por todos los músculos. Entonces vió la carta de su madre y se enfureció. Se armó de nuevo con las disciplinas y comenzó a prodigarse golpes a derecha e izquierda con gran violencia. Los trallazos parecían cargados de electricidad.

—Más, más, más. Nada de cansarse. Comienza una vida nueva. Lo digo yo. Mereces todo esto y mucho más. Más, más, más. Y más abajo. Y más arriba. Y en el centro. Es por tu alma, Enrique.

Cayó exhausto al suelo. Se quedó allí quieto. La madera del piso le refrescaba la carne endolorida, pero no podía moverse. Estaba hecho un puro dolor.

Se retorcía y sonreía al mismo tiempo. La Comunidad hacía ya mucho rato que se encontraba en la capilla. Cantaba el *Tantum ergo* calmosamente.

Le costó mucho trabajo poder vestirse. Después se echó sobre la cama. Conforme se iba quedando dormido en sus labios se iba dibujando una extraña sonrisa.

CAPITULO III

Al día siguiente, Enrique tenía fiebre. Se tuvo que quedar unos días en la cama. Ahora deseaba vivamente incorporarse al ritmo de la comunidad pero no podía. El curso estaba ya bastante avanzado y las clases que perdía contribuían a violentarle mucho más.

De tarde en tarde, pasaban los compañeros por su celda y Enrique se enfrascaba en la conversación como si nada ocurriera. Tenía una conversación tajante y pintoresca. Sus compañeros al verle tan desenvuelto siempre le achacaban motivos ocultos de alegría, pero la realidad era que su júbilo brotaba exclusivamente de sentirse vivir, de palpar su existencia. Aunque abrumado, era dueño de su destino. Todavía podía elegir.

Y así se echó encima la Semana Santa, que se celebraba en el Seminario con gran pompa litúrgica y solemnidad. Los *Oficios de Tinieblas* eran un buen marco para las meditaciones de aquellos días. Entre fúnebres paños, los candelabros iban muriendo según el recital lúgubre de los salmos hasta que sólo quedaba resplandeciendo en toda la capilla el fulgor de una luz misteriosa, algo así como el oscilante fulgor de un alma desesperada y agónica.

El espíritu de Enrique reaccionó estupendamente con aquellos días de recogimiento, de tal modo que comenzó a pensar que habían desaparecido absolutamente las caídas y las vacilaciones.

Sin embargo un punto ofrecía gran resistencia. La presencia de Inés, que él no tomaba en serio del todo, pero que era un motivo continuo de distracción. No podía prescindir de su búsqueda, le gustaba comprobar a diario que ella vivía pendiente de él. Sin comprometerse, Enrique asistía a la secreta, pero vehemente, persecución de la muchacha.

El *Viernes Santo* levantaron una cruz en el altar mayor, entre piedras desnudas y cardos, sobre un fondo de crespones negros. El cuerpo desnudo de Cristo parecía gotear sangre sobre la roca viva.

Subieron al púlpito varios Padres para esparcir justicieramente el comentario de las *Siete Palabras*. El auditorio se impresionaba. De vez en cuando se espesaba el silencio y surgía el coro trágico de las *Lamentaciones*.

Frente a la tribuna alta donde se había colocado Enrique se puso Inés. Se miraron los dos profundamente. Al "consummatum est" el silencio se hizo tan denso como un aire de muerte. Las voces graves recitaron entonces el Credo con pausado y pavoroso acento. Sonaron acongojantes las tres campanadas inexorables. Más de un suspiro se escapó hacia la bóveda de la iglesia. Enrique veía a Inés tan pálida y reconcentrada que creía que de un instante a otro iba a caer desvanecida en tierra. El Sábado de Gloria, Enrique fué a los Oficios a un convento de las cercanías. Bajaban hacia el pueblo alegremente. Cuando sonaba el "aleluya" las monjas se abrazaban unas a otras y luego soltaban palomas en el jardín.

Bajaba Enrique triunfante. Llevaba una flor pequeñita, morada, entre los dedos. Era una florecilla insignificante pero olorosa y cuajada de rocío. De vez en cuando sorbía el hilillo de su tallo. Y en aquel momento, como esperaba, divisó a aquella otra flor de carne que andaba al parecer sostenida en brazos de la brisa. Sin que ella lo viera, arrojó la flor al suelo. Se sentía feliz pensando que ella pudiera pisarla. Entonces ella preguntó:

—¿Llegaré a tiempo a los Oficios?

Contestaron los otros. Enrique bajó los ojos y tuvo que ahogar su propia respiración. Se quedó cavilando un gran rato. Porque aunque todo lo de aquella chiquilla le pareciera una tontería, lo que era innegable es que Inés era para él como un punto fronterizo y peligroso.

El Lunes de Pascua sucedió algo más inesperado. Los seminaristas tuvieron un día de campo y fueron a lo que llamaban la Playa del Golf. Al mediodía habían recorrido varias aldeas, habían cantado y hasta habían recitado en alta voz algún romance.

Enrique quiso bañarse. Sentía correr por su carne como una corriente de plomo hirviente. Tardó mucho en tirarse al agua. Experimentaba un miedo inexplicable. A la otra orilla de la ría, varios seminaristas corrían por la playa. Eran unos cuerpos lacios y blanquísimos. Se tiró al agua y empezó a cruzar la ría que llevaba una corriente bastante regular.

De pronto, sintió que se le enredaban los pies en algo. Eran algas. Ya le había pasado esto más de una vez. Sin embargo, ahora su mente se oscureció y su corazón casi empezó a desfallecer. Hacía esfuerzos tremendos y no avanzaba. Preso entre las algas, pensó que exactamente igual estaban su alma y su vida entera. Vió que le faltaban las fuerzas y desistió de nadar. Se entregó a las aguas.

Pasaba vertiginosamente rozando las rocas. Probó aun a sostenerse haciéndose el muerto, pero la corriente se apoderaba de su cuerpo más y más cada vez. Varias veces miró angustiosamente hacia la orilla. Quiso gritar y no pudo. Cuando pudo gritar no quiso. Ahora su pensamiento se aferraba a aquella frase del Hermano Gabriel: "Y usted, ¿qué hace aquí?"

En la orilla jugaban al balón sus discípulos. Los distinguía perfectamente. ¡Qué existencias tan tranquilas, que bien transcurría todo para ellos!

Creía estar viendo las nubes y lo que hacía era ahondarse en la frialdad arenosa. Había perdido el sentido del espacio y su cuerpo se sumergía, se sumergía...

Al recobrarse, estaba tendido en la arena de la playa y rodeado de compañeros.

—Pero si sabe nadar.

—Se le habrá parado la digestión.

—Mieditis, mieditis.

Para que pudiera volver a cruzar la ría, tanto era su pavor, usaron una de las barquitas que había amarradas a la orilla. La vuelta al Seminario se le hizo después excesivamente larga.

Al llegar se acostó vestido como iba. Vino el Hermano Enfermero y le puso el termómetro. Temblaba. Otra vez tenía fiebre.

Su imaginación era lo que tenía más enfermo, porque no

hacía más que imaginarse que se había ahogado y que Isabel estaba en la portería del Seminario acompañada de un muchacho muy elegante. Es que pasaba por allí en viaje de novios.

El Padre Espiritual comenzó a preocuparse seriamente por la suerte de Enrique y lo primero que hizo fué visitar al Padre Prefecto y preparar juntos un plan de reconocimiento y ataque.

—Es que siempre ha sido muy delicado de salud —había contestado el Padre Prefecto.

—Mucho me temo —respondió el Padre Espiritual— que lo que tenga debilitada sea la voluntad. No fío nada bueno de su soledad.

—Pues esta temporada yo lo veo más entonado y algunos compañeros lo dicen.

—Puede ser todo apariencia. Lo que es indudable es que tiene algunos rasgos mundanos que no me gustan nada. Demuestra que su imaginación vive lejos del Seminario.

—Es cosa también de su temperamento.

—Sí, pero un temperamento así, de no estar centrado, supone mil peligros. Hay que examinarlo despacio. Tiene que dar pruebas de dominio.

—Pues exploraremos. Pero ¿es que duda de la sinceridad de su vocación?

—Sin duda no estaría aquí, es una vocación de primera, pero tiene que cuajar. Todavía podría torcerse.

—Pero si está en vísperas de Órdenes...

—Por eso, por eso mismo.

Enrique se pasaba las horas muertas tumbado en la cama, con algún libro bajo la cabecera, aunque en la mesilla tuviera otro distinto.

Sonaron dos golpes enérgicos en la puerta y apareció en la celda de Enrique el Padre Espiritual, resoplando jaculatorias y fatigas de asmático.

—¿Qué hay? ¿No estás bien todavía? —dijo el Padre al verlo tendido en la cama y conteniendo su mal humor.

—Estoy mejor, pronto iré ya con la Comunidad.

—Ya ves que los exámenes están encima y no conviene perder tiempo.

Se sentó frente a él y le miró ceñudo, hosco, lamentoso.

—Dime, Enrique, ¿cómo va tu vida? Te veo algo entibiado. ¿Haces oración?

—Sí, Padre.

—¿Y examen particular?

—También, Padre.

—Debías de leer algo ejemplar.

—Estos días —y señaló la mesilla de noche— he vuelto a leer *Las Confesiones de San Agustín.*

—Ésa sí que era un alma, Enrique. Tan pronto se enamoró de Cristo, todo lo demás le pareció ridículo. Uno de esos arranques necesitas tú.

¡Cómo deseaba Enrique en aquel momento ser un seminarista ejemplar y observante!

—Enrique, ¿para cuándo dejas el ser santo?

—Padre, yo, créame...

El Padre Espiritual se acercó mucho más a él. Le entraban ganas de zarandearlo. Le parecía rendido y se le escapaba. Había entre los dos una barrera impenetrable.

—Luego salís fuera al mundo y a los pocos años nadie os conoce ya. Sin una sólida vida interior es imposible hacer nada de provecho. Ni para las almas ni para la Iglesia. Ni para uno mismo. Más bien todo lo contrario.

Ya se había enzarzado el Padre Espiritual. No pararía.

Enrique, sin poderlo evitar, pensaba:

"Luego escribirán, seguramente, la vida de este hombre que tengo delante. No cabe duda de que es un santazo. Sí, a pesar de esa humanidad deforme y monstruosa, que inspira miedo y repugnancia. Sus ojos son como piedras vidriosas de volcán. Sus manos, peludas, grandotas, como de bestia. Sus labios, gruesos, como la flor de la retama, a veces teñidos de sangre. Y sin embargo, el milagro es innegable, el milagro está a la vista. Sus ojos desorbitados, abultados irrisoriamente, bajo el cristal partido de sus gafas, despiden irisaciones de un candor indescifrable. Sus palabras, al hablar de los elegidos, parecen gotear de un panal agreste. Todo esto es cierto, como es cierto que nunca le he visto uña intención torcida ni pusilánime. Él va derecho al suplicio y en el suplicio se extasía. No atiende a fenómenos de cultura ni a problemas intelectuales. La ciencia le irrita. Pero yo *no sé* seguirlo. Ya varias veces he empezado a explayarme con él y me he quedado mudo. ¡Le he visto mirarme de una manera...! No me comprende, lo repito. No es sólo que yo me aterre por lo contrahecho de su figura, por las torceduras de su esqueleto, por los tumores y ganglios que pululan en las hinchazones de su calva o por la ronquera de su feroz garganta. Todo esto, hasta esa salivilla espumosa que escupe al hablar, desaparecen y se deshacen cuando uno ve de cerca lo terrible y justiciero que es consigo mismo, cuando se le ve clamar sobre sí enfermedades, cuando se le ve llorar la desgracia de los pobres pescadores, cuando uno se lo encuentra por esos pasillos cojeando tristemente el agarrotamiento de los cilicios en sus músculos endurecidos, cuando se queda durmiendo en el confesionario el sueño estrangulado de varios días. Todos sabemos que en su celda ni siquiera tiene cama. Pero ¡qué bronca se me hace su figura! ¡Si al menos me llevara por el camino sin saberlo yo!

El Padre Espiritual acosaba a Enrique. Lo veía abismándose en interiores rememoranzas mientras sus ojos vagaban sombríos por el horizonte.

—Enrique, *no hay* más camino que el camino de la cruz; ¡convéncete! Es todo lo que tortura la carne lo que da el goce en Cristo. Tú no puedes negarle nada a un Dios que ha muerto crucificado *por ti*; al principio te asustará, pero después, ya verás, ya verás...

—Sí, Padre..

—Dices que sí, pero aún no te veo. Tienes que dejar las vanidades del mundo, todo eso son migajas. Estás embelesado con cuatro cosillas por las que se te escapa el alma... ¡Si al menos esa imaginación la emplearas en soñar cosas del Cielo!...

—Padre, ya verá como sí, yo espero...

—¡Lo esperas! ¡¡Lo esperas!! Te pierden los sentidos. Ese apego a lo exterior se cura meditando, pasándose horas enteras ante Cristo, pidiéndole luz y, sobre todo, triturándose...

—Estoy pasando una mala temporada, Padre. Antes tenía más vida interior, Vuestra Reverencia lo sabe...

—Y está bien que Dios te la quite. Tienes miedo de castigar tu carne, te asusta la cruz...

—Alguna vez, Padre, yo también...

—Tienes que cambiar enteramente. ¿Entiendes? ¿No ves a los demás? ¿No ves a Juan, a Tomás, a tantos otros...? Estás perdiendo un tiempo precioso. Tú mismo crees que quieres, pero, en el fondo, es que no quieres inmolarte.

—Padre, yo sí que quiero.

—¡Qué vas a querer! Si tú quisieras, para ti no existirían más que las almas, las almas que se condenan, las almas que podrían salvarse, las almas que no aman a Dios. Si tú meditaras seriamente todo esto, si tú fueras mucho al Sagrario, estoy seguro de que no vivirías en esa disipación.

—¡Yo siento el deseo de salvar almas, y...

—¿Tú crees que los placeres del mundo son verdaderos?

—No, padre, yo sé que no.

—Tienes todavía voluntad propia y la vocación es autoaniquilamiento. Tienes que morir si quieres vivir. Nadie puede servir a dos señores. Recuerda también lo de la higuera estéril del Evangelio. La tibieza, Enrique, es lo peor, ¡lo peor de todo!

El Padre Espiritual se embaló en sus frenéticos idealismos. Un idealismo que se horrorizaba de cualquier hermosura corporal, porque la naturaleza se había propuesto hacer bellas únicamente aquellas cosas que servían para ofender a Dios. Se puso a hablar entonces de la santidad con delirante entusiasmo, con avaricia, con la misma exaltación con que podía hablar cualquier romántico de su amada. Era para él intolerable toda melancolía que no fuese apasionamiento por la conquista de un cielo trepidante, hasta el que tienen que llegar los lamentos y resquemores del infierno para que sea cielo. La única prueba de estar en camino de salvación era haber triturado toda espontaneidad sentimental. La única gloria que sabía atribuir al cuerpo era la de ser capaz de resistir aún años de penitencia enloquecedora. Lo más inhumano del cuerpo es su resistencia al dolor, porque cuando parece apagado como ceniza fría, un simple vientecillo de los sentidos es capaz de resucitar en él las llamas perversas.

Quedaron los dos en silencio durante unos embarazosos segundos. Enrique absorto en el telón grisáceo de las montañas, el Padre Espiritual espiando por la celda motivos sospechosos de extravío.

Llegaba hasta ellos el rumor del agua que corría por las vertientes pedregosas. Por la ventana se entraba un vientecillo mojado de esencias marinas y sabor de árboles húmedos.

Enrique volvió a confiarse a su envaguecedora ausencia. Retornaban los recuerdos. Todo color era nostalgia de una imagen querida.

¿"Por qué no desnudar el alma ahora? Éste es el momento", pensó.

Resonaban los dulces balidos de un rebaño por la angostura del valle.

—Mire, Padre, es que a veces, me asaltan pesadillas...

—¿Del pasado?

—Sí, del tiempo de la guerra.

—¿Alguna amistad pecaminosa?

Puso en esta palabra un retintín especial como perro que roe un hueso.

—No, Padre.

—¿Alguna mujer?

—Sí, Padre.

—Estás sobre el abismo, Enrique. La mujer es el lodo infame que todo lo mancha. ¡Siempre la mujer, causa de maldición! ¿Qué *tuviste* con ella? ¿Que *pasó* entre vosotros? ¿Qué hicisteis?...

Hablaba de su amistad con Isabel manchándola, como cuando una babosa pisa una flor.

—Padre, no, si ella y yo éramos... no éramos...

Aquellas alusiones directas al sexo, horrorizaban a Enrique. Ella había pasado a su lado como pasa la primavera por un monte, dejando en cada rama, en cada tallo —en todo su ser—, una nostalgia, un sueño de pureza.

—¿Qué *hubo* entre vosotros? ¡Dime!

—Nada.
—Entonces, ¿por qué vuelves a recordarla?
—Yo lucho por olvidar...
—¿Por olvidar qué? ¿Qué me ocultas?
—Yo no le oculto nada.
—Reconoce que eso es un afecto carnal que te roba la paz interior. Muy mal te veo, Enrique.
—Todo esto pasará, Padre, yo lo sé.
—Pero, ¿qué piensas de ella? ¿Te callas? ¡Abrázate a la vocación, abrázate porque te veo en peligro! ¿Tú quieres irte al mundo? ¿Quieres condenarte?
—No, Padre.
—Repite para que Dios se apiade: "*Antes morir que cometer un pecado mortal.*" Repítelo conmigo... "*Antes morir...*"
—Antes morir...
—La vocación es libre, pero cuando Dios *llama*, hay un conjuro del demonio en cada ocasión que se deja pasar. Si eres infiel a esta gracia muy difícilmente te salvarás, ¡óyelo! Sería terrible, entonces, que Dios te quitara la vocación por no haber sabido merecerla, habiéndola tenido. Tienes que pedir lágrimas y perseverancia, tienes que *arrancarte* de raíz todo arraigo hasta familiar, todo lo que te estorba. ¿Tú puedes comparar el amor de Dios y el de una criatura, que es una nonada?
El Padre Espiritual se echaba sobre él con sus ojos enloquecidos de furia santa y feroz astigmatismo.
—No, no. Si no fué nada malo. Fué una amistad lo más limpia. Por ella se puede decir que yo salvé mi vocación y no sucumbí. Ella fué un medio del que Dios se valió para librarme. Ahora lo veo claro.
—Eso, también es una red que te tiende Satanás.
—Pasará, Padre.
Tantas veces lo había creído muerto y, de repente, habían surgido en su alma claridades imprevistas, ternuras y tristezas opresoras, escrúpulos, nostalgias...
—Acude a la Virgen, que es tu Madre. Mira a otros seminaristas, para los que sólo existen los libros de estudio y la

Eucaristía. Los hay a los que sonreía el mundo y no se dejaron engañar. Y aquí los tienes dando ejemplo.

—Yo no quiero más que eso...

—Si te entregas totalmente, si te abnegas, si desapareces a ti mismo, si lo dejas todo, lo tendrás todo, porque tendrás a Jesús Vivo en ti. Fíjate que si tienes que dar y enseñar a Cristo después, primero tienes que tenerlo y vivirlo tú. ¿Tú crees que San Francisco Javier envidiaba a alguien? ¿Crees que había alguien más feliz que él? Somos nosotros los equivocados, que andamos a ciegas, jugando como niños pequeños. No meditamos en la muerte y vivimos de impresiones. Por eso nuestras comuniones son como son. Sobre todo, piensa que estás a las puertas de las Sagradas Órdenes y que ese estado de ánimo es fatal. ¿Para qué tienes, si no, aquí encima, esta calavera? Hazte continuamente esta reflexión: "Esto es la vida, esto es todo lo que a mí me parece tan hermoso. A esto va todo. Ésta es la única realidad."

Si Enrique tenía la calavera era más bien como algo decorativo, que llamara la atención. A veces se torturaba pensando a quién habría pertenecido aquel cráneo. ¿Habría pertenecido a alguna persona joven?

El Padre Espiritual cogió aquel casco frío y pajizo como si se tratara del hueso de una fruta espléndida. Pasó las manos lentamente por la cuenca de los ojos, por la boca, por los orificios de la nariz y de las orejas, por la imaginativa garganta... Palpaba con extraño terror las cuencas terriblemente expresivas del cráneo.

—*Esto* hizo cambiar a San Francisco de Borja: "No quiero servir más a señor que se me pueda morir", dijo. ¿Comprendes?

Enrique no sabía someterse a esta bárbara experiencia. En los orificios inertes veía rebullir la gracia centelleante de la mujer soñada, aquella expresión suya, aquel encanto misterioso. En sus manos, la calavera se vestía y se aromaba de la tibia fragancia de su carne, que parecía inmarchitable. Revivía en el hueso toda ella, todo su ritmo y toda su maravillosa armonía.

Eran sus ojos que brillaban con luz, allí donde sólo se veía la mueca anónima de la muerte, sus dientes refulgían en el hueco vacío, cubriendo de sonrisas la sequedad de los huesos secos; sus mejillas y sus cabellos se encendían de tonos sutiles por encima de la ironía de aquel leve capacete mate.

"Ella no puede morir, a ella la he salvado yo dentro de mí para la eternidad. Y por ella vivo...", pensó.

Verse así enardecido ante una filosofía tan cruel, le inspiró lástima y recreo de sí mismo, como si él fuera el verdugo de aquella horrenda mutación. No era posible trasplantar la visión espantosa a Isabel. Porque ella sobreviviría siempre en él, con la graciosa lucidez de lo imperecedero. Que él y ella se fueran separando cada vez más no quería decir que no estuvieran cada vez también más unidos.

Los latidos del Padre Espiritual parecían oírse sobre sus sienes. Daba la impresión de estar escuchando el golpe de un azadón sobre la tierra de un sepulcro. Era horripilante la figura del Padre con el cráneo en la mano.

—Mañana te vendrás conmigo al hospital. ¡Allí verás a dos muchachos jóvenes que se están muriendo, y lo saben! Ya verás cómo hablan ellos.

—Iré, Padre.

El Padre Espiritual hablaba balbuceando torpemente las palabras como si estuviera bebido de un vino fuerte. Su vocabulario tenía el sortilegio de caldear las palabras en un horno de horrores. Horror ante el mundo, zona de torpes candidaturas donde no cabe una elección limpia. Hemos de cruzarlo, enhiestos y rígidos, como auténticos patibularios que abrazados al palo de la Cruz mueren insensibilizados a todo lo que no sea ensoñación mística y extático pavor. Los sentidos engañan, trastornan, pervierten. Los achaques de la fantasía son tentaciones. La vida es podredumbre de cadáveres ambulantes y subterránea tortura de condenados impotentes. Sólo el dolor, el dolor difuso, el dolor expiador y martirizante, es el que da seguridad para un renacimiento glorioso. La santidad consiste en beber aguas amargas y sentirlas dulces en el paladar, a fuerza de sequedad y sed. El sacerdocio es la bebida más trastornadora que puede gustar el hombre. En él se mezclan inevitablemente el desprecio y la caridad: orgullo que da la delicia del sufrimiento propio y piedad que inspira la flaqueza del prójimo.

Éstas eran las escalas ascendentes de la santidad, según la concebía el Padre Espiritual.

—A ver cuándo *empiezas* de una vez; a ver cuándo vas un día a verme y me dices: Ya, desde hoy, *soy santo.*

—Dios es muy bueno conmigo... Yo no puedo pagarle nunca a Dios el amor que me tiene.

—Pero recuerda aquello: *Que el que tiene la mano puesta en el arado y vuelve la vista atrás, no es digno...*

El Padre Espiritual se levantó. De pronto recordó que los latinos le estaban esperando en la Capilla de San José. Enrique le acompañó hasta la puerta.

Al quedarse solo, se insolentó consigo mismo por aquella artificiosa sinceridad que había usado. Había tenido la puerta abierta para decir la última palabra y, como siempre, entre dubitaciones y añoranzas de no sabía qué, se había quedado representando un papel ambiguo. Absorbido por el placer de su propia experiencia, no se sometía más que a la autoridad creadora de su íntima genialidad. Hambriento de análisis conscientes, sus quimeras rompían los diques de todo cauce lógico. Quisiera lo que quisiese, él había traspasado las fronteras y había de pagar, con su esclavitud a los hechos, el haberse entregado a la tiranía de los sueños con tan decidido e irremediable abandono. El tiempo se encargaría de ir mostrando, en un proceso gradualmente enérgico y valiente, sus resoluciones.

Se quedó abstraído mirando cómo por el pueblo iban reanimándose dispersas luces amarillentas dentro de las casas. Por sus calles torcidas y empinadas transitaban parejas de enamorados y grupos de pescadores.

Saltaban montañas de espumas al romper las olas sobre el lomo encrespado del litoral. El mar pasaba velozmente de los tonos rojizos y metálicos a los grises tenues y amoratados. Brillaban entre las olas las linternas de las barquichuelas.

—No me ha dicho: "Vete, sacrílego, que estás pensando en una mujer". Me ha dicho: "¿Qué hubo entre los dos?" No ve más que *eso* y hay algo más.

¡Qué refrescante se le pegaba a la frente y al corazón la caricia de la brisa! Los nichos del cementerio, recién estrenado, parecían los ojos obsesivos de una bestia enjaulada. El ruido del mar, con su sorda monotonía, lo iba alejando de las cosas. Se elevaba de los senderos y de los prados una niebla lentísima que favorecía extraordinariamente sus ensueños y evocaciones.

Intentó analizar de una manera fría momentos pasados en los que pudiera estar el secreto del presente. Todo había sido para él muy vago y confuso junto a Isabel. Apenas si recordaba sus vestidos, pero bien grabadas se le habían quedado sus palabras.

Recuerda ahora mismo exactamente la entrada de la casa donde vive Isabel. La puerta es grande, chapada, con dos recios aldabones. Al entrar, hay que descender dos grandes escalones que dan a un pavimento de piedra humedecida. El pórtico es inmenso, sombrío. En un rincón, desvencijado, se retuerce la mecánica de un viejo Ford. Las paredes y las escaleras son conventuales. Incrustadas en la pared hay ventanas enrejadas, unas rejas de mucho adorno. Entra la luz opaca y mortecina por la redonda claraboya de sucio cristal.

Enrique va subiendo las escaleras muy despacio.

Aprieta el timbre. Se oyen pasos leves, cierre de puertas, crujidos de cortinas, voces delgadas. Por fin, la doncella abre; es una muchacha jorobadita y afónica.

—¿Está la señorita?

—Voy a avisarle. Pase al salón y siéntese.

Se enciende una lámpara de bronce. Un Cristo de marfil se proyecta nítido sobre un espejo dorado. Huele todo a grandeza antigua, a gran familia en decadencia. El tapiz de los sillones está perdiendo color. El piano está abierto. Isabel toca muy bien el piano. El cuaderno lo mismo puede estar abierto en la obra de Listz o de Falla. Se escuchan risas lejanas. Enrique se levanta y contempla los cuadros de familia.

Aparece Isabel.

—¿Qué hay? —pregunta.

—Ya lo ves, sin novedad.

—Más vale así; aquí cualquier día nos darán un susto, ya lo verás.

—¡Qué va!

—Ayer estuvo parado en la esquina toda la tarde un tipo muy raro.

—Sería un pretendiente.

—No bromees. Las cosas no están para bromas.

—Lo que pasa es que tú eres una pesimista.

—Todo lo contrario.

—Pues piensa siempre lo mejor y acertarás.

—¿Lo mejor? Lo peor y acertaré. Yo soy muy realista, chico, y he llevado tantos sustos ya...

Están los dos sentados frente a frente. Se miran a los ojos y los dos se funden en la misma llama. Pero de vez en cuando se ríen, sin venir a cuento. ¡Qué ahogo y qué vehemencia en todos estos pequeños diálogos!

Luego van apareciendo las hermanas.

—¿Cómo está vuestra tía?

—Pues fíjate lo que son las cosas —responde Charito—; está mejor, como no ha estado nunca. Con más apetito y todo.

—¿Y tu hermano?

—Está hecho un auténtico "presidiario". Le llevamos el tabaco que nos diste —contesta Finita.

Ahora interviene de nuevo Isabel, que tiene una gran fe en Enrique. Enrique tiene para ella un poco la magia de predecir los acontecimientos. Enrique no es para ella ningún atolondrado; le da la impresión de una gran sensatez.

—¿Tú crees que ocurrirá algo en la cárcel?

—No creo que a estas alturas que está la guerra ocurra lo más mínimo. Más seguros están los que están en la cárcel que nosotros.

—A ver si luego cuando salga, sale cambiado.

—Ya verás cómo sí.

—¿Tú crees?

—Claro que sí.

—Tú lo ves todo muy fácil, tú eres muy optimista.

—Después de la guerra —asegura Enrique— todo será nuevo.

—Ojalá —exclaman las tres.

Sonríe Isabel, como penetrando dentro de un dulce secreto, pero al instante se queda seria y pensativa. A pesar de la perfecta compenetración de estos instantes, ellos sienten como miedo y prefieren no ahondar en el desenlace de las cosas.

—Oye, Isabel. Algunas veces, al pasar, he visto en tu mirador algunas chicas que me miran y se ríen. ¿Quiénes son?

—No hagas caso. Somos una cuantas amigas que nos reunimos aquí a trabajar. Nos han dejado a todas "a la luna de Valencia". A todas le han metido algún familiar en la cárcel.

—Pero, ¿en qué trabajáis?

—Nosotras nos defendemos bordando barras.

—¿Como estas que yo llevo?

—Como ésas.

—¿Es posible que estas dos barritas las hayáis bordado vosotras?

—Es muy posible.

—Entonces, ser teniente rojo no es tan malo como dicen.

—No sé si sabes que nuestra portera, Adelaida, al principio estaba muy escamada contigo. Ahora ya te tiene más simpatía.

—Menos mal.

Los cipreses se iban ensombreciendo por momentos. Enrique parece estar cosido al marco de la ventana. De vez en cuando algunas ventanas de otras celdas dan terribles golpes. Se ha movido un poco de viento.

Enrique prosigue divagando.

Frente a Isabel él nunca tuvo ni un indicio de declaración amorosa. Seguramente las mismas hermanas la estaban esperando, pero siempre se mantuvo a distancia.

—Si necesitáis algo, decidlo con toda confianza.

—Bastante has hecho ya.

—No seáis tontas. Oye —dirigiéndose a Finita—: ¿Y quién es ese miliciano que entra y sale tanto?

—¿Se lo digo?

Enrique teme lo peor. Por fin, Isabel lo dice.

—Es el cura de B., que viene a decirnos misa.

Enrique cierra los ojos. Y se ata a nuevas consideraciones, soliloquios estériles que parece que no han de terminar nunca. "Vine aquí como palo de naufragio. Estúpido. Conseguir que ella se fijara en mí y todo para nada. Yo creo que me vine por miedo, por miedo a que ella me despreciara; no estaba seguro de que me dijera que sí. Ni yo mismo estaba seguro de atreverme a pedirla, aunque hubiera estado a su lado muchos años. Es ahora cuando voy sabiendo todo esto. ¿Y la prisa que yo tenía por despedirme de ella, por decirle que me venía al Seminario? ¡Y me quedé tan ancho cuando me dijo: "*Has acertado*"! Pues mira qué acierto, acierto completo. Pero también el Padre Espiritual tiene razón: Sólo el que quiera perder su vida, la salvará. Lo mejor es renunciar. Y querer es poder. Dentro de unos años todo habrá pasado. Ella ya no será la misma y yo seré bien distinto."

El Padre Espiritual le dejaba siempre desilusionado. Hubiera querido entregársele maniatado, pero no era posible.

Entró el Hermano Enfermero con la cena. Enrique lo recibió alegremente. Era un tipo de aire seráfico, con más pinta de franciscano que de coadjutor de los jesuítas. Sobre su lisa calva se extiende una línea sedosa de pelos claros. Su barba es tan cerrada y negra, que casi parece azul. Recién afeitado es como un San Antonio de fabricación moderna.

—¿Le gusta la cena?

—Me está tratando como a un príncipe.

—Pues ahora, ya sabe: a acostarse y a dormir mucho. Tiene los ojos como si hubiera llorado.

—¿Llorar yo? Tiene gracia. ¿Puede usted creer que haya alguien más feliz que yo?

—Claro que sí. Los ángeles.

El Hermano iba recogiendo los platos. Enrique había cenado muy de prisa. Cuando hubo terminado, salió despacio, casi sin mover ruido, pero igual que siempre se volvió, para ver una estatuilla de Santa Teresa que tenía Enrique encima de la librería. Ya desde la puerta se volvió para susurrar a Enrique:

—Y a ver si sueña con ellos.

—¿Con quién? —Enrique se había distraído.

—¿Con quién va a ser? Con los angelitos.

—Adiós, Hermano.

Quedóse Enrique recostado sobre la cama. La Comunidad estaba cenando. Se oía a lo lejos la voz del lector con sus altibajos y sus pausas. De vez en cuando escuchaba el ruido mecánico del ascensor, que subía desde la cocina su carga de soperas y fuentes. Tomó del estante de su librería un tomo encuadernado en rojo. Podía ser un libro de ascética. Podía ser *Diferencia entre lo temporal y lo eterno,* del Padre Neurenberg. Pero era *Pepita Jiménez.* Infinidad de veces había dialogado Enrique con el "diablo de Valera". Comenzó a leer. De vez en cuando interrumpía la lectura y se quedaba abstraído. Por fin, se durmió.

Soñó cosas extrañas. Sobre un tablero verde, incoherente, de rectas y curvas movedizas —prado, pizarra o baldosa; no sabía—, dos manos enguantadas jugaban una partida de ajedrez. Las manos del que iba ganando, del que "soplaba" más fichas, eran unas manos negras, afiladas y sarmentosas. Terminaban en punta, y a veces, eran clavos sus dedos o extrañas agujas de reloj como patas de mariscos. Las que perdían eran manos de mujer, manos blancas que se movían como pétalos en la corriente de un arroyo. Cuando sólo quedaban sobre el tablero cuatro fichas, unas fichas raras como cuatro Hostias, Enrique, asomándose por debajo de la mesa, pudo ver algo de sus rostros. El que ganaba, era un anciano de rostro grave, barba blanca y ojos verdosos. Era, exactamente, el retrato del Padre Eterno, que Enrique había contemplado tantas veces en la sacristía de su pueblo. Al querer descubrir a la figura de manos temblorosas, se encontró con una estatua blanca, una estatua de nieve, pero que, a ratos, tenía estremecimientos de carne. Su pelo, unas veces era plateado y otras rubio. Movía las fichas sobre el tablero como tecleando. Alguna vez, lo que había encima del tablero de ajedrez era una mesa de altar. Después vió más claro que las palabras que murmuraba la estatua correspondían a la voz de Isabel, y que las que profería el anciano eran exactamente las del Padre Espiritual.

Sudaba presenciando aquella acongojante partida. Se ventilaba en ella algo muy serio. El Padre Espiritual reía como un loco e Isabel lloraba.

Tenía él gran miedo a que lo descubrieran. Quiso sacar la mano para mover una ficha y ayudarla a ella, y notó que estaba manco, que no tenía manos. Sufría con esta mutilación horriblemente, porque de ello dependía que ella dejara de llorar y el anciano de soltar carcajadas.

Cuando se despertó estaba sudando.

Al mirarse en el espejo tuvo miedo de verse tan propincuo a la locura. Aquella soledad se iba haciendo cada día más enfermiza para él. Tiró la novela de Valera con rabia, y se tendió en la cama con los ojos clavados en el techo. Contó, hasta cansarse, los lamentos irónicos del extraño pajarraco del jardín. Por enfrente de su ventana cruzaban, veloces y sueltas, como ninfas perseguidas, las nubes.

La fuente del patio parecía que, en cualquier instante, iba a consumirse, pero su hililllo musical no terminaba de quebrarse. Era como el quejido de su propia vida. Repetidas veces puso la palma de la mano sobre la punta de su corazón. ¡Qué ritmo tan sorprendente y tan bárbaro! ¡Qué anarquía de latidos! Su corazón, como un caballo desmandado, galopaba, brioso e incontenible, hacia el abismo.

Encima de la estantería le parecía ver claramente el rostro del Hermano Gabriel que, ceñudo, le preguntaba:

—Y usted, ¿qué hace aquí?

—Aquí hago —replicaba como dialogando— lo que me da la gana. Yo estoy aquí con más derecho que muchos que se pasan el día hablando de la parroquia y de la parroquia, y que se quedarán tan tranquilos cuando puedan roncar a pierna suelta en el coro de una catedral. ¡Si los conoceré yo! Lo que les atrae no es el incienso, sino el humo de las estufas de la curia. Mucho palique sobre el apostolado social, y ya les verás luego de capellanes de oratorios ducales. En cambio, yo, si salgo, ya verás, ya me verás, querido Hermano Gabriel, cómo...

Dejó el crucifijo con cuidado encima de la mesilla. Lo puso de manera que le mirara a él. A veces pensaba que podía morir, y todos, principalmente su madre, serían más felices incomparablemente, sabiendo que había muerto en amigable trato con el Señor.

Ahora sí que se había dormido profundamente. El ciprés del cementerio agitaba su sombra sobre la quieta superficie del estanque. Unas veces se alargaba fantasmagóricamente, alborotado por el viento como si fuera un tentáculo dañino y otras se encogía en estremecedoras contorsiones como el cuerpo de un humilde gusanillo.

La Comunidad rezaba las últimas preces.

CAPITULO IV

Enrique ha vuelto a la vida de comunidad. Una vez más, se ha incorporado a ella con reconcentrado esfuerzo. Aparentemente, su espíritu ha dado un viraje en redondo. La enfermedad ha creado en torno a él cierto ambiente de disculpa. Su dolencia, sin embargo, podría decirse que ha sido puramente ficticia, un relajamiento de los sentidos acompañado de un desmoronamiento interno romántico y desesperado. Se siente cansado, indeciso, aburrido. Está harto de fingir y luchar. Ya no le es posible ser sincero ni consigo mismo. Le parece estar quedándose petrificado a mitad del camino. Es como si se le hubiera endurecido el alma. Han desaparecido de sus comuniones todos los intentos de coloquio. Cada día es más juez de sus caídas, pero cada día también es más orgulloso, más cínico y más falso. A esto le han llevado unos cuantos años de ensoñación y de aislamiento.

Ha decidido volver a la capilla, a las clases y a los recreos junto a sus compañeros. Todavía tiene confianza en su voluntad. Sabe que está cruzando un período crítico. Quizá a los demás les ocurra otro tanto. Todo consiste en saber esperar. ¿Por qué no esperar también un milagro?

Son las seis y media de la mañana. Ha sonado un timbre insistentemente. A los dos minutos ha vuelto a sonar. *Te Deum Laudamus*, van cantando los compañeros. Y las voces se propagan por los tránsitos con extraños altibajos.

Se ha tirado de la cama. Se siente ligero, como nuevo. En seguida abre la ventana. Está amaneciendo. Brillan los azulejos de las torres de los palacios y se oyen chillar insistentemente los pájaros.

Enrique chapotea en el agua. Necesita espabilarse. Luego habrá que estar cerca de una hora en la penumbra de la capilla meditando, y el sueño se le agolpará a los ojos como si fuera arena.

Suenan las campanas del Seminario. Las puertas vecinas a su celda se van cerrando con cuidado. Sus compañeros están bajando a la iglesia. Ha terminado de afeitarse y se mira complacido en el espejo. Después echa unas gotas de colonia en el pañuelo. Se peina como puede su cortísimo pelo. Inmediatamente se acerca a la ventana.

—Su ventana está abierta —dice. Ya debe haber salido. Estará cruzando las callecitas empinadas y estrechas. Es incomprensible tanto madrugar por pura devoción. Ella sube por mí, por mí exclusivamente.

Del puerto están saliendo algunos barquitos con su trepidar de motores como de juguete. Frágiles columnas de humo van apareciendo en el mar. Las olas que rompen en la playa son blancas y parecen colchas desplegadas.

Ya la ha visto. Acaba de traspasar la puerta del parque, Sobresale su melena rubia por encima de los arbustos del jardín. Su andar es rítmico y ligero. Enrique está atento, como contando sus pasos.

Todavía ella no puede verle. Enrique no se retirará de la ventana hasta que ella dé la vuelta a las tapias del cementerio. En aquel punto, bajo las ramas de los frutales y de los sauces, hay un claro por el que se ven sin mirarse.

Parecerá una ridiculez, pero Enrique no puede ya prescindir de este momento de mutuo y distante reconocimiento. Sin este cotidiano y mudo diálogo no podría asegurarse que Enrique fuera capaz de permanecer en el Seminario. Y todo consiste en esto tan sólo, en verla avanzar entre los árboles, en escuchar el ruido de sus zapatos sobre el chinarro, en observar el repertorio de sus trajes, su capita azul, su falda de cuadros muy plisada. Verla sólo parece que le comunica alegría para la jornada. Que ella no acuda le produce un sufrimiento insoportable.

El perro del Seminario se ha acercado a Inés meneando la cola. Inés lleva en la mano una ramita delgada y va con ella azotando los macizos del jardín, de donde saltan mariposillas e insectos. Inés sabe que Enrique está mirándola desde la ventana. Pero no levanta los ojos. El juego está perfectamente estudiado.

Enrique baja a la iglesia. Todavía por el camino tendrá ocasión de verla desde algún ventanal. Al entrar en la capilla alguna vez coinciden cerca de la pila del agua bendita.

Sólo pretenden tenerse cerca, saber el uno que el otro está allí. Y castigarse mutuamente; si Enrique cobra audacia y se muestra decidido, entonces es Inés la que se recoge y da muestras de indiferencia; pero a veces, como hoy, es él quien, desdeñoso, atraviesa los bancos y se coloca lejano y ensimismado en la oración. Enrique siente a veces la necesidad de hacerla sufrir, de hacerle expiar este amor que la muchacha va sintiendo por él, y que él va alimentando a medida que sufre las torturas de otra ausencia mucho más atroz. Inés no es más que un instrumento de martirio, una especie de reflejo por el que adquiere certidumbre de que otro amor intocable vive en su interior.

Tiene que transcurrir media hora de silencio y oración. Pero será un silencio finamente analizado porque el ruido de las hojas de un devocionario, una tosecilla, el bisbiseo de un rezo, un débil suspiro, todo vibrará en el alma de Enrique con enorme fuerza. Y será también una oración extraña y trabajosa, porque el fulgor de la lámpara del Sagrario, la proximidad de los confesonarios, a los que se van acercando algunos seminaristas, la voz de los celebrantes que están oficiando en los altares laterales, todo ello repercute igualmente en la conciencia de Enrique con acongojante gravedad.

Por las vidrieras de la iglesia van entrando descompuestos en mil colores los rayos de sol. Las tocas de las vírgenes, las barbas de los profetas, el perfil de los apóstoles van adquiriendo un destello luminoso y radiante.

Comienza la Misa de Comunidad. Ha salido el Padre Prefecto al centro del altar y ha dejado el bonete en manos de los acólitos. El armonio ha empezado a sacar de su fuelle recónditas y antiguas melodías. Los seminaristas se arrodillan o se levantan mecánicamente dialogando con el celebrante.

—¿Comulgaré o no? —se pregunta Enrique.

Se levanta, cruza media capilla y se arrodilla a los pies del Padre Lizcate. Sabe que ella lo está viendo.

—Falta de modestia en los ojos —se acusa.

—Lleve cuidado, hijo; por los ojos se le puede escapar el alma.

Y, efectivamente, Enrique se figura que su alma es como una paloma que se ha lanzado a recorrer la azul inmensidad. Sus confesiones han dejado de ser aguijón doloroso de arrepentimiento. Ahora son como pócimas que sumen al alma en un letargo oscuro. Cada vez está más lejos de sí mismo.

De esta apatía sólo sale para soñar. Sueña en su futuro, piensa en sí mismo, convertido en sacerdote, predicando en un púlpito barroco un domingo en la misa mayor, ante un público elegante. Atinadamente le van viniendo a la boca incomparables imágenes bíblicas mientras critica la falta de caridad y el egoísmo con el prójimo. Sobre todo, le tienta hablar de la injusticia social. Acciona dominador sobre el auditorio y cada frase suya es como un trozo de salmo bello y purificador.

Van entrando en la capilla las amigas de Inés: una muchacha de luto, muy blanca, probablemente muy empolvada, con cara de actriz trágica, y otra muy frágil y rosada, rubia, que parece escapada de un lienzo florentino. Ya han visto a Enrique. Están cuchicheando con Inés. Están viviendo toda la irritación del seminarista y el sufrimiento de la amiga. Saborean el imposible diálogo como un secreto casi propio, como un propio pecado quizá.

—Son tontas —piensa Enrique—. No comprenden que esto que ahora me ocurre a mí les ha ocurrido a muchos otros que incluso estarán predicando en el Japón. Yo he de terminar uniéndome a Dios de una manera total.

En los bancos postreros de la capilla se van colocando los Padres que van a celebrar o han celebrado ya. El Padre Espiritual se está durmiendo en el confesonario. Su brillante calva oscila de un lado para otro como un horrible péndulo.

—También ellos, me figuro, tendrán su desconfianza sobre mí. Pues ya verán. Ya verán a la hora de hablarles a los obreros. Porque yo conozco el lenguaje que hay que usar. No hay más que ponerse en su lugar, haber sufrido y tener un poco de piedad. ¡Qué fácil es, Señor, hacer que las almas te amen y gocen sirviéndote!

Al regresar del comulgatorio, Enrique, sin querer, no ha tenido más remedio que fijarse en ella, y sus latidos se han acelerado al verla tan contristada y sumisa. También ella al pasar frente a él con las manos juntas ha vacilado como si los pies se le entorpeciesen.

¿Cómo es posible que los demás no se estén dando cuenta de este idilio fantástico de miradas clandestinas? Cuando llega el momento de abandonar el templo es el instante más cautivador. De la adoración de estos segundos tendrán que vivir todo el día, porque no todos los días hay paseos, catecismos o permisos que permitan al seminarista pasar bajo su mirador.

—Mucho cuidado —piensa Enrique—. Hay que usar de una gran cautela. Mucho ojo con el Padre Gonzalvo que parece estar en éxtasis, pero no se le escapa nada.

Al salir de la capilla los seminaristas se van dirigiendo cada uno a su celda. Primero tendrán que hacerse la cama, y luego preparar alguna lección del día.

—¿Ha terminado el Padre Lucio con el *Cantar*? —ha preguntado Enrique a Escoriaza.

—Todavía le queda para dos o tres clases.

Enrique va a su celda y abre el Antiguo Testamento: Lee:

Surge amica mea et veni.

Pero Inés está pasando bajo su ventana. Ahora sí que ha levantado los ojos un poco disimuladamente. Ya está bajo los arcos floridos por la vereda del cementerio. Va descendiendo lentamente, sin prisas. Se va deteniendo junto a los rosales, al borde del estanque, pegada a las tapias cuajadas de musgo. De vez en cuando abre el misal, saca un papelito y comienza a leer.

—Una cartita escondida bajo una piedra... —piensa Enrique en su desvarío—. Yo le contestaría. Le diría que no se vaya a creer que estoy dispuesto a dejar el Seminario por ella. Que, sin embargo, comprendo...

Como cañonazos lejanos estallan las olas en la playa. Las alas del ángel del cementerio del pueblo se extienden amplias y casi realmente aleteantes sobre un viejo torreón cubierto de hiedra. Por las laderas del monte van apareciendo las vacas con rumor de esquilas.

—Ya no podrá verme. O me verá lejos, hecho una estatua. Ya se esconde detrás de los macizos de mirto, ya ha desaparecido. Llevo más de media hora perdida aquí...

Se ha sentado y ha abierto los cajones de la mesa. Tiene que ponerse al día. Revisa los apuntes y los programas. Ahora son las campanas del pueblo las que tocan a misa. Los pájaros chillan y alborotan desde el oscuro ramaje de los cipreses. Entra a borbotones en la celda un viento fresco que viene del bosque cargado de esencias de eucalipto. Pero, de rato en rato, el cielo se oscurece de repente y pasan frente a la ventana nubes revueltas y agitadas.

—¿Has oído...? —dice, levantándose—. Son las amigas de Inés. De éstas sí que no me fío ni un pelo. Son peligrosas. Miran con mucho descaro. ¿De qué hablarán? Siempre andan contándose secretos y diciéndose palabritas al oído. Ahora miran hacia arriba. —Enrique se esconde.

No se decide a estudiar. Su voluntad se encuentra detenida

ante una muralla inatacable. Su conciencia se le ha quedado como desligada del cuerpo. Hasta la hora de bajar al desayuno permanece fijo en la ventana observando atentamente el paisaje, un paisaje que varía y se renueva de minuto en minuto.

Está lloviendo en alta mar. El arco iris se va extendiendo por el horizonte como un trozo de serpentina después del regocijo de la verbena. Las torres del pueblo y los tejados de pizarra brillante aparecen y desaparecen momentáneamente tras finísimas cortinas de niebla. Los robles y los pinos de los montes vecinos parecen ejércitos en orden de batalla estampados en un muro. Una lluvia tenue y blanda va apagando todos los ruidos de la montaña.

—¿Se puede? —preguntan desde la puerta.

—Adelante.

Es Gerardo. Tan pronto ha entrado ha dejado encima de la mesa un periódico.

—Esto no me gusta un pelo.

—¿El qué?

—Que vamos a la guerra.

—No creo...

En el Seminario se seguían paso a paso las proezas de la División Azul y se sumaban diariamente los miles de toneladas que hundían los alemanes a los aliados y los cientos de aviones que derribaban los ingleses a los alemanes. El Seminario andaba dividido de opiniones. Por una parte estaban los que veían llegado el momento de que los españoles se unieran a los alemanes. Pero éstos eran más bien pocos, comparados con los que señalaban la amistad con Alemania como la peor consecuencia del falangismo, que con su adoración por Hitler estaba poniendo en peligro algo más grave aún que la paz de España. Había brotado en el Seminario, de la noche a la mañana, una corriente de simpatía y admiración hacia los aliados. Pero todos, más o menos, estaban pendientes de la amenaza de Rusia, que muchos consideraban como la cuna del Anticristo.

A Enrique la noticia le reconcentró un poco. Una movilización representaba la destrucción de todos sus ideales, pero no le atemorizaba, más bien interiormente le emocionaba y atraía. Una guerra en aquel momento podía trastrocarse en la mayor de las aventuras. ¿No necesitaría él de otro choque externo que le lanzase definitivamente por la senda elegida?

Las velas de los barquichuelos se hinchaban bajo el ímpetu desatado del viento. El mar, lo mismo parecía unos instantes una plancha de plomo líquido que una piedra cristalina y transparente.

Enrique está subiendo mentalmente las escaleras de la casa de Isabel. Va ahora vestido de caqui. Se va al frente, y quiere despedirse. Ha puesto la mano en el timbre, le han abierto y está esperando que aparezca ella.

—Han pasado años; estará algo mayor...

—Pero, ¿qué estás diciendo? —pregunta Gerardo.

—Nada, nada.

Suena el timbre, que a los pocos segundos cesa y vuelve a sonar. Es la hora del desayuno.

En el comedor busca una ventana frente al ancho horizonte. Desde lo alto del púlpito van cayendo sobre el plato de arroz con leche algunas frases del Kempis. Pero ya están acostumbrados. Casi se las saben todas de memoria: Enrique mira embobado el mar, que es como una llanura de pizarra brillante. Hay que fijarse mucho para notar que es algo que se mueve.

Inmediatamente pasan por el coro de la capilla. Es la visita al Santísimo. Enrique se arrodilla. Bruscamente siente una oleada de fervor. Pero en seguida se distrae:

"La guerra, la guerra podía ser un remedio, piensa. La guerra podía ser también la perdición. Por lo pronto, la guerra sería la libertad. ¿La libertad? ¿Pero él no está allí porque quiere? Porque quiere está allí; nada más. También está porque esto hace feliz a su madre y no ha querido matarla de un disgusto. Bueno, se acabó. Yo estoy aquí porque quiero, porque lo he querido. ¡Sagrado Corazón de Jesús, en Vos confío! ¡Virgen Santísima, de Vos lo espero! Así nueve veces. Pero es que me pierdo..."

Los teólogos y los filósofos pasean a grandes zancadas por la explanada sin importarles demasiado la llovizna. Algunos se han resguardado en el frontón. Otros permanecen en corrillos en la puerta de la iglesia. De la copa de los árboles cae al suelo, con las gotas de la lluvia, una intensa fragancia de campo y primavera.

Enrique está en un grupo en el que se discute apasionadamente un tema de actualidad. Se trata del rumor de que el Gobierno español ha prohibido la difusión de una pastoral en la que se condenan los excesos del totalitarismo.

—Y éste es un Estado que se las da, a cada dos por tres, de católico —grita el Barón—. Me parece el peor de los abusos.

—Es un incidente sin importancia, y habría que saber lo que opina el Nuncio del caso —objeta Tomás—. A veces hay que ceder en lo mínimo para conseguir lo más.

—Está visto que nos gusta dorarnos la píldora y que de ninguna manera queremos reconocer que estamos convirtiendo a la Iglesia en famulilla del Estado.

—Tampoco eso es cierto —replica de nuevo Tomás—. Más bien podría probarse lo contrario. Repasa despacio la legislación sobre educación, sindicatos, seguros y demás, y verás bien palpable el magisterio de la Iglesia.

—Mucho se está haciendo positivo —ha añadido un mejicano de pelo ensortijado y aceitoso.

—Pero se están haciendo cosas inútiles, cosas que van derechas a la propaganda y al camelo, cosas que nosotros mismos nos estamos creyendo como regeneradoras y auténticas. —El Barón estaba muy excitado.

—La transformación de España es evidente —insiste Tomás.

—Sí, es evidente, pero con todo eso de "la Cristiandad, ejemplo y guía", creo que lo que estamos haciendo es tocar el violón. Ahí está el absurdo. El Estado nos ha cogido el punto flaco que es la rimbombancia y el aparato publicitario, y nos da en el gusto a todas horas. Pero eso no quiere decir que el Estado esté rendido a una necesidad íntima de evolución interior, que el Estado haya comprendido seriamente que aquí lo que interesa es ganar las almas. ¿Verdad, Enrique?

Enrique estaba abstraído. Desde hacía unos meses el Seminario se había convertido en un polvorín de teorías políticas, casi todas contradictorias. Era por aquellos días cuando estaba cobrando cuerpo una tendencia que pretendía reformar incluso al falangismo. En el Seminario dominaba el apego a las formas tradicionales. Al ver el Barón que Enrique se encogía de hombros continuó:

—Convenzámonos de que el pueblo no está con la Iglesia, que los obreros no están con la Iglesia, que los intelectuales no están con la Iglesia, aunque haya signos aparentes y falsos de compenetración y sumisión. Nada de eso. Ni están tampoco los militares, ni los falangistas. Lo único que han hecho es dejarse llevar por esa manera facilitona que ha puesto de moda lo religioso.

—Eres muy pesimista, amiguito —ha comentado el mejicano.

—Sí, hay que ser más constructivo —ha dicho Tomás.

—Yo lo que pienso es que estamos perdiendo una gran ocasión. Los católicos españoles somos de una vanidad supina. Vivimos cómodamente de nuestro propio artificio, somos tontos a fuerza de creernos ejemplares.

Al grupo han acudido algunos teólogos más, sobre todo en plan de oyentes. De vez en cuando miran el reloj. Esperan que el Bedel dé las palmadas de un momento a otro. El Barón ha cobrado más brío.

—A mí lo que me duele es que haya obispos tan despistados como agradecidos a toda hora de la mitra, sin darse cuenta de que tanto *rendez-vous* al Estado está creando una especie de clima de disimulo.

—Eso es exagerar.

—No tienes derecho a decir eso.

—Un obispo —ha proseguido cada vez más tajante— no puede ser un disco rutinario de la verdad oficial de España, sobre todo si esta verdad no es *toda* la verdad o es sólo *una parte* de la verdad.

—Pero, ¿qué es lo que encuentras condenable en el régimen? —le ha dirigido Tomás, un poco hosco.

—No es preciso siempre hablar de condenas. Yo en este caso hablaría más de independencia y suprimiría los coqueteos políticos. Prefiero que se peque de intransigente a tanta boba complacencia.

—Pues no es eso lo que dice el Papa de nuestro Catolicismo, ni mucho menos —ha dicho Tomás con cierto sarcasmo.

—Pero eso no quita para que nosotros, que estamos en el secreto verdadero de la cosa, comprendamos que a veces se olvidan un poco los pastores de la una descarriada y se han ido a los banquetes ceremoniosos tras las noventa y nueve seguras. Ellos tienen una misión más profunda que la de tanta conciliación y tanta foto política. Que los hombres se salven, que puedan vivir como hombres y puedan salvarse es lo que a ellos les debe preocupar, y no es hacerles vivir como hombres mantenerles con la verdad de Cristo racionada y con el pan del cuerpo apenas suficiente para poder trabajar y no morir de hambre.

—Sí, yo también soy partidario de la verdad entera, amargue a quien amargue —añadió Enrique cuando todos menos lo esperaban.

—Pero la Iglesia es más sabia que todo lo que vemos nosotros —salió encendido Tomás—, y ganará la última partida. Ella tiene paciencia y sabe esperar. La Iglesia es maestra de diplomáticos y fijaos cómo a todos los extremismos e insensateces de aquí dentro ha ido oponiendo una barrera de prudencia y medida. Mirad cómo a lo impulsivo y loco de los primeros momentos va sucediendo una generación que sabe de dónde viene y a dónde va. Está surgiendo, aunque no lo percibamos claramente aún, una nueva sociedad sin anarquistas y sin aventureros. La Iglesia, aunque no lo vean los impacientes, está educando al nuevo tipo de español, lejos de todas las fobias.

—Pero, ¿eres tan ingenuo como para suponer que se han arrancado las raíces de una nueva división entre los españoles? —atajó, furioso, el Barón—. Ni lo sueñes. El millón de muertos pesa y la juventud está naciendo, o aburguesada, sin instinto de renovación y crítica, sin ansias de reforma, o totalmente descontenta, desesperada porque está siendo burlada en sus ilusiones políticas. Y esto sí que me parece fatal.

—Pero, ¿me quieres decir cuándo la juventud ha estado como ahora tan adicta a la jerarquía eclesiástica, haciendo ejercicios espirituales, peregrinando, celebrando cursillos, metiéndose en bloque en los noviciados?

—También eso puede ser un espejismo, porque la regeneración no se logra nunca por decretos ni la moralidad se edifica con bandos de los alcaldes.

Los obreros que trabajaban en las obras del Seminario cruzaban en aquel momento la explanada. Debían de pensar que la vida de los seminaristas era demasiado fácil, exceptuando el tener que aguantar los rezos y los libros. Por lo demás era muy tranquila.

Enrique ya intervenía, y con creciente excitación:

—En muchas cosas el Barón tiene razón. Está uno harto de niños con premios de conducta en los colegios de religiosos que luego son sucios, egoístas y crueles. Está uno harto de católicos para los que no existe más pecado que el sexto y que luego son cínicos, desvergonzados y soberbios. Es francamente lamentable que, mientras en toda España parece ser que se insinúa alguna reconstrucción, los Seminarios sigan con un nivel bastante bajo. Sobre todo es la falta de caridad en la formación lo que hace muchas veces, si no despreciable, sí inservible el apostolado. Es el nuestro un catolicismo algo sórdido, muy vigilante en las costumbres, pero sin nervio y sin auténtica caridad.

—Deja que todos los Seminarios vengan a parar a manos de los jesuítas —afirmó Tomás.

—Tampoco es ése —recalcó el Barón— el camino.

—¿No irás a decir que el éxito va a depender del Opus? —replicó Tomás, irónico.

—¡Quién sabe...! Demos tiempo al tiempo —contestó el Barón.

Enrique se había soltado. Su rostro expresaba un incómodo profundo y, al mismo tiempo, cierta alegría revolucionaria.

—A mí quien me da pena, quien me duele de veras, es el clero, ni jesuítas ni Opus. Me duele ese peón solitario del cura de aldea o del párroco de suburbio, esos hombres sencillos a los que todos adoramos desde aquí, pero que luego nos limitamos a compadecer. Todo es hablar aquí del celo, de los métodos modernos de apostolado, de los obreros; pero a la hora de la verdad lo que priva es la canonjía y la oposición, el enchufe y la nómina.

—¿Qué te molesta a ti en los jesuítas? —preguntó de pronto Tomás.

—A mí nada concretamente. Sólo eso de que piensen y hasta pregonen que es imposible casi salvarse sin una recomendación especialísima de ellos.

—Pero, ¿conoces el sistema del Opus? —insistió.

—Los del Opus me parecen ambiciosos; tienen demasiadas prisas. He dicho que me quedo con el cura mondo y lirondo.

—Cuando se trata de regenerar una sociedad, todas las prisas me parecen pocas —afirmó el Barón.

—Pues ya veremos cuando te llegue el turno.

—Tú serás el primero en claudicar.

—Pues eso, repito, es lo que me duele: que hagamos del sacerdocio una mercancía tan barata. Parece que estamos dispuestos a vendernos al mejor postor.

—Enrique se ha salido de la cuestión —dijo uno.

—Eso es inadmisible —añadió otro.

—Algo y mucho de razón tiene —intervino de nuevo el Barón—. Y lo que ha dicho me recuerda mucho aquellas conversiones de catacumba en los sótanos de las Embajadas en Madrid, durante la época roja. Todos éramos allí unos, todos estábamos medio condenados a muerte. Recuerdo algunos: eran tipos de una fisonomía moral repugnante y miserable. La persecución hizo que algunos de aquellos cobardes y viciosos se sublimaran un poco y había que verlos llorando arrepentimientos, prometiendo esto y lo de más allá. Todos iban a ser generosos y caritativos. ¿Y qué ha ocurrido? He vuelto a verlos después. Ya están volcados otra vez en la frivolidad, en la inanidad del proteccionismo oficial, pudriéndose en una vida de regalo y de ventajas, sin acordarse para nada ni del dolor pasado ni de los dolores que cobijan en sus mismos palacios.

El Barón hablaba recalcando, flemático, casi riéndose un poco. Enrique tomó otra vez la palabra, pero el hilo de su pensamiento seguía preocupado con lo social:

—A una fiera desatada no se la puede nunca amansar con migajitas y sones de flauta ni es justo darles las Encíclicas enrolladas en papel de seda. La culpa es de quienes, pudiendo poner el dedo en la llaga, salen con paños calientes. Ellos no quieren recibir el perdón como una limosna ni el pan como fruto de una obra de misericordia. Se han matado por un pedazo de pan, pero no están dispuestos a venderse por un plato de lentejas.

—Exacto, exacto —dijo el Barón.

—Pero eso no es lo que se discutía aquí.

—Lo que se discutía aquí —continuó el Barón— es que ningún Gobierno del mundo, aunque comulgue y haga públicos actos de fe, tiene poder para atajar la voz de un prelado de la Iglesia.

—Todos esos cabos ya veréis cómo se atan muy bien en el Concordato —aclaraba Tomás—. Ya veréis cómo la Iglesia no se pilla los dedos en el próximo Concordato. Sabe muy bien con quién se juega los cuartos. Pero yo no abogo por la ruptura y separación. Es preciso colaborar. Hay que sacar de la situación cuanto mayor partido, mejor. La Iglesia sobrevive a todos los cambios y crisis, y cuando llegue el momento...

—Y mientras tanto, aquí estamos en la épica y en la epopeya altisonante, flotando en un cielo color de rosa, con globitos de feria —bromeó Enrique.

—Sí —gritó con impaciencia el Barón—, que, aunque hayamos vencido, como decimos, con las armas, no olvidemos que hay otras batallas que están sobre el tablero y se pueden perder. ¿Queréis hacer una prueba?

—¿Cuál?

—Los mismos albañiles que trabajan en el Seminario. ¿Creéis que están contentos? Nos consideramos tranquilos, a veces, con que tengan sacerdote a la hora de morir, pero no reventamos de pavor al ver que viven completamente alejados de nosotros mientras viven.

Sonaron las palmadas del Bedel. En la explanada se extendió el silencio de un modo casi impresionante. Los seminaristas avanzaban callados hacia los claustros. Muchos textos se abrieron.

En el claustro del primer piso estaban retratados todos los obispos y abades que habían salido de aquel Seminario. Eran allí ejemplo y estímulo. El del segundo piso se llamaba el Claustro de las Vírgenes, y estaba cubierto de Vírgenes españolas y americanas, Dolorosas y patronas de España y América.

Al poco rato por la explanada cruzaba el rebaño del Seminario. Más de cuarenta vacas salían del establo acompañadas de un Hermano, hacia los campos húmedos y jugosos.

La primera clase de la mañana era la de Sagrada Escritura. La daba un Padre casi ciego con fama de santo. Realmente era todo simpleza y bondad. Los alumnos esperaban a la puerta del aula. Tan pronto entró el Padre Lucio, los jóvenes teólogos se acomodaron en los bancos. El profesor entonces se arrodilló en el primer escalón del entarimado y comenzó a rezar con voz trabajosa el "Veni Sancti Spiritus..." Al terminar su imprecación, los seminaristas se sentaron. El profesor sacó de una carpetita sus apuntes y los extendió sobre la mesa. Luego cogió el texto y lo abrió. El Padre Lucio se movía tanteando las cosas. Resultaba su figura bastante extraña en aquel pomposo estrado. No le iban mucho el falso dosel pintado de purpurina ni el fastuoso sillón académico.

Ya estaba parafraseando el Cantar de los Cantares, en un castellano lento, pero terso y emocionante. Sus palabras, unas como trozos informes de cristal de roca y otras como raíces sueltas de árboles centenarios todavía jugosos. Unas le brotaban raudas, musicales; en tanto que otras le nacían frías y apagadas, como mariposas muertas. Su tartamudeo conmovía a Enrique. Por una parte quería matizar lo inexplicable, la emoción ingenua y apasionada de un amor sublime, y por otra se afanaba por abstraerse en los puros conceptos. Sufría el Padre viendo que se le secaban en los labios las más dulces ideas del sentimiento y de la ternura. No podía acompañar tampoco los gestos a las palabras, y sus brazos, larguísimos y desacompasados, se le quedaban sobre la mesa detenidos, igual que las aspas desnudas de un molino.

Enrique escuchaba ensimismado aquellos gentiles y rendidos diálogos entre el Esposo y la Esposa. Pero no por eso dejaba de contemplar el paisaje. El paisaje era para él una niebla en la que se había encerrado y desde cuyas impenetrables redes descubría las más fantásticas visiones.

Ahora mismo, mientras el Padre Lucio decía: "Preso lo tengo y no lo soltaré —que dice la Esposa—, quiere significar que la Iglesia..." Enrique se veía a sí mismo paseando al borde del acantilado entre los pinos y los arroyos que corrían por entre la hierba. Pero no iba solo...

Enrique se alejaba de la clase. Vivía fuera del Seminario. Los reproches que el Padre Lucio lanzaba contra los modernistas por su actitud contra la interpretación que la Iglesia daba al texto del *Cantar de los Cantares* le parecía que iban dirigidos contra él, porque poco a poco en su mente iba despertándose un entusiasmo por todas las opiniones que bordeaban la herejía. Entre dos sentencias, siempre le atraía la más temeraria. El latín cada día le sonaba más a lenguaje frío y sepulcral, un lenguaje para ritos que adormilaban y doctrinas colocadas fuera del tiempo. Mientras sus compañeros escribían cartas, repasaban otras asignaturas, charlaban por lo bajo o seguían los giros del discurso del Padre con la pluma en la mano, perplejos, Enrique dejaba vagar sus ojos por el circo de las praderas vecinas, de cuyos recodos se elevaban al cielo vagarosas y sutiles cortinas de niebla.

Pensaba Enrique que en el proceso de descomposición de su alma entraba mucho la influencia de aquel paisaje lánguido y ensoñador. Él había vivido siempre en parajes desnudos donde las peñas parecen cuerpos crispados que el calor retuerce y el frío congela. Él había vivido siempre en zonas escuetas y medio desérticas donde las cosas tienen un filo como de navaja y, de pronto, se había encontrado con las nieblas indecisas y los valles melancólicos, con regatos confidenciales y montañas suaves y sensuales. Del páramo calcinado y de los vientos agostadores había pasado a los praderíos húmedos y a los cerros adormecedores. Si su voluntad estaba como reblandecida y disuelta creía Enrique que era, en gran parte, por este tacto acariciador del nuevo paisaje. Se le pasaban las horas como reclinado en el tibio vellón de las nubes. Las mismas palabras, que en su pueblo tenían un sentido cortante y desgarrado como de pico de lanza, eran aquí música y arrullo.

Las mismas palabras del Padre, que se estaban refiriendo a conceptos tan elevados como los del matrimonio espiritual de Cristo con la Iglesia o los desposorios del alma con Cristo o la unión del alma con el Espíritu Santo, le parecían a Enrique cargadas de sensualismo. Párrafos enteros de San Juan de la Cruz, Fray Luis de León, Santa Teresa, brotaban de los labios del Padre Lucio con rumor de aguas cristalinas, pero Enrique les daba inmediatamente otro sentido. Si él decía:

> ¡Oh noche que juntaste
> Amado con Amada
> Amada en el Amado transformada!

Enrique estaba pensando en un Salomón apasionado, de gestos indolentes y gloriosa ternura. Salomón era un tipo sensual y refinado, fuerte, de ojos de animal celoso y rizos negros que le llegaban hasta el macizo cuello. El rey enamorado estaba acechando al atardecer en lo alto de una torre el regreso de las muchachas de las rumorosas fuentes. Buscaba a la preferida con arrebatada desesperación.

Pero lo que más le entretenía y absorbía a Enrique era el estudio de sus compañeros. Era para él ya como una manía enfermiza observarlos minuciosamente. Se esforzaba en adivinar lo que pensaban y sentían. Quería a toda costa encontrar en ellos juicios y sentimientos afines.

En el banco de delante tenía sentados a Carmelo, el Noli, Federico y Adolfo.

—Siempre Carmelo —pensó Enrique— al lado de Federico. A este Carmelo le atrae Federico más que la miel a las moscas. Es tan frágil Federico, tan ingenuo, tan dulce... A veces casi da vergüenza mirarlo de frente. Tiene cutis y labios de muchacha. Yo creo que él es cándido e inocente. Es Carmelo el que anda como loco sin dejarlo ni a sol ni a sombra. Terminará estropeándolo. Dudo mucho de esos alardes de espiritualidad de Carmelo. Es que Federico conmueve, por el tono de su voz y por su figura, lo mismo cuando canta en la capilla que cuando se tira al agua en el Rompeolas. Es su niñez quizá, su triste orfandad, siempre al cuidado de unas tías solteras, lo que le da ese aspecto de niño que sólo inspira mimo y caricia. No sé cómo los Padres no se dan cuenta de que todo esto es peligroso.

El Padre Lucio hablaba de la vida unitiva y del Cuerpo Místico. Le dió un golpe de tos y se ahogaba. Del puerto salían algunos barquitos con gran profusión de pitidos y humo y ruido de motores. También de los rastrojos ascendían largos penachos de humo.

—Yo creo que Adolfo no cree en toda esa ciencia infusa de Salomón. Los considera simplemente arrebatos medio románticos, medio carnales de un hombre ante una mujer. Nada más. Acaso Salomón, como poeta, pensó eternizarla así. Adolfo sonríe, escuchando al Padre Lucio. Le debe hacer gracia todo eso de San Pablo, de la Esposa sin mancha y sin arruga. Es muy analizador. Parece un médico psiquíatra con sus gafas. Pero cuando quiere pone una cara muy seria. Yo en esto de caras debo andar mal, no sé disimular. Adolfo da la impresión de que es un mosquita muerta y que flota dentro del Seminario como un pez en el agua, pero se adivina allá dentro de su espíritu algún malestar, algún resentimiento. Claro que si vino aquí después de la guerra es porque quiso. Era capitán provisional. A lo mejor quiere olvidar algo, eso debe ser. Debe haber muchos aquí queriendo olvidar muchas cosas. Yo quisiera saber qué hay dentro de cada uno ahora que el Padre está con eso de: "Hijas de Jerusalén, decidme si habéis visto a la que..." Adolfo es una mezcla de pesimismo y moral epicúrea que da por resultado ese cinismo agnóstico sonriente y curioso. Si fuera más ambicioso, Adolfo podría salir un hereje. Pero ahora no hay herejes; ahora lo que hay son trapisondistas. Otra vez sonreía cuando el Padre ha dicho que las trenzas de la Esposa son como hitos de cabras por las laderas de un monte.

Al Padre Lucio se le cayeron al suelo unas cuartillas. El Noli se acercó a cogérselas.

—¡Cómo lo tengo de atragantado a este Noli del demonio! Y los Padres en babia, dándole encima alas. Porque si alguien sobra en este Seminario es el Noli, que es un auténtico *eso*, un marica redomado. Está muy disimulado, pero su natura, como diría Quevedo, no ha dado para más. Y aquí el Noli por la derecha, el Noli por la izquierda, el Noli por todas partes y a todas horas, siempre con algún recado caritativo, rastreando, husmeando, comadreando, para decirlo de una vez. ¡Qué poco olfato tienen los Padres! Ya verás cómo después se las da con queso. Lo que hace muy bien es adular, delatar, celestinear. ¡Señor, pero qué puede comprender este hombre de salvación y de amor a los hombres si, para empezar, todos le odian porque en él está malograda toda virtud y toda sublimación! Pero aquí hace gracia. Todo el mundo a reír sus chistes, que los cuenta con esa voz rota de vieja y moviendo el cuerpo como una tabernera medio borracha. Y se le perdona todo: que sea tonto, que no estudie una palabra, que baje y suba al pueblo o vaya a la capital cuando se le ocurra. Todo porque ha contado aquí unas cuantas hazañas suyas. Una proeza del Noli consiste en irse en vacaciones por los jardines y denunciar a los enamorados que están un poco juntos, o irse a la playa y llamar a los guardias cuando sale alguna mujer con el traje de baño más escotado. O suspender un baile en una aldea amenazando al alcalde con denunciarlo al gobernador, o ponerse en la puerta de un cine y llevarse a los niños que van a entrar a casa de sus padres, echándoles una filípica. Pues esto es su gran apostolado. Creo que durante la guerra los milicianos lo encerraron en el camarote de un barco con una miliciana bravía y ella no consiguió nada. Pero luego no cuenta que se quedó de asistente de los milicianos para lavarles la ropa y lustrarles las botas. Que el Noli es un bicho está bien claro desde el momento en que es capaz de traer *de ocultis* al Seminario un libro prohibido y luego denunciar al pobre librero para que le echen una multa. A mí cuando lo veo en la Iglesia recorrer las estaciones del Vía Crucis me entran unas ganas enormes de darle una patada en el trasero. Pero, ¿por qué ordenarán a un tipejo así?

Junto a las mismas ventanas de la clase pasaban las gaviotas lanzando unos gritos absurdos y entre ellas planeaban cuervos silenciosos y brillantes. El Padre Lucio estaba ahora glosando aquel verso:

Mi Amado para mí
Y yo para mi Amado.

Salió un rato el sol. Brillaban los troncos y las hojas de los árboles. Los pájaros cantaban. Por la explanada iban y venían unas monjas acompañadas de unas sirvientas. Iban a secar la ropa blanca de los seminaristas colgándola en el secadero, una especie de corralillo entre tapias de boj y plátanos menudos.

—¿Por qué mezclaremos las cosas? La Iglesia es la Iglesia, y ha habido y habrá siempre hombres que sepan morir por ella. Pero Salomón era un hombre enamorado, nada más. Sin embargo, decir esto es herético. Lo mejor de todo es no indagar. Que dice la Iglesia que quiso decir la Iglesia, pues la Iglesia.

Al lado de Enrique se sentaban Jerónimo, Juan, Feliciano, Escoriaza y Gerardo. Jerónimo parecía a punto de sufrir un ataque epiléptico; se le veía reconcentrado, colérico, amargado. ¿Cuál era el secreto de Jerónimo? Vivía como dentro de una nube de vaguedad y enajenación. Era un hombre violento, mustio, como frustrado. Juan era un ser resplandeciente, clarificado, un ser que irradiaba paz y dulzura. Escuchaba al Padre Lucio como arrobado en un mensaje celestial. Doblando una cuartilla, limpiándose las gafas, pasando las cuentecillas verdes y rojas de su rosario que le servía para el "examen particular", subrayando cualquier frase del texto, Juan era casi angélico, ni siquiera hacía ruido. Juan atraía. Era la suya una virtud sencilla, humilde. Nadie diría viéndolo tan sosegado y extático que aquel hombre había vivido en el mundo de la diplomacia, entre reuniones de sociedad, bailes y mundanas exhibiciones. Juan había tenido hasta novia, pero ahora, según se decía, ella estaba en un convento y él, sin dar sensación de violencia alguna, llevaba en el Seminario una vida tranquila y ejemplar. Enrique sentía una gran simpatía por Juan, pero se le hacía espinoso e imposible seguirle. Sin alardes de mortificación, blandamente, sonriendo, Juan había pasado de la opulencia y la vanidad al sacrificio y la rectitud. Era admirable, porque, además, Juan era uno de los teólogos más inteligentes y mejor preparados que tenía el Seminario. De Feliciano apenas se podía decir ni pensar nada. Era como un barril puesto boca arriba, que se llena de tierra y en el que por toda creación surge un cardo seco y gris. Dentro del barril se podía asegurar que no había más que tierra pardusca y sin jugo. Toda la vida de Feliciano en el Seminario parecía pender de lo que le tocase comer cada día y de cuatro bromas insulsas y groseras. Con chismorrear un poco, con aprenderse de memoria los textos ya tiene bastante. Feliciano se pasa los recreos en la bolera, pinando bolos. Los bolos ruedan por tierra como su vida, sin pena ni gloria. En un esfuerzo de imaginación enorme, Feliciano se aprende de memoria algunos refranes y los repite, vengan o no a cuento. Escoriaza es una pieza bien distinta, listo, ágil, elegante. Escoriaza hará carrera dentro del clero, tiene una madrina millonaria y ha viajado bastante. Escoriaza será un sacerdote selecto, reposado, influyente. Es el que lleva en el Seminario las sotanas más pulcras y los alzacuellos más limpios. Los lentes de oro, como de lord inglés, le dan mucho carácter. Lleva el reloj colgando de una cadenilla de plata que esconde un poco bajo el fajín. Sus sermones en el Seminario han llamado mucho la atención. Los deriva siempre hacia una alta sociología, y como tiene la voz tan pastosa, uno se lo figura ya obispo. Lo más cautivador de Escoriaza es que es tolerante y comprensivo, y que lo mismo se le encuentra riéndose a carcajadas de los chistes de "La Codorniz", que desviviéndose por los pobres de abajo. Gerardo escribía una carta tapándose un poco con el codo y los libros de texto. Gerardo era un misterio. A Enrique le obsesionaba. ¿Tenía realmente vocación?

El Bedel se levantó, y después de anunciar al Padre Lucio que quedaba un cuarto de hora de clase, abrió el ventanal y el aula se llenó de un viento impetuoso y fresco que lanzó por los aires algunas cuartillas. En las laderas temblaban las margaritas y todo el prado tenía la misma oscilación que el oleaje de espumas en la playa. Enrique se entretenía en trazar caprichosos dibujos —algunas veces una cabeza de mujer con la cabellera suelta—, o también empezaba algún poema que rompía a las pocas líneas. De repente, el Padre Lucio cerró los libros, se puso de rodillas en el entarimado, rezó atropelladamente y a los pocos segundos la clase estaba vacía.

Enrique se dirigía a su celda, pero antes habían de pasar por la Capilla a hacer una visita al Santísimo. A Enrique no le salía ni una palabra. Había renunciado a las oraciones ya formuladas y no siempre su espíritu tenía aliento para dirigir al Cielo cualquier súplica. Al salir de la capilla, en vez de dirigirse a la celda, se fué a pasear un rato por la azotea. Reclinado en la barandilla miraba hacia el fondo del claustro en donde había una Virgen de mármol entre palmeras enanas y rosales flojos.

—Pensativo estás, Enrique —le dijo Gerardo.

—Nada de eso.

—Yo creo que sí; yo creo que tú piensas y le das demasiadas vueltas a las cosas.

—Te equivocas.

—Sí, eres demasiado introspectivo.

—¿A qué viene este diagnóstico psicológico?

—A nada, hombre, a nada. Tú ya sabes que en las clases de teología se pierde un poco la fe, y en las de moral se pierde un tanto la ídem; pero en los recreos y estudios, si no te despreocupas más, acabarás perdiendo otra cosa.

—¿Qué puedo perder?

—La razón, por ejemplo —dijo como en broma.

Les chistaron desde la ventana de una celda. Salieron cada uno por su lado. No era tiempo de recreo. Probablemente se acercaba el Padre Prefecto.

La hora siguiente de estudio Enrique se la pasó arreglando sus cajones. De vez en cuando le daba por repasar su correspondencia y poner en orden los papeles. En la clase de Teología Moral el Padre Sergio explicó los "casos de bautismo dentro del útero materno". El Padre Sergio empleaba un lenguaje medio médico, medio forense, unas palabras en latín y otras en castellano. Nada de aquello producía impresión alguna. Si acaso, producía cierta sensación de repugnancia. Después vino la clase de Canto Gregoriano. Enrique se puso en los últimos bancos y empezó a leer una novela de Chesterton. Tenía una capacidad enorme para abstraerse y podía muy bien leer o escribir mientras los demás estaban recitando o cantando. Si Enrique había resistido tantos años de horas de estudio y oración era por esto, porque había logrado vivir dentro del Seminario enteramente derramado hacia afuera. Con la imaginación vivía muy lejos. El Seminario le asfixiaba.

En la capilla las flautas del órgano tremolaban una serie de fugas variadísimas. Sólo se podían escuchar en los silencios que hacían los cantores.

De rato en rato Enrique levantaba los ojos de *La Esfera y la Cruz*, y se quedaba absorto contemplando las alas del ángel del cementerio del pueblo que parecían trozos de nubes petrificadas. Una carreta que iba arrastrando su carga de heno tierno por entre cambroneras y tapias avanzaba con lentitud, lanzando unos quejidos angustiosos. Las monjas seguían colgando ropa blanca, y sus tocas a veces parecían pedazos de tela que el viento arrastraba por entre los macizos del jardín.

Sonó el timbre para la comida. En la puerta del refectorio se rezó el *Angelus*. Cuando fueron a sentarse, ya tenían delante la sopera. A Enrique le tocó junto a Gerardo.

El lector, con voz solemne que quería imponerse a los ruidos de los ascensores de la cocina, leyó:

—Historia de los Papas, de Ludovico Pastor...

Gerardo murmuró:

—Tenemos Papas y cocido por los siglos de los siglos.

—Y lechuga.

—Amén.

El Padre Prefecto se paseaba por el comedor con parsimonia y cautela. Había que saberlo esquivar muy bien para que no sorprendiera a uno hablando. Después del postre, que consistía en dos manzanas, el lector paró de repente de leer y cogió del banquillo en donde estaba sentado el Martirologio Romano. Con voz muy lúgubre entonces casi deletreaba:

—...y en Constantinopla aquellas nueve Vírgenes que en tiempos de...

CAPITULO V

El Seminario se disponía a celebrar su *día grande.* No era la visita de la dama elegante y del señor encopetado que vinieran a recoger criterios y dirección en un momento de apuro. Ahora se trataba de una recepción en toda regla. Por el Seminario iban a desfilar los apellidos de más alcurnia y los cargos más importantes de la nación.

Los Padres se iban repartiendo estratégicamente a los invitados. Parecían estar distraídos, no esperar más; pero lo cierto es que no había dama ni caballero respetable que se quedara sin guía. Con palabras cortas y los dedos enganchados en la cadena del reloj, los Padres, cada uno con su manera particular, pero todos como uniformados en un mismo sistema, iban conduciendo a las ilustres personalidades por todos los rincones del Seminario, descubriéndoles a cada paso notas interesantes y motivos de ejemplaridad.

Las paradas de rigor estaban reservadas para la biblioteca, la capilla y el comedor de los Prelados. En la capilla, el jesuíta hacía una genuflexión correcta en medio del presbiterio, se volvía a levantar un poquito y se hincaba definitivamente en tierra. Las señoras suspiraban viendo cómo el Padre escondía el brillo de sus lentes bajo la concha inalterable de sus manos. Ante aquellos hombres Dios forzosamente tenía que inclinarse en una concesión extraordinaria de favores.

La Capilla del Seminario era de un gótico rebuscado y fastuoso. Parecía haber brotado en la agonía de un difunto ricachón. Los jeroglíficos y los arabescos se enroscaban por las columnas y las paredes dando cierta impresión de panteón pomposo. En la puerta de la Iglesia se destacaban esculpidas en bronce Eva y la Muerte y unas Madonas esplendorosas. La más interesante de todas era una que representaba la Largueza.

En la Biblioteca, el Padre ya era otro. Allí se desplegaba sabiduría. Lo corriente era que se abismara en temas abstractos y fríos, si bien actualizándolos de vez en cuando para que quedara patente que se estaba al día en todas las cuestiones. El discurso que el Padre soltaba entre las estanterías de libros era un discurso erudito con citas anonadadoras y alguna anécdota que otra que hiciera sonreír levemente al visitante. Los Padres tenían muy en cuenta la calidad del huésped y a cada cual le daban lo que le correspondía. Con los monárquicos intransigentes, predicaban una monarquía templada, cubierta con visos de liberalidad. A los falangistas íntegros se les hablaba del progreso doctrinal. No era suficiente estar dispuestos a defender incluso con la sangre una posición ideológica: había que trascender del dogmatismo hacia una evolución lo más creadora posible. También se les aconsejaba, principalmente, que se dejasen llevar. A los liberales condescendientes se les instruía en la complicación del colaboracionismo. Los Padres no perdían nunca la compostura ni el aire de religiosidad. Aun discutiendo sobre el Pretendiente o el Peñón de Gibraltar, conservaban siempre la calma y un tono discreto de voz.

El instante más crítico venía al cruzar el tránsito donde estaban colgados todos los obispos que habían salido de aquel Seminario. Allí también, en unos marcos de pésimo gusto, se iban acumulando las becas recién fundadas. El Padre pasaba por delante de los cuadros remontándose a temas más bien vagos. Hasta que las visitas no tenían más remedio que ser sencillas, preguntando:

—Y esos cuadritos, ¿qué son?

—¿Se refieren ustedes a ésos?

—Sí, a ésos.

Y el jesuita sonreía blando, poroso, haciendo esfuerzos por endurecer los pómulos y arrancar al cristal de las gafas las mejores irisaciones.

—Son los títulos de las becas recién fundadas. Este año está siendo un año de buena cosecha, gracias a Dios. Claro que para eso estamos en las Bodas de Oro. Pero el caso es que ya llevamos conseguidas unas sesenta. La Providencia no nos abandona. Muchas nacen en una visita fugaz, como ahora mismo. Miren ésta: "Nuestra Señora del Buen Consejo", se llama. Cincuenta mil pesetas. Buen Consejo, ¿eh? Pero lo lamentable es que otras, cuando llegan, es después de muchos líos de testamentos y abogados, cosa que ciertamente no es aconsejable. Todavía nos quedan algunos marquitos en blanco. Nuestra intención es ver si podemos llegar este año a las cien.

Las familias pudientes sentían el ahinco de la esplendidez y el señor y la señora se miraban. Sin embargo, había que hacerse rogar un poco. Era mejor. Así los Padres tomarían con más diligencia las consultas del bufete o del Banco.

—Habrá que pensarlo —decía el marido.

—Si nos saliera bien eso de lo que le hemos hablado... —añadía la mujer.

—Bueno, bueno, a ver si la próxima vez que vengan... —y el jesuíta parecía haber olvidado lo que se estaba hablando, daba unos pasos cortos y remachaba sobriamente—: Sólo a la mayor gloria de Dios.

Pasado este trance ya todo iba como la seda. El paseo acostumbrado era bajo los árboles frondosos del jardín. Allí el Padre rompía un poco su férrea tirantez y se acomodaba más al uso mundano. Allí hablaba incluso con calor e indignación de los alemanes, de los Sindicatos o del Vaticano.

—Nuestro criterio es... —y sin darle importancia a la cosa dejaba caer unas frases maduras y bien pensadas.

Los Padres sabían que este criterio iba bajando como en oleadas hasta los rincones más responsables de Madrid. Pero si la familia quería insistir en descubrir razones secretas de Estado, entonces el jesuíta sacaba el breviario y de un modo rápido, pero ceremonioso, se despedía de ellos y se internaba rezando por el sendero del cementerio. Pasaba entonces las hojas con tanta moderación y fluidez, tan reposado y liviano, que parecía que era el viento el encargado de pasarlas. Caminaba lentamente. De vez en cuando volvía los ojos hacia el coche de los visitantes y extendía la mano para saludar con ecuanimidad de estatua.

Esto era, más o menos, lo normal en los días festivos. Pero el día del estreno del Auto, el consejo de los Padres había de ser más decisivo y solemne. Se esperaban huéspedes de gran influencia a los que había que atraer definitivamente hacia el programa de la Iglesia. Así lo exigía el futuro religioso de España. Concretamente al Partido había que intentar darle un cauce más sumiso.

Para señalar el día y la hora el Padre Prefecto congregó a la Comunidad en el Aula Magna y detalló el programa del Cincuentenario. De ningún modo estos actos habían de distraer las mentes del estudio. Como mejor podían contribuir todos al esplendor de las fiestas era santificándose. En cincuenta años de existencia, aquella institución había distribuído estratégicamente por la península los mejores elementos con que contaba el clero. A las fiestas acudirían el Nuncio, varios cardenales, numerosos obispos, abades, superiores de órdenes religiosas, canónigos, curas... Acudirían asimismo títulos de la Nobleza, diplomáticos, directores generales, gobernadores, alcaldes, incluso ministros. Se estaban haciendo gestiones para que el No-Do pudiera acudir.

No todas las fiestas serían profanas, ni mucho menos. La pujanza de aquel Seminario había que demostrarla precisamente ofreciendo al Pontífice, junto con un pergamino donde constase el número de sacrificios, comuniones, rosarios, etc. de todo el año, una gran actividad intelectual. Los Padres ya tenían preparadas sus conferencias y la edición de libros científicos que habrían de causar admiración en los círculos eclesiásticos de España y aun del mundo. Se editaría igualmente una edición moderna de *La vida del Seminario*, en la que se daría cuenta cabal de todas las reformas y adelantos establecidos. Era llegada la hora de proclamar bien alto que en la hora de los desmoronamientos y de la desbandada general, aquel pabellón de Roma había conservado intangible y retadora la bandera de los santos ideales. Ni siquiera la República había podido con aquella plaza fuerte.

La *Schola Cantorum* se disponía a preparar con todo rigor un concierto, mitad sacro, mitad profano, en el que intervendría una orquesta famosa. Era casi seguro que este concierto sería radiado a América. También el Padre Prefecto hizo saber a la Comunidad que el Padre Rosado había concluído su Auto Sacramental que se titularía *Los Desposorios de España*, y que prometía ser una pieza literaria de envergadura. Rogaba a todos los seminaristas que entregaran en la Rectoral una lista de los bienhechores y demás señas a las que se pudiera enviar la propaganda del Cincuentenario.

A Enrique el Padre Prefecto le asignó tarea en la revista del Cincuentenario. Desde el primer momento, aunque él procuraba mostrarse dócil y disciplinado, aquella publicación le proporcionó serios disgustos. El Padre Prefecto no tenía una idea muy clara de lo que era estilo literario y entre varios originales siempre cogía el más retórico y plúmbeo como entre varias fotografías siempre se inclinaba por la más académica. Después de sus correcciones los artículos quedaban mucho peor de lo que habían salido de manos de sus autores. Aunque ellos a veces intentaran manifestarle su enfado, el Padre Prefecto insistía en que estas pruebas educaban mucho el carácter. El Padre Prefecto hablaba siempre del carácter y de la educación de la voluntad.

El Auto Sacramental constaba de seis actos. Comenzaba con el Descubrimiento de América y terminaba con la apoteosis del Séptimo Cielo un día de abril de 1939 en que falangistas y requetés liberaban el Cerro de los Ángeles. El Padre Rosado había estudiado teológicamente el compromiso de España con la Divina Providencia y su obra quería ser un oráculo de revelación política. Los Padres sólo atendían a los efectos del Auto. ¿Era adecuado para demostrar gratitud y agasajo a los bienhechores? ¿Evidenciaba que el don de la propia estimación era un don del Cielo? ¿Era, además, un bautismo de gracia sobre la guerra que durante tres años había asolado las tierras de España? Todo esto era lo que se pretendía en la hora presente.

Desde el primer momento, los seminaristas llamaron "Camión" al Auto Sacramental. Fueron Escoriaza, Gerardo y Enrique los llamados a meter alguna que otra pieza de recambio y a suprimir alguna carrocería inútil. El Auto llevaba camino de durar seis horas largas. Era, además de interminable, trepidante. Los parlamentos y los monólogos eran verdaderos tratados de intriga.

Figuraban en el Auto casi un centenar de personajes. Se representaría a última hora de la tarde, cuando ya los huéspedes estuvieran cansados del Pontifical, de la colocación de las "primeras piedras" y del descubrimiento de las lápidas martiriales. Ya entonces el elemento oficial habría caído rendido en los soberbios butacones y podría libremente revelarse la voluntad de los Padres que consistía únicamente en que España pudiera entrar a cumplir su papel mesiánico en el mundo de la posguerra.

Los principales mensajes recaían sobre Federico y Carmelo, aunque había muchos mensajeros más. Ángeles, Demonios, Virtudes y Dones se repartirían sobre las tablas estratégicamente. El intríngulis de la obra radicaba en Federico, que era América en las primeras escenas para trocarse luego en la Esposa bienamada, en el resto de los cuadros. Carmelo era el Brujo que raptaba a la joven América en nombre de las "Logias" y se convertía después en Maligno, enemigo de la matrona España. Pero España, en virtud de un acuerdo tácito con el Divino Esposo, iba manteniéndose en medio de las asechanzas, Virgen y Madre a través de su historia. Ésta era la clave teológica del tema.

Carmelo tomó el papel de seductor y enamorado galán como hecho a su medida. En sus labios los versos del Padre Rosado tenían aroma de vino de bacanal. Federico lo seguía arrobado, atemorizado cuando era representante de los poderes tenebrosos e hipnotizado cuando era portavoz de los mensajes celestiales. Federico no podía de ningún modo entregarse. Federico o era América o era España y las dos tenían que mantenerse puras e íntegras contra todas las proposiciones que no fueran devoción por la gloria de Dios y pasión santa por las almas. España no podía ser nunca una "casada infiel", sino una "novia eterna", la novia de Cristo que seguía los planes del Altísimo, aun martirizado, en los momentos más difíciles de la Historia.

Los cuadros de 1931 y de 1936 tenían contrastes elocuentes: "Juan Español" —Jerónimo— tenía unos soliloquios que erizaban la piel. Pero las escenas que más conmovían eran las de la Cruzada, cuando en pleno campo de batalla requetés y falangistas se arrodillaban ante el Señor de los Ejércitos.

No era nada pusilánime el Padre Rosado. Había en sus versos licencia para el requiebro y los donaires. España y el Divino Esposo adquirían una categoría como de Romeo y Julieta extrahumanos. Aquellos lamentos de tórtola herida tenían forzosamente que impresionar. Conocía el Padre la sensibilidad del público y sabía manejar estos monigotes quiméricos.

La escena del Alcázar de Toledo tuvo sus pros y sus contras. Algunos eran partidarios de suprimirla, pero esto era quitarle al Auto un momento de emoción. Cuando le piden al héroe que se rinda y él porfía en no entregarse, aun a costa de la vida del hijo, el diálogo tenía que hacerse con un tabique de por medio, lo cual resultaba francamente grotesco. Si se ponía un mediador había que ajustarse a los hechos y sacar en este ingrato papel nada menos que a un ensotanado, antiguo alumno.

Cuando el Padre Rosado acudía a los ensayos, aquellos "Desposorios Místicos" llevaban camino de convertirse en las "Bodas de Camacho". El Padre Rosado sacaba la pluma y con una facilidad portentosa escurría versos y escenas interminables.

El otro elemento que iba a contribuir a la gloria del Cincuentenario iba a ser el Padre Silva, director de la *Schola Cantorum.* Al lado de Palestrina y Vitoria se proponía ensayar unos madrigales suyos. Desde niño lo habían educado para genio y eso lo hacía bastante arbitrario y absurdo. Le gustaba pasear en silencio, impávido, majestuoso, hierático, como si fuera un pararrayos. Por supuesto se creía superior a Falla y al maestro Rodrigo. Era incapaz de salir a dirigir si antes no estaba convencido de que sus pantalones negros, muy bien planchados y con raya, no asomaban medio palmo por debajo de la sotana. Dirigía con una quietud inefable pero a veces la estatua experimentaba un calambre inesperado y se retorcía como si le hubiera picado un alacrán. El Padre Silva ponía música a las cancioncillas que escribía el Padre Rosado, y de lo sentimental a lo juguetón iban letra y ritmo produciendo en los seminaristas comentarios jocosos.

El Padre Rosado y el Padre Silva eran los dos únicos a los que el Padre Rector y el Provincial permitían fumar y llevar el pelo un poco más cuidado. También de tarde en tarde les permitían algún viaje.

Estos largos ensayos le sirvieron a Enrique para vivir un mes lejano a su problema, por lo menos un tanto distraído. Sólo de vez en cuando pensaba que quizá se le presentara ocasión de hablar con Inés.

Se vivían unos días de gran jolgorio en el Seminario. Había entusiasmo, y en las repeticiones surgían siempre bromas.

—Esta rueda no marcha, se deshincha —protestaba Escoriaza, que actuaba de director de escena.

Si se habla con la *Esposa* hay que olvidar que se trata de un condiscípulo, y hay que sacar los registros conmovedores de la ternura. Hay que cogerlo hasta de la mano: El *Divino Esposo* tiene que hablarle con pasión. Esa pasión no es la pasión terrena, pero tiene que ser como si lo fuera, para que aquellos que lo vean lo entiendan.

Tanto el Auto como el Concierto serían representados y ejecutados en la iglesia del Seminario. El Padre Espiritual no quiso saber nada de esta vuelta al siglo de Oro y, terminantemente, se negó a hacer acto de presencia.

El Padre Rector parecía haber cursado una invitación especialísima a la Naturaleza. Después de varios días de viento frío y sucio, de tormentas y chaparrones feos, apareció la delicia estival expresamente para la "Semana Grande". Un clima y un cielo maravillosos que los huéspedes no se cansaban de elogiar.

En el palacio del Marqués se hospedaron el Nuncio y varios Prelados. Otros palacios cerrados, también se abrieron para recibir diplomáticos y políticos. El día fijado para el estreno, la montaña donde está enclavado el Seminario se fué llenando de lujosos automóviles y autocares de turistas. Los Hermanos iban tomando nota en la explanada de la procedencia de los coches. Decían:

—De San Sebastián, de Bilbao, de Barcelona, de Madrid...

También apareció alguna matrícula de Valencia, y Enrique se echó a temblar. Había muchos coches, cuyo origen los Hermanos no acertaron a descifrar al principio; eran los P. M. M. Después se cansaron de contarlos.

El primer acto conmemorativo fué la entrega de la estatua de Cristo, Sumo Sacerdote. Soltaron discursos dos Magistrales, un Obispo y el Rector del Seminario. El segundo, consistió en el descubrimiento de la lápida de los mártires. Hablaron dos Obispos, un Gobernador y representantes de los ministros de Justicia y Educación Nacional.

Todos citaron a Ramiro de Maeztu y a Menéndez Pelayo. También se habló del comunismo y de la Cruzada. Otro acto consistió en la lectura de discursos y elegías ante la estatua del Marqués, situada frente al océano. Intervinieron el Padre Provincial, el Marqués heredero y un delegado del Ministerio de Trabajo. Todos prometieron trabajar incansablemente por la pronta beatificación del Marqués.

Pero las jornadas más relumbrantes fueron, como se esperaba, las del Concierto y las del Auto. Habían acudido centenares de invitados. Por entre las trochas y veredas se veía ascender constantemente la galana procesión de las gentes vestidas de fiesta. Constituían una concurrencia refinada. Las figuras más destacadas del régimen se habían dado cita en el Seminario como para una gran reunión de sociedad.

Los jardines del Seminario y los claustros habían perdido su pobre monotonía y adquirían una fisonomía sugestiva y atrayente.

El pueblo presenciaba todo aquel rumboso ceremonial con un orgullo increíble. Aquel Seminario seguramente era una de las glorias más cimeras de la Patria, gloria que ellos no comprendían, pero veneraban.

Ver a los seminaristas, puestos de sobrepelliz, mezclados

con los músicos de la orquesta no produjo ningún escándalo, aunque los smokings y los escotes rompían un poco la armonía clerical.

Gerardo, Escoriaza, Tomás y otros fueron los encargados del protocolo. Con modosa cortesía iban colocando a las señoras y a los señores, en los sillones, sillas y bancos, a cada cual según su rango y categoría.

En los entreactos, los seminaristas de la *Schola* recibieron un refresco para aliviar sus gargantas. Entre los músicos había algunas señoritas que manejaban violines y arpas.

Llegó la hora de "coger el volante". Los invitados no se esperaban aquello. Había, entre los seminaristas, verdaderos artistas que ponían el alma en lo que decían y hacían. El hablar evanescente de Federico en los momentos del rapto, el tono voluptuoso, las vueltas del Noli alrededor de la *Esposa* prodigándole tentadoramente consejos de *Eunuco*, el coro de los *Ángeles* rondadores, el sagaz plan de *Adulterio* trazado por Jerónimo, las *logias*, el artificio de Satanás para impedir la sumisión de España a los planes amorosos del *Divino Esposo*, toda esta trama galante del amor sublime, fué representada por los seminaristas con ademanes adecuados, ceñidos a un ritmo de ballet.

Carmelo era el seductor que lanzaba requiebros y, luego, el *Divino Esposo* que esperaba mansamente la hora de las *Bodas* celestiales. Para lo primero iba vestido con terciopelo rojo y verde y corona de mirto, y para lo segundo, con túnica blanca muy suelta y corona de espinas. Federico vestía primero sedas ligeras y núbiles con diademas de flores y, después, mantos pesados de púrpura y corona real de oro y pedrería.

El Noli sacaba careta. Jerónimo, peluca versallesca o melenas de profeta harapiento.

Los Coros de *Vírgenes y Viudas* salían con tocas albas o velos negros. Éstos personajes los hacían filósofos o retóricos.

Mientras se vestían, Enrique dió varias vueltas por la Sacristía. Efectivamente, Federico podía pasar muy bien por una huérfana de reyes todopoderosos, que, abandonada a media tarde en un jardín encantador, sugería al falso amante ideas de violación. Sus lloros y gritos de socorro impresionarían. Carmelo, perfumado, con el pelo brillante, con los muslos y los pies ceñidos era ciertamente una figura arrogante.

Carmelo y Federico se acicalaban minuciosamente. De ellos dependía el éxito de la obra. Y la obra no era solamente un trasunto teológico de loas embalsamadas y cánticos celestiales. La obra era también un artificio para que los hombres pudieran entender las finezas del Altísimo con España y se rindieran a un destino providencial.

Las cejas, las manos, las mejillas, las sandalias, todo el atavío de la *Esposa* estaba a punto. La barbilla, las ondas, la daga, el cayado, el cinturón, todo el atuendo del *Esposo* estaba listo, también. Y se levantó el telón.

El público calló. Al principio con curiosidad. Después con emoción. Sólo hubo un pequeño revuelo al escapársele a Federico de entre las manos una paloma.

No estaba previsto que la paloma se internara en la iglesia y fuera a posarse, después de varias vueltas, en los hombros semidesnudos de una dama de las primeras filas. Su marido la capturó y se quedó con ella en la mano. Fué Enrique quien salió a recogerla. La señora estaba turbada, con un azoramiento que conmovía. Enrique quiso evitar fríamente todo atractivo justamente porque sabía que los ojos de Inés se clavaban en él. La había visto con un lindo vestido y un sombrerito blanco. También ella sabía que él, estuviera donde estuviera, la estaría mirando. Y esta misma seguridad de saberse los dos, mirados a distancia, los turbaba. Si no se dirigía a ella, mucho menos a todo aquel mujerío cálido y deslumbrante. Las mujeres eran divinas y hermosas, pero eran crueles, de una hermosura que dolía al contemplarlas. Reían a carcajadas, lloraban o languidecían según se lo proponían.

Como un autómata inefable, Enrique recorrió la Iglesia, por en medio de obispos, marqueses, militares y curas jóvenes. El aire quemaba allí dentro. Si hubiera permanecido más tiempo habría caído desmayado a tierra. Las sonrisas, las voces aterciopeladas, los brazos enguantados de blanco, los escotes, las piernas, la delicia de las bocas, el ardiente mirar, la dicha toda que emanaba de muchas caras y la tristeza de otras, le producían vértigo. Salió con la paloma entre las manos, y al llegar al patio, la soltó.

No era nadie, no podía resistir unos ojos. Era su vida una cándida pantomima.

La equívoca presencia del Noli produjo risas y murmullos. En resumen, fueron cinco horas de Iglesia que pasaron como un vuelo. Después de la apoteosis los claustros se llenaron de sombras y perfiles, y aquellos lugares, de por sí tan lacios, se vistieron de fiesta y bullicio.

Los músicos y los artistas fueron obsequiados inmediatamente con una copa de vino.

Muchos seminaristas, al ser besados por las hermanas y primas, se avergonzaban. Otros, permanecían dando vueltas, como buscando algo perdido.

Cada coche que se ponía en marcha y arrancaba era despedido con una salva de aplausos. Si era el Obispo, se alejaba repartiendo bendiciones. Si era hombre de Estado, inclinaba la cabeza repetidas veces y sacaba el guante blanco por la ventanilla saludando.

Así se terminaron las Fiestas. Había anochecido. En los palacios del pueblo se iban encendiendo las luces. Las copas de los árboles parecían moverse bajo el reflejo plateado de la luna.

Se citaban los poderosos para las regatas del mes de agosto en San Sebastián, y los Padres sonreían bondadosamente como disculpando las travesuras de un niño enfermizo.

Se podían escuchar ya lejos del Seminario diálogos así:

—¿Has visto...?

—¡Que si he visto!

—Es que los jesuítas, chica...

—Ellos, por tener, tienen de todo. Hasta lo último creí que se trataba de una mujer. ¿Y el galán? Parecía de ópera. ¿Y aquel otro con pinta de *sarasa*...?

—Eso era zarzuela, hija.

El Profesor de Ética, moreno, con una zalamería rígida, explicaba a un Gobernador Civil:

—¿Este Padre Rector? Sí, sí, de lo mejor que tenemos...

—No hay más que verlo; ustedes no tienen desperdicio.

—Con decirle que cuando estaba en Roma, era él quien le hacía los discursos en castellano al Papa.

—Lo que no consigan ustedes...

—Si nosotros nombráramos los obispos, otro gallo nos cantara —afirmaba el jesuíta.

Los seminaristas, con las sotanas encima de sus ropajes simbólicos, iban saliendo a la explanada. Comentaban entre ellos las incidencias del estreno. El traspunte había tenido un fallo mayúsculo, hizo sonar el disparo que suprimía al hijo del "héroe en el Alcázar" antes de que sostuvieran el famoso diálogo.

A Enrique le reclamaban en la portería. Era el jefe del Sindicato Nacional del Arroz.

—Me encargó un pariente suyo, Alfredo...

—¡Oh! ¿Usted es amigo suyo?

—Pues sí. Iba a venir, pero a última hora no sé qué asunto urgente...

—¿Le verá? Dígale que para mis Órdenes le espero.

—Yo le haré que venga, se lo prometo.

Era un muchachito pequeño, con cara y bigotito de chino. Acaso de arroces entendía más que nadie.

Le dijo a Enrique que había proporcionado a los Padres una guía para tres toneladas de arroz; era lo único que él podía hacer. También hablaría con el Sindicato del Cemento y de la Madera para que las obras pudieran progresar.

Enrique, bromeando, le dijo que podía poner en duda que los seminaristas le agradecieran el regalo del arroz.

—¿Pero por qué? —inquirió el menudo fetiche.

Enrique rió. El político tuvo que adivinar la insospechada jerga y él mismo se rió nerviosamente, diciendo:

—¡Muy interesante! ¿Conque la Comunidad anda estreñida? ¡Ja, ja, ja!

Los coches bajaban la cuesta vertiginosamente, iluminando con sus focos las casas repintadas y las verjas de los chalets.

Todavía algunas señoras ancianas recibían papeles dobladitos de los Padres. Debían de ser oraciones, cartas familiares o facturas.

La portería y la explanada seguían, con todo, siendo teatro. Caras maquilladas, sables y medias blancas, uniformes y sotanas, pectorales y sombreros con flores y plumas que se movían a compás como tirados por el resorte de un satírico director de escena. Allí estaban los *Ángeles* con las alas en la mano hablando con sus tías. Allí estaban los *Demonios* escondiéndose los cuernos para que no se rieran los primitos seglares.

Todo había concluído. Quedaba el perfume y algunas risas estrepitosas que bullían entre la sombra.

Una de las amigas de Inés había perdido un pendiente. Ellos trataron de buscarlo. El Hermano portero encendió su linterna. Dijo que en la portería había un bolso, un pañuelo, unos guantes y tres o cuatro abanicos. Enrique parecía muerto.

Nunca Enrique había visto tan de cerca a Inés. Ni dijo nada ni supo qué hablar.

Enrique iba y venía entre la concurrencia como una sombra. En realidad nada de aquello le atañía, ni siquiera la proximidad de Inés. Recordaba otras fiestas. Su imaginación se remontó a tiempos lejanos. Vagaba por los Viveros de Valencia, una noche también de festejos. Iba con Isabel y con su primo Alfredo.

"¿De qué hablé yo con ella aquella noche? Una palabra y todo sería distinto quizá."

Debía haber dicho con voz de hombre lo que le gritaba el corazón, lo que sentía en sueños. Posiblemente ella esperó esta declaración, pero no supo decir nada.

Si volvía al Seminario era por hacerse dueño de actos que rebasaran su misma libertad. Para demostrar que tenía una voluntad que no tenía.

"Es que la amaba demasiado, y cuando se quiere de más, se quiere también de menos."

Aquella noche pudo ser el comienzo de una cosa y había sido comienzo de otra, y cuando se tuerce el camino desde el principio al llegar al último escalón hay que desandar lo andado y ponerse, otra vez, en el asombro de la ruta inicial.

"Si ella hubiera venido esta noche aquí, yo no me habría separado. Uno es fuerte hasta que es débil."

Lo estaba viendo ahora claro, más claro, más potente cada día, pero tampoco ahora sabía obrar.

En aquel tiempo, Enrique inventó un motivo que trascendiera de todos los convencionalismos. ¡El Seminario! ¡Dios! Y ahora ya ni a Dios siquiera tenía. Ahora, todo era jugar con la distancia, jugar poéticamente, que es la forma más torturadora del amor.

Fué Gerardo el que encontró el pendiente. Sonó una campana: tenían que retirarse ya. Ellas descendieron al pueblo joviales, cantando a media voz.

Las familias se retiraban. Solamente una detenía al Padre Prefecto en la Portería. Un señor de luto riguroso, con perilla gris y bigote, que movía el cuello nerviosamente hacia un costado a intervalos cortos. A su lado, había una señora anciana con muchas joyas, sombrero negro y cara blanquísima.

Decía el Padre Prefecto:

—Tendrá ese preceptor y ya verá cómo aprovecha. Será un teólogo que está terminando la carrera y se desenvolverá bien. Preparará estupendamente a Ricardito para el Examen de Estado. No se preocupen.

—Vuestra Reverencia escribe, al acabar el curso, y mandaremos el coche para que lo recoja —dijo el caballero. Al mover el cuello, brillaba en su corbata una pequeña culebrita de brillantes.

—Debe tener plena independencia en su vida para cumplir... —objetó el Padre.

—Por supuesto —exclamó la señora empolvada—. Estará como si estuviera en el Seminario.

El Padre Rector, acompañado del "estado mayor" de la Orden, bajaba al Palacio del Marqués. La cena de gala iba a ser el broche de oro de las fiestas. Todos los jesuítas que le acompañaban iban con manteo liso y bonete.

Los Hermanos metieron a empujones el piano en el refectorio. Los criadillos estaban colocando las jarras para el vino.

—Va a haber "potreo" esta noche —dijo Gerardo.

—Me fastidian estas gansadas —aseguró Enrique.

Enrique y Gerardo fueron reclamados por su curso; había que escoger una música que fuera ramplona y pegajosa y ponerle letras apropiadas. Podían salir a relucir, de este modo, los trapos sucios de la comunidad. Era un día en que se les permitía meterse con los Padres, siempre que la pulla y la ironía no pasaran del límite. Cada cual tenía un defecto público. Con exagerar el rasgo ya estaba hecha la caricatura.

—El que se pica ajos come —decían.

Pensaban hacer entre los números de comparsa una especie de revista ilustrada. Los andaluces iban a escenificar alguna de las piezas musicales que había estrenado el Padre Silva aquella noche. También el *Auto* se llevaría lo suyo. Los vascos cantarían sus canciones. Los catalanes bailarían una sardana. Los gallegos cantarían alalaes y tristes baladas. Se componían arrebatadamente poesías jocosas y chistes.

Por fin, se abrieron las puertas del refectorio y entró el Padre Prefecto. Él presidiría la velada. Siempre al final de estas reuniones podía darse algún disgusto.

El número más temible consistía en la anunciación clara de una serie de detalles que sólo podían achacarse a un individuo determinado. El coro reducido iba dando las notas del personaje aludido con una música monótona. Entonces el coro, en un solo trueno de voz, preguntaba:

—¿Quiéeeennn eeesss?

Y el mismo coro, bajando el tono, proclamaba el nombre de la víctima en un rudo y brutal pareado. En seguida, estallaban los aplausos.

Los seminaristas se fueron colocando por cursos en las mesas. El Padre Prefecto rezó, y después, dando con un cuchillo en un vaso, reclamó la atención para pregonar:

—El Padre Provincial les ha concedido mañana un "día de campo". Los artistas y los músicos tendrán además otro día por el éxito tan rotundo...

Sonaron estentóreos vítores.

Ya estaba subiendo el Noli al púlpito con un papel en la mano.

CAPÍTULO VI

Habían comenzado las repeticiones. Se vivían unos días de tensión. Cada uno había de preparar un extenso y complejo programa de tesis. Gravitaba en el Seminario una atmósfera de nerviosismo. No se oía hablar por los pasillos y claustros más que de objeciones y argumentos.

El estudio constituía una obsesión morbosa y absorbente. No cabía frustrar los planes dispuestos por los Padres, que ya tenían sobre cada uno de ellos su teoría concreta. Era forzoso, pues, dar la nota *máxima*. Quien no podía resistir este sistema era el Padre Espiritual. En dos meses de tesis y repeticiones, los espíritus quedaban exhaustos, relajados. Todo un año de dirección espiritual se iba al traste ante el miedo a un simple ejercicio oral o escrito. Salían al mundo —solía decir— como barcos torpedeados.

Viviendo en esta tensión, cuando sonaba el pito del Bedel para un paseo largo, los seminaristas experimentaban una sensación de liberación. Lo recibían con gritos de júbilo. En medio del tormento de las citas, un paseo por la carretera, o por el puerto, era algo alegre y restaurador.

Calculaban que con un poco más de textos estarían en seguida de vacaciones. Las vacaciones consistían en dejar el Seminario y tomar una carretera. Una carretera que podía ir al pueblo, a la capital e incluso al extranjero.

El tipo del Bedel pobló la explanada de aplausos y vivas. Enrique se alegró. Le encantaba poder pasar por el pueblo. Cuidaría los detalles de gusto en el vestir y en el arreglo de su persona. Y si no veía a Inés, al menos era ya suficiente ver que los pájaros andaban sueltos por los jardines, que las ramas de los árboles se iban vistiendo de hojas nuevas, que había seres humanos que se pasaban la tarde en la playa, zambulléndose en el agua o jugando; que existía otra vida. Novios que paseaban cogidos de la mano por las espesuras y pescadores tostados por el sol, gozosos, que bebían y cantaban.

Tres horas de calle y carretera son mucho para quien los días se han convertido en una larga sucesión de pasos incongruentes sepultado dentro de una celda. No era propiamente la celda para Enrique un nicho, porque podía pensar y hablar consigo mismo sobre el futuro, pero sí tenía algo de tumba, porque no podía salir sino arrastrado por voces de fuera.

Bajaban alegremente la rampa del Seminario en grupos. Con Enrique, aquella tarde, iban Jerónimo, taciturno; Tomás, ávido de crítica; Juan, como siempre, beatífico; Gerardo, alegre y despreocupado.

La tarde era deliciosa. En las ramas de los álamos se movían las hojas menudas, blancas y doradas, como corazoncitos que reclamaban su porción de felicidad. El mar quieto y frío, se petrificaba por momentos en una blancura de sal desparramada. Se propagaban, con lánguida vibración, los ruidos de las campanas y el trepidar de los vaporcitos en el puerto. El sol rojizo de los altos picachos era en los llanos como una sombra de azafrán. Sobre las tapias del cementerio asomaba sus alas el ángel exterminador. Por los caminos se atrancaba, interminablemente, una carreta. Los niños del Hospicio corrían por la carretera jugando a "policías y ladrones".

Habían cruzado el túnel frondoso de la bajada al pueblo. Pasaron también el arco de entrada, guarnecido por dos angelotes de regias vestiduras. Tomaron el camino que llevaba al Castillo, un camino tortuoso, entre tapias sombrías.

La casa del alcalde era un cúmulo de riquezas. El "filipino" —como le llamaban— había amontonado jaulas y peceras por todos los rincones del jardín.

Las "sastresas" eran tres hermanas con lentes plateados y voz desconsolada de viudas. Las tres, solteras, se pasaban día y noche cosiendo la ropa del Seminario.

Junto a la sastrería, vivía el fotógrafo del pueblo, un aficionado, que en los ratos libres se dedicaba a pintar aguamarinas. Después venía la funeraria, a la que había que subir por una escalerilla de madera. La funeraria se llamaba *La Siempreviva.* En un edificio contiguo estaba Teléfonos y Correos, punto estratégico en la vida del pueblo, porque desde allí las dos hermanas telefonistas llevaban cuenta estrecha de la vida y milagros de todos los habitantes del lugar e incluso de lo que pasaba arriba.

Pero uno de los sitios más peligrosos para los seminaristas era *El Salón de Belleza la Juanita,* que junto con el de *La Encarna*, era el foco de las risas, las murmuraciones y cotilleos. En la planta baja había una lechería a cuya puerta aguardaba siempre una larga cola de muchachas con jarras. Esta lechería se llamaba *La Pureza.* A su lado estaba la tienda de huevos: *La Confianza.*

En el cruce de la carretera estaba la Bolera, y a su puerta siempre colgada una jaula con un loro escandaloso y gritador.

Los seminaristas caminaban en filas desbaratadas, distantes unos grupos de otros.

El grupo vecino venía discutiendo sobre la guerra. Cundían rumores de un posible compromiso bélico. España estaba en un momento crítico. Eran Tarsicio, Villalba, Puente, López y Cañal. La llegada al pueblo de un destacamento militar les había sacado de quicio.

—¡Cómo si no supiéramos lo que es el caqui! A todos nos tocó probarlo, desgraciadamente —respondió Tarsicio.

—Pero va de la noche al día ir de soldado raso a ir de oficial —agregó Cañal—. De mí todos sabían que era seminarista en la Academia y nunca se metieron conmigo. ¡Pero eran tan bestias! Y no digamos nada de la zona roja.

Tarsicio salió defendiendo a los de zona roja: Estaban equivocados. Los seminaristas en zona roja más bien habían sabido conservarse mejor. Acaso el peligro les había hecho vivir más fieles. Los de zona roja tuvieron que disimular para seguir viviendo dentro del rebaño sin que los llevaran al matadero, pero sublimándose; acaso en zona nacional algunos disimulaban para pasar inadvertidos hasta para sí mismos.

—Puedes estar seguro de que lo de las madrinas de guerra no se dió en zona roja —terminó diciendo Tarsicio—. Y para confirmarlo, citó el caso de un *provisional* que estaba casado ya con su "madrina de guerra".

Los grupos se iban distanciando unos de otros. Se quejaban de que todavía la Santa Sede no hubiera alcanzado del Gobierno la resolución de una cuestión tan importante como era la exención del servicio militar para los clérigos.

El otro grupo más cercano iba presidido por el Barón. Hablaba de la subida de la pensión, que era ya la segunda de aquel curso. Verdaderamente las cosas estaban caras, pero tampoco se podía decir que las comidas estuvieran al mismo nivel de antes. Dejaban mucho que desear y era ya una exageración tanto garbanzo y tanto arroz. El Barón decía que los garbanzos entontecen y que juntar garbanzos y arroz no ayudaba nada a la comprensión de los divinos misterios.

Otros grupos hablaban de chismes y fisgoneos de la Comunidad. La preponderancia que estaban dando los Padres últimamente a los *escolares* de la Compañía era casi insultante. Comían como cerdos y empollaban como avestruces. Y tan orondos y satisfechos como pavos reales en un corral de gallinas, miraban por encima del bonete a los demás seminaristas.

Enrique cavilaba para sí:

"En el tren, al volver, en las estaciones me encontré a algunos seminaristas y los conocí en seguida. Sentí una pena y una alegría extraña dentro de mí." En realidad el tipo corriente de seminarista le hacía sentir una especie de vergüenza.

Atravesaban ya el pueblo. Inés no estaba en su mirador. ¿No estaría en el banco en que solía sentarse a la salida del pueblo, leyendo? En aquel momento llegó el coche de línea *La Golondrina*, y de él bajaron, junto a Lucio, que había marchado a la ciudad a graduarse la vista, muchachos y muchachas.

"Mi madre dijo que era capaz de maldecirme si no tenía en cuenta sus lágrimas; ella no comprendió nunca lo de Isabel. Cuando vió aquella carta que yo le había escrito, se enfureció, y le dió aquel ataque de muerte. Ahora ya está orgullosa. ¡Y si supiera...! Van discutiendo ellos sobre el Cardenal Mercier. Tomás está en su centro: "La Vida Interior." ¡Poca vida interior que tiene uno! De golpe y porrazo, en el momento más solemne de ir a comulgar, recuerdo su número de teléfono, y lo repito como si soltara una jaculatoria. La primera vez escribí todo lo que quería decirle, y luego no le dije nada. ¿Y cuando vi en su salón aquella fotografía en el portarretratos? Llegué a odiar a aquel tipo que luego resultó ser su hermano. Estaba celoso. Otra vez el tema de conversación era el Opus y el Padre Escrivá. Dice Tomás que el secreto, que el menosprecio de la vocación sacerdotal puede ser un sectarismo... Juan es más comedido. A Gerardo le gusta pinchar, goza pinchando. Y Jerónimo dice que a los jesuítas les hacían falta contrincantes y más esos que parece que son de talla. Yo no sé después, yo no veo esto claro; mi vocación es especial. No puedo con los novenarios. Nadie me hará ir detrás de un muerto, canturreando; eso es grotesco. Las mismas procesiones me dan un poco de vergüenza."

Se quedaba embelesado mirando los tejados de los palacetes escondidos entre el boscaje.

Vibró un cornetín militar en las afueras del pueblo, y muy pronto las calles se fueron viendo invadidas por soldados que marchaban hacia la carretera del cementerio donde estaban instalados sus barracones.

—¡A por Gibraltar! —gritaba Tarsicio con ironía.

—Dejar que los alemanes empiecen con los V 1 y los V 2, y ya veréis —bromeaba el Barón.

De los prados se elevaba al cielo un humillo azul y transparente que hacía del crepúsculo una especie de decorado teatral. López pisó el excremento de una vaca y se movió entre los seminaristas un alboroto enorme.

Comenzaron a ascender por una escalerilla de piedra hacia el Castillo, que ofrecía un aspecto ruinoso y romántico. Las torres y las almenas estaban caídas, y por entre los jardines abandonados se veían estatuas mutiladas y escudos rotos. Se pisaba sobre hojarasca.

Desde la altura, el Seminario parecía una tarta que empieza a derretirse. Enrique seguía atentamente la vida del pueblo. La campana que sonaba en lo hondo, el coche que corría dando rodeos por la carretera. Los golpes de los herreros. Aquellas muchachas que se saludaban de una terraza a otra. Los gritos de los campesinos que se erguían unos instantes de la tierra para pedir algo a voces, o preguntar la hora. Las estridencias del altavoz del bar de la plaza... Todo esto le distraía y enajenaba.

Fueron sentándose sobre las escalinatas. Unos repasaban el *Arregui*, proponiéndose "casos prácticos de moral", y otros, tumbados en la hierba, cantaban:

El bonete del cura
lará lará
va por el río
lará, lará.

Poco a poco todos se incorporaron al coro. Ya no había manera de entenderse. Las canciones más peregrinas, incluso zarzuelas como la "Dolorosa", entraban en el repertorio. También se colaba alguna que otra coplilla chabacana. El "Carrasclás, carrasclás" fué un éxito. Pero aquella tarde lo que más clamores suscitó fué:

Un fraile, dos frailes, tres frailes
en un coro
hacen más ruido que un fraile solo.

El grupo modelo se había alejado. Todo aquel bullicio lo consideraban vulgaridad y campechanía poco clerical. Enrique escuchaba displicente.

Buitrago salió con su *Leika*. El Padre Prefecto le había encargado que sacara fotografías de todos los cursos.

Enrique se colocó entre los suyos, y no pudo menos de pensar en la particular incertidumbre de su destino. Puso cara sonriente, para disimular su fatiga.

—¡Que sale el pajarito! —dijo Buitrago.

Ya estaban clasificados. Tomás se quitó en aquel momento el bonete. Muchos le fueron imitando. El Bedel silbó con su pito jerárquico, y gritó:

—¡Comunión espiritual!

Las cabezas se inclinaron mansamente. Algunos se distraían mirando las locas golondrinas que daban vueltas a los desmantelados torreones.

Se fueron poniendo en pie. Regresarían dando la vuelta por el puerto. Pronto el desparramado caserío se fué poblando otra vez de sombras ensotanadas que hablaban en latín a gritos.

Lo que más le atraía a Enrique allí abajo era el Palacio del Marqués, un edificio de gótico de imitación, rodeado de jardines casi salvajes. Las trepadoras casi cubrían sus torres y miradores. Junto al Palacio del Marqués había otros palacios hundidos entre hojarasca y espesura, palacios de ladrillo, de mosaico o de mármol que permanecían cerrados casi todo el año. Atravesada esta especie de *Ciudad Jardín*, se entraba rápidamente en el pueblo. Abundaban en esta parte los chalecitos burgueses. Junto a estas casas aristocráticas se levantaban las chozas miserables y pobretonas de la barriada de pescadores. Contrastaban enormemente la presunción de las terrazas señoriales con la lobreguez de las casuchas tristes y pestilentes. Con todo, nadie se inmutaba. Sólo el Padre Espiritual tomaba esto en serio. Los demás lo aceptaban, con gran facilidad, como si la vida no fuera más que esta arbitraria distribución de la sociedad, que unos vivieran de las migajas de los otros, que las sombras caprichosas de unos edificios sirvieran para ocultar las miserias de los demás.

La calle principal desembocaba en la Iglesia Parroquial, y en el Ayuntamiento. De allí nacía la Plaza, formando un semicírculo de casonas con arcos y escudos. De vez en cuando, sobresalía en las fachadas algún anuncio de tienda o de bar. En los cafetines se veían siempre grupos de pescadores silenciosos y malhumorados, que se pasaban las horas enteras jugando a la baraja.

Siguiendo la carretera, que dividía en dos al pueblecito, se llegaba a una colina recortada, en cuyas laderas se amontonaban lindas residencias veraniegas.

El pueblo marinero vivía unos tiempos de calamidad terrible. La gente emigraba o se dedicaba al estraperlo.

La casa de Inés caía en las afueras del pueblo. Para llegar

a ella había que cruzar el caserío o dar un rodeo por el cementerio. Inés no estaba en el mirador como era su costumbre.

A la puerta del cine *Imperial* había un grupo de muchachas y algunos muchachos en mangas de camisa. Aquella tarde reponían *Morena Clara.* Enfrente del cine estaba el "Taller de Modas" de Encarnita, sitio realmente peligroso para los seminaristas.

Las oficialas habían puesto un mote a cada seminarista. A uno le llamaban "El Cejas"; a otro "Tacones"; a otro "El Chepa". A Gerardo le llamaban el "Dandy". Puente era "El Torero" por su aire *agitanado.* Por Jerónimo tenían todas adoración. Seguramente les atraía aquel gesto de acritud peculiar suyo. Carmelo estaba en una línea intermedia. Federico era realmente un "sol", muy majo, pero algunas decían que parecía hecho de azúcar, que a lo mejor se deshacía al tocarlo. Tomás era lo que se dice un tipazo y de sus ojos decían las que le habían visto de cerca, que eran bárbaros. Al que tenían por mejor era a Juan y le llamaban "Nomás". También sobre Enrique había división de opiniones. Para unas era un "pinta", y para otras un tipo "muy interesante". A todos los criticaban; a unos porque no levantaban los ojos del suelo y tropezaban y a otros porque iban y venían alegremente, sin hacer ningún caso de lo que pasaba en el pueblo.

Encarnita había clasificado a los seminaristas en tres categorías. En la categoría de "solteros" entraban los que aún podían dejar el Seminario. Eran, principalmente, los filósofos y los de primero y segundo de teología, muchachos que en su mayoría *estaban muy bien*, mejor aún que los señoritos del pueblo. Cuando iban de paisano podían verse entre ellos tipos estupendos, arrogantes y muy hechos. Sin embargo ellas sabían que no era fácil tentar la aventura. Parecían estar medio seducidos y un buen día aparecían con cara de cuaresma, olvidados de todo. Estaban allí, pensaban ellas, pero acaso podían no estar si hubieran encontrado una mujer a tiempo. Metidos desde pequeños tras aquellas paredes, cuando podían convencerse de que aquel no era su sitio ya era tarde. También, en la categoría de "solteros", entraban algunos extranjeros y "vocaciones tardías". Lo que importaba a las oficialas de Encarnita era el pelo, los ojos, el tipo, los hombros. A veces se atrevían a chistarles cuando estaban todas juntas. Una a una ya se sentían más cobardes.

A la categoría de los "casados" pertenecían los escolares de la Compañía, aunque a veces también se daba alguna sorpresa. Se distinguían por el fajín negro y por una especie de parentesco que se mostraba en un mismo ritmo de andares y gestos. "Casados" eran también los ordenandos. Éstos, realmente, imponían. Los había guapos y presumidos, pero eran *tabú*. De un año a otro pasaban de "solteros" a "casados" y el cambio se les notaba visiblemente.

Los "viudos" formaban la tercera categoría y a ella se agregaban todos aquellos que, sin saber por qué, dejaban por donde pasaban una extraña estela de tristeza. Había "viudos" entre los "solteros" y entre los "casados". Daba lástima mirarlos, tan torcidos, tan paliduchos eran. Parecían enfermos o seres que se habían metido en el Seminario con la única misión de presidir entierros. Eran tipos muy raros, lo mismo se quedaban mirando fijamente, con ojos que daban miedo, que se ponían a mover los labios y los ojos como si fueran epilépticos. A las chicas les daban asco.

Había todavía, por lo general, otra categoría más reservada, la de los "no-me-toques", cofradía que presidía el Noli por derecho propio. Se les distinguía a la legua, y ellas no se explicaban cómo aquellos sujetos podían servir para curas. Porfiaban que nunca se confesarían con ellos.

Encarnita tenía una lengua venenosa. Era una mujer de unos treinta años, guapetona y morena, con unos ojos de hipertiroídica que parecían despedir chispas. Gozaba exaltando la imaginación de sus oficialas, contándoles chistes picantes. Sabía cómo trastornarlas, y cuando venía a cuento, narraba algún caso que ella conocía, en el que siempre había de por medio un seminarista enamorado. Tenía Encarnita una técnica especial para dar a sus relatos un tinte de perversidad inquietante. Cuando estaba de mal genio y quería acabar pronto, decía:

—Yo sé de cosas muy gordas que han ocurrido *allí arriba*,

que no os cuento, porque sois tontas y os ibais a quedar embobadas para una temporada.

Con esto no decía nada, o no se sabía lo que quería decir, pero las muchachas se imaginaban mil disparates.

Sonaron las ocho en el reloj del pueblo. Cayeron, despreocupadas las campanadas. Inmediatamente sonaron las del Seminario, más austeras y solemnes.

Enrique no vió tampoco a Inés en el banco en que solía sentarse a la salida del pueblo.

"No sé cómo te llamas y te sigo y te busco locamente. ¿No lo sabes? ¿Sabes que mis ojos me duelen de no verte, sabes que me eres imprescindible? ¿Por qué no vienes, como siempre? Lo que no sabes es que no te miro por ti misma, que al verte pienso en otra. Si Isabel estuviera en tu lugar yo no dormiría esta noche en el Seminario. Me sentaría a la puerta de tu casa... ¡Si supieras que te escribo cartas, muchas cartas, cartas que rompo después de escribirlas, cartas que no escribo también, y si supieras que no me acuesto hasta que no se apaga la luz de tu ventana! Y lo que sufro cuando la bruma me borra tu casa. ¿No es hermoso querernos así, así sin saberlo apenas y sabiéndolo por dentro, adivinando que cada huída que nos hacemos es una prueba del acercamiento en que vivimos?"

El azul del cielo se iba amoratando en el ocaso. El pueblo se transfiguraba por instantes. El verde de los jardines y el espejo calmado del puerto hacían vibrar los cristales de las casas.

Encima del Seminario el cielo se tiznaba. Los seminaristas comentaban:

—Hoy, habichuelas.

—No, lentejas.

—¿Te apuestas a que el principio son habichuelas esta noche?

Por su parte el Barón insistía en que Teología y Sagrada Escritura, sin conocimientos teóricos y prácticos de economía, hacían del sacerdocio un ser inútil e ineficaz en el mundo moderno. Juan seguía preconizando la "perfección sacerdotal".

Tomás estaba indignado por un artículo que había aparecido en *Razón y Fe*.

—Los jesuítas —concluyó Jerónimo— defienden su teoría con orgullo de casta.

—Discutamos, pero sin faltar a la caridad —repetía Juan.

Tropezaban con oficiales del ejército que les miraban con petulancia y altanería. Algunos se dedicaron a hacer chistes sobre el armamento de la tropa. Pensar que con aquellos hombres y aquellas armas se podía impedir una invasión, fuera de ingleses o alemanes, era irrisorio.

Llegaron al puerto. Los pescadores permanecían sentados tranquilamente en los asientos del dique. Algunos iban y venían con cordeles, lonas y pedazos de redes; otros tomaban un bocado de pan y pescado frito dentro del bote. De vez en cuando echaban un trago de vino. En las mugrientas manos se les apagaba el fuego del cigarro.

—¿Es que así pueden vivir? —se extrañaba el Barón.

—Pero si luego, cuando ganan, se lo gastan todo en dos días —replicó Tomás.

Retumbaban las olas furiosamente en el paredón del puerto. La cellisca salobre se pegaba al cuerpo como una túnica. Las gaviotas se balanceaban suavemente sobre el oleaje. El pequeño faro comenzó a parpadear sobre la ensenada y fueron encendiéndose las luces del pueblo. Sonó el pito del Bedel y emprendieron el regreso al Seminario escalando el murallón de la *Playa de los Muertos*.

Los seminaristas alineados por la pendiente del acantilado, a la luz del atardecer, parecían una bandada de extrañas aves marinas.

Enrique y Gerardo se unieron y en vez de seguir con los demás el sendero que subía desde el cementerio al Seminario, tomaron el camino que conducía al pueblo.

—Ni siquiera se enterarán —hizo notar Gerardo.

Fueron felices sabiéndose extraviados. Se pararon los dos sobre la Playa de los Muertos, en la cuña de una roca llamada "Peñón de los suicidas". Los cuervos se removían por las cavernas del rompiente lanzando graznidos. Contemplaron un rato el mar en silencio. Luego se dirigieron al cementerio. Los cipreses sobre el mármol y los álamos junto a las tapias parecían llamaradas fosforescentes. El Ángel era realmente una figura romántica, mirando fieramente hacia el incendiado horizonte. Frente al Ángel, sobre una roca, se levantaba la estatua de bronce del Marqués, con pantalones de tubo, levita parlamentaria y barba de almanaque. Allí estaban los dos, frente a las olas; uno, extrahumano, el otro sociológico. Se acercaron a las minas y se asomaron, con tiento, al abismo. Allí las aguas verdes, rojas y azuladas se movían en los agujeros de las rocas con furia de alimañas encerradas.

Gerardo dijo:

—Si esto de las tesis durara mucho, terminaríamos todos con tisis. Menos mal que queda poco.

—Pero queda lo peor.

—Luego ni te acuerdas de lo que te preguntaron. Desde luego el método es bastante irracional: exprimir el cerebro para que gotee agudeza, y después ponerle un artilugio de ruedas para que funcione mecánicamente. Además, yo creo que estudiamos cosas realmente inútiles.

—Yo no sirvo para esta clase de estudios; a mí esa lógica de tenaza o de yunta de buey me fastidia.

—Y ocurre que los que dan la máxima en teología luego salen y son unos pobres bichos.

—Por cierto, Gerardo, me tienes que dejar tus apuntes.

—Cuando quieras.

En las afueras del pueblo había una ermita casi derruída y se sentaron en un banco de piedra que había a la puerta.

—¿Volverás el curso próximo?

—No sé; querría ir a Roma. Mi ilusión está en estudiar Historia Eclesiástica. Podría especializarme en cualquier rama de arte cristiano y luego hacer una tesis...

—¿Sabes que no te iría mal?

Por la carretera venía un grupo de muchachas. No venía ella, pero eran amigas suyas. Ellos se hicieron los indiferentes. Gerardo dijo:

—Jueves de gran gala. Salen un rato antes de meterse en el cine, se aburren...

Enrique calló. Pero Gerardo dijo:

—¿Sabes cómo te llaman a ti?

—¿Cómo?

—"El Poeta".

A Enrique no le convenía que la conversación siguiera por aquellos derroteros. Bruscamente le dijo:

—Gerardo, tendrías que dejarme tu Diario.

—¿Para qué?

—Para verlo.

—¡Imposible! Si quieres ver algo determinado me lo dices y, si puedo, yo mismo te lo leeré.

—¿No tienes confianza en mí?

—¡No se trata de eso!

Ellas pasaron conteniendo sus risitas.

Enrique continuó:

—Un diario interesante tiene que ser el de Uriarte. Es un tipo mordaz y agudo. Si algún día, el día de mañana, oímos decir que uno de nuestros condiscípulos ha escrito un libro herético sobre el Verbo o sobre filosofía existencialista, seguro que será él.

—Te dejas a Cañal, que también tiene fondo. Estos tipos no podrían darse en otros Seminarios. Allí, o entras por el rodillo para ser aplastado como otro más de la masa, o te "botan". Aquí hay independencia y libertad; por eso puede uno resistir.

—¿Y sé yo, Gerardo, qué página de tu Diario es la más, la más... osada?

—Creo que te equivocas.

—La página más escandalosa de tu Diario no se refiere a Carmelo ni a Federico; es la de aquella excursión nuestra a T. ¿Te acuerdas? Nos amaneció encima del camión. Un sol mancebo, de carnes doradas, nos fué dando los buenos días en cada pueblecito que atravesábamos. Las vidas nuestras, como mantos mojados de guardarropía, al darles el aire, nos parecían banderas de trofeo. Aquel pueblecito tenía el encanto de su pequeñez, una pequeñez de cosa recién creada. Todo nos sonreía, nos cantaba, nos alentaba. Nos dominaba un gozo irreprimible que casi nos hacía llorar. Aquel pueblecito, medio marinero y medio campesino, festejó nuestra presencia echando sus campanas al vuelo. ¡Qué soledad la de sus playas y bosquecillos! Los vecinos estaban congregados todos en la iglesia. Fué el día de San Antonio. ¿Te acuerdas?

—Sí, ese día era.

—Tú y yo fuimos paseando solos... Los balcones desbordaban clavelinas y geranios. Casitas limitadas por huertos, patios que llegaban hasta la playa. Saltamos una tapia y allí, entre manzanos y cerezos, estaba el cementerio. Yo hablé de Miró.

—Recuerdo.

—Es que fué aquella una sensación inolvidable. Algo sensual, algo trágico se mascaba en aquella fruta y bajo aquellos árboles. ¿Recuerdas que un perro nos hizo salir del cementerio?

—Tienes buena memoria. Nunca creí que pudieras recordar estos detalles.

—¡Y más...! Después entramos en una casa. ¿Por qué en aquélla? Nadie nos respondía. Entramos despacio, no habría nadie, dijimos. No, nadie. ¿Verdad que parece un poco tonto el impulso de querer ver una casa por dentro? Acaso tenía algún significado. Fuimos subiendo, impacientes y temerosos, las limpias escaleras. ¿Quién viviría allí? Llegamos al salón y nos asomamos desde el mirador al patio. Los pájaros cantaban en el jardín. Había fotografías y dibujos de arte por las paredes. Tú dijiste que se trataba de una familia de "buen gusto". Eran retratos de diosas y paisajes. "Todo esto es muy pagano", dijiste.

—Creo que ésa fué la palabra.

—Temíamos que apareciera alguien. El gato nos asustó un poco, un gato blanco de pelo blando y esponjado. El reloj se movía con un ruido cómico. ¿Qué habría pasado si nos hubieran sorprendido allí? Abrimos lentamente una puerta, buscando *algo* más... y nos quedamos paralizados; la cerramos en seguida. Era una alcoba rosa en la que el sol se bañaba como un dios juguetón. Alabamos una estatuilla que había en la repisa. Aquellas cortinas, las sedas, los espejos, la alfombra, los cuadritos, todo tenía como calidades de joya antigua. Olía a perfumes. Nos llamó también la atención una muñeca gordezuela que estaba tendida sobre la cama, apoyada en la cabecera. Parecía una extravagancia, y... debimos de decir algo ridículo.

Gerardo estaba concentrado en la narración, pero ponía cara de distraído y apático. No quería que Enrique traspasara sus dominios.

—¿Has acabado ya?

—Espera, bajamos la escalera sin hablar, más bien tristes. En el piso de abajo había otras habitaciones, y aquello fué temerario. Había ropas de mujer, un tocador, unos zapatos, prendas delicadas y un retrato al óleo que, creímos, sería la hija de la casa. El retrato era inquietante; discutimos del cuadro, si respondería a la realidad o si sería hechizo del artista. Pero presentíamos que aquella figura pudiera vivir y...

—Estás esta tarde muy hablador, ¿sabes?

—Salimos entonces al jardín. En una pajarera de cristales verdosos se movían pájaros de colores raros. Hasta allí llegaba el rumor del órgano y las voces de los *kyries* de la iglesia. Y entonces nos fuimos a la playa. Seguíamos una senda arenosa, a cuyo borde crecían cerezos y guindos. Tú preguntaste...

—Que si nos bañábamos.

—No; dijiste: "¡Qué primavera!" y, en seguida, sin saber cómo, apareció ella. Primero, su canto dulce, que nacía junto a las olas, en el recodo de las peñas, y luego, lo más inexplicable, "ella", al paso majestuoso de una vaca. Era aquélla una vaca de égloga clásica. ¿Recuerdas cómo llamó a su vaca?

—¡Estrella!

—Exacto. Nos quedamos allí viéndola venir. Era una muchacha primitiva. Como si no fuera real, como si se tratara de un cuadro. ¿Eran verdes sus ojos? No te alarmes, no diré nada pecaminoso. La mirábamos como a una estampa clásica, como a una ninfa. Tú preguntaste: "¿Se pueden comer estas cerezas?" "Esperen y las comerán más ricas todavía", contestó.

Estaban absortos en la vaguedad del propio relato y no se

dieron cuenta de que el sol se había hundido en el ocaso y una luna enorme, dorada, acababa de hacer su aparición.

—Entró en su casa y, al instante, salió con una fuente de cristal colgando cerezas, moradas y rojas, por todas partes. Nos miramos ingenuamente y puso la fuente en alto para que las fuéramos tomando...

—Pero, ¿qué te pasa hoy?

—¡Nada! —Enrique tenía la mirada lejana, mientras hablaba.

—Sentíamos vergüenza... "Todas, todas, se las tienen que tomar", decía ingenuamente. Y ella misma las exprimía entre sus labios carnosos...

—Debemos irnos yá, Enrique.

—A la hora de volver estábamos un poco tristes. Queríamos condenar el mundo con nuestras palabras... Al regreso la vimos en la carretera con un hermanito, con aquella pamela que tanto nos llamó la atención. El Noli dijo que era inglesa, que la llamaban la *inglesita*, y añadió que su padre era pastor protestante y estaba en la cárcel; que nadie del pueblo se trataba con ellos. Y se entabló la discusión sobre los protestantes.

Gerardo se puso en pie.

—Andando, que es gerundio.

Fueron caminando despacio hacia el centro del pueblo. Al pasar frente a Correos Gerardo se separó unos pasos y colocó tranquilamente una carta en el buzón. Enrique no pudo distinguir las señas.

—Hay cosas que molesta que las vea el Padre Prefecto. No es nada, ¿sabes?

—Por supuesto.

Entró Gerardo al estanco. Quería comprar un paquete de tabaco rubio para cuando salieran de campo, según dijo. En la plaza del pueblo se detuvo y dijo a Enrique:

—Te invito a pasteles y a un vasito de jerez.

—Se acepta.

Entraron en la confitería y esperaron a que despacharan a los demás clientes. Ya les conocían.

Se sentían optimistas. Tampoco después, cuando fuesen sacerdotes, todo iba a ser penumbra y apatía. Cabía una fórmula que conciliaría el alboroto íntimo con el fervor y la santidad.

Ya estaban frente al chalet donde vivía Inés. Una niña se les acercó y les pidió una estampa. Ellos curiosearon la cartera. Enrique pensaba si estaría mirándolos ella.

Gerardo no encontró nada. Dijo que otro día le bajaría una "muy mona". Enrique sólo encontró el recordatorio de su "primera Comunión". Se lo dió. La niña salió corriendo y entró en la casa gritando:

—¡Inés, mira qué estampa...!

Ella se asomó al mirador.

Se encontraron al Padre Espiritual y al Noli acompañados de un grupo de retóricos y "vocaciones tardías". Venían del Hospital. Hablaban del éxtasis de un moribundo a quien el Padre había preparado para morir. No esperaban que estuviera tan grave y le habían dejado un poco de turrón. El Padre Espiritual, al despedirse, le había dicho:

—No te preocupes; yo bajaré a verte mañana, y si bajo y ya te has ido es que estarás comiendo turrón en el cielo. ¡Aquél sí que será dulce!

Y los seminaristas rieron.

El Padre Espiritual entró en una casa a cuya puerta estaba sentada una vieja mugrienta, comida de llagas. Los seminaristas le siguieron escaleras arriba. Gerardo y Enrique se quedaron fuera.

Por fin salió el Padre Espiritual y el grupo de seminaristas se perdió por la vereda que sube al Seminario.

Era costoso llegar a la cima del monte de un solo tirón. De vez en cuando, se paraban y miraban hacia atrás mientras descansaban. Aún se escuchaba la gramola del pueblo. Los pies resbalaban en la cuesta pedregosa, donde las viejas raíces quedaban al desnudo. El Padre Espiritual se quejó de la sequía con voz bíblica:

—Demasiado bueno es Dios, que tenía que enviar fuego...

En plena primavera y en las laderas exornadas de olmos, castaños, robles y plátanos, crecía una maleza amarillenta, de otoñal melancolía. Sólo en los recodos umbríos, por donde corría el agua, se palpaba el frescor lujuriante del verde.

El Padre Espiritual dijo, haciendo esfuerzos por sonreír, que aquella interminable cuesta era *simbólica*, costaba llegar a la cumbre, pero la cumbre era la perfección, la santidad. Significaba el sacerdocio, que era difícil, porque sólo eran capaces de poseerlo los que sabían hacerse violencia a sí mismos.

Por fin llegaron a la fachada principal y allí se despidieron todos del Padre. Ellos dos se internaron por entre los pinos dando la vuelta al edificio.

Gerardo dijo triunfante:

—¿Lo ves? *Sin novedad.*

Los Padres paseaban en grupos. Había llegado el Padre Provincial y reinaba cierto bullicio entre ellos. No había venido, como otras veces, imponiendo traslados o ceses. Debía de ser algo relacionado con las obras próximas.

—Habrá que irse a empollar —dijo Gerardo.

Se despidieron. Enrique encontró en el suelo de su celda una carta que le habían echado por debajo de la puerta. Era de su hermana Margarita. Su lectura le dejó anonadado:

"...y creo sinceramente que el Sr. Méndez me ha ocultado algo grave; lo cierto es que pasamos un gran susto y yo no la veo bien. Ella quería que vinieras, pero el médico me dijo que si era necesario él te llamaría. Si no hubiera sido a final de curso, yo sí te habría llamado, pero a lo mejor, si Dios quiere, pasa este arrechucho y salvamos el peligro. No habla más que de tu "Primera Misa", parece que eso la hace vivir. Es que se cuida muy poco y la ha cogido muy decaída. Tú escríbela como si tal cosa y dale ánimos..."

Enrique sabía que su madre podía morirse cualquier día si le repetían aquellos ataques. Una fría congoja le heló el corazón.

Le inquietó también como una advertencia del Señor por su versatilidad. Dios podía evitar cualquier prevaricación suya a fuerza de renuncias. Estaba educado en el miedo y en el temor.

Se sintió triste y bajó, buscando algún consuelo en el Padre Espiritual. Su alma era ya insensible a la oración, y sólo el aleteo de un viento de mortalidad o el aire viciado de algún placer devorador era capaz de poner en movimiento las aspas de su espíritu. No era nada fácil ya la conversión para él. Él era como era, y toda mudanza no pasaba de ser episodio suyo, vivencia, vengativa o generosa, de un desquiciado existir.

El Padre Espiritual no estaba. El cartelito de su puerta indicaba: "Vuelvo en seguida." Dentro de la celda todo exhalaba dejadez y abandono; un aroma repulsivo se cernía por las paredes y por el suelo.

Se sentó frente al sillón del Padre, esperando.

"¡Vaya si puede morir! ¡Pida, pida Vuestra Reverencia por ella; es santo y puede; yo no merezco nada! Quizás yo soy el culpable de todo; debe ser un aviso del cielo por mis desvíos. No quiero olvidar. Quiero no poder olvidar. Esta misma tarde estuve mirando a la rubita esa del pueblo... Y lo de Isabel, que se lo quise decir, que se lo he dicho, a medias palabras, muchas veces y que Vuestra Reverencia no entiende. ¿No comprende usted que un amor sea vocación o que una vocación sea amor? ¿No comprende que un recuerdo me puede más que mil promesas? Es que yo, Padre, no tengo fe; sí, Padre, si yo veo que el Señor me quiere, me mima, como usted dice, pero yo le traiciono y le vilipendio, y Él entonces se cansa y descarga... Pero la pobre de mi madre... ¡Vamos a rezar por ella!"

Quería llorar y no podía. Bajo la ventana del Padre balaban unas reses. Enrique se levantó y volcó los ojos por la colina, por los palacios, por la bruma, sobre la superficie cenicienta y gris del mar. Un polvo inanimado, de muerte implacable, se helaba sobre edificios, árboles, personas y animales. Las torres, las fuentes solitarias, las campanas, todo tenía en aquel momento gravitación de agonía, de muerte y pesadilla.

Se paraba hasta el aire y no se movía ni la hoja de un árbol... También un corazón podía suspender sus latidos.

Se levantó y fué palpando la desnudez de aquella celda. Repartía sus miradas entre el prado humeante y el reclinatorio obsesionante del Padre. Las disciplinas y los cilicios pendían de la pared como instrumentos de un suplicio frío y metódico. La cama del Padre Espiritual consistía en dos tablas tapadas con una manta cuartelera. Por los rincones enmohecidos florecían gusanos, se apiñaban las cajas repletas de manjares estropeados. Junto al chocolate, las galletas, la miel y el queso se veían cajas de inyecciones, paquetes de tabaco, ropas, estampas, medallas. Todo mezclado en peregrino amasijo. La celda del Padre era a la vez despensa y botica.

En la mesa se amontonaban las cartas: cartas de monjas, canónigos, capitalistas, políticos, marqueses, curas sencillos y seminaristas apóstatas; cartas de militares, obispos, religiosos y padres de familia; cartas de almas tempestuosas o almas apacibles; montones de cartas con sobres de luto y hasta cartulinas perfumadas. El Padre, cuando tuviera tiempo, iría poniendo remedio a aquellas inquietudes, e iría inquietando a aquellos espíritus que se creían purificados ya y no habían hecho más que inaugurar la vía purgativa. Junto a las cartas de sus dirigidos había unos cuantos libros abiertos, desencuadernados por el uso: Santa Teresa, el Cura de Ars, el Beato Ávila, San Pedro Alcántara, el Kempis...

No todo en el padre era fiereza y sadismo ascético; no todo era afán morboso de fulgurantes visiones, no todo consistía en sembrar amenazas de castigo. El Padre Espiritual tenía raptos de infantil ternura, palabras de perdón y dulce consuelo cuando veía al alma postrada de hinojos. ¡Entonces, sí! Terrible y monstruoso, pero con un fondo humano, cuando veía sufrir, siempre tomaba él sobre sí la parte de sufrimiento y dejaba sobre el alma dolorida la consolación, toda la consolación que su espíritu era capaz de exprimir.

Enrique sabía esto, pero ni aun viéndolo claro podía entregarse. La figura del Padre sólo un instante le era tolerable. Después, al quedarse solo, su fealdad desfiguraba en repugnancia su mansedumbre.

"Mira qué botas tan grandotas, tan enormes. ¡Pues con botas y todo se irá al cielo! Sin embargo, yo no puedo seguirle, yo sé que me perderé, que estoy perdido."

La Comunidad bajaba a la Capilla. El Padre Espiritual no llegaba.

Se iba a salir cuando el Padre llegó acompañado de Sueto, un filósofo al que todos llamaban "el periodista". Publicaba, de vez en cuando, artículos en periódicos de provincias.

El Padre, sin hacer apenas caso de Enrique, rebuscó entre los papeles de su mesa hasta que dió con una carta. La depositó paternalmente en manos de Sueto, mientras le decía:

—Sé siempre bueno dondequiera que estés, en el mundo también puedes y tienes que ser santo. Yo pediré por ti. Esta carta es para tu párroco. Yo ya le he escrito directamente a tu padre: No te preocupes por nada y para todo lo que necesites de mí, aquí me tienes.

Y lo abrazó. Sueto quería entristecerse, quería ponerse patético, pero su cara denotaba que había triunfado, que estaba alcanzando una victoria.

Enrique se quedó solo con el Padre y le contó su gran turbación. El Padre le escuchaba con expresión de niño bobo.

No se puso frenético. Sólo le dijo que acudiera en seguida al Sagrario, de donde únicamente podían venir la salud y la paz.

Cuando ya Enrique estaba más sosegado, el Padre Espiritual le conminó:

—Es que quieres huir del dolor, de la cruz, y eso es imposible. Dios te repite su fórmula. *Esto* lo arreglaría todo.

Y le señaló las disciplinas colgantes. Enrique se llenó de pudor y de cobardía. No se atrevía a martirizar su cuerpo. Subió derecho a su celda. Estaba solo. Desde allí se escuchaba el órgano y los tiples que cantaban el *O Salutaris.*

"Realmente es que no creo, es decir, sí creo, pero estoy delante del Tabernáculo como si no creyera. No hago más que soñar."

Se fué al Aula Consultationis. Cada día era más flojo su entusiasmo por la teología. Allí podría estar cerca de dos horas leyendo a autores vitandos. Si le preguntaban, siempre tenía a la mano el recurso de decir que estaba preparando un trabajo de crítica. Pero lo cierto es que ciertos libros se le iban colando en el alma y cada uno de ellos era dentro de su espíritu como un espía dentro de un fortín enemigo. Enrique iba vendiendo su alma lentamente. No eran sólo los sentidos que se le desbocaban, ni el sentimiento que se le evaporaba; era también el cerebro que se le endurecía para toda clase de argumentos escolásticos. Estaba seducido por el tono pasional y literario de ciertas obras que los demás seminaristas tenían y consideraban como condenatorias. Pero él iba leyendo meticulosamente toda esta literatura tensa y revolucionaria.

En unas salitas de la Biblioteca lo encontró el Hermano de la portería.

—Tiene visita.

—¿Yo?

—Sí, le espera un señor en la portería.

¿Quién podría ser? No se lo imaginaba. Preguntó al Hermano algo incrédulo, creyendo que podría tratarse de una broma.

—¿Está seguro?

—Sí, sí; vaya pronto. Ya tiene permiso del Padre Prefecto.

—¿Y no ha dicho quién...? —dijo, levantándose.

—Es un jerifalte de la Falange. Me ha dicho que no se lo dijera, que así le daría mayor sorpresa.

—Es muy joven, ¿verdad?

—Sí.

—Entonces yo sé quién es. Debe ser mi primo Alfredo.

Era, efectivamente, Alfredo, que vestía un uniforme muy raro con cinturón dorado y las cinco flechas.

—Pero, ¡si no te esperaba!

—Calla, hombre. Hemos tenido un reventón al bajar el Puerto.

El Hermano los dejó solos. En un rincón de la Sala de Visitas un Padre escuchaba con los ojos cerrados y la cabeza inclinada la lectura de una carta que le hacía una anciana con voz temblorosa y afligida.

Alfredo observaba a Enrique con curiosidad. Lo veía maduro, sereno, sonriente. Las sotanas le caían bastante bien. Nunca había creído, al terminar la guerra, que la vocación de Enrique prosperara hasta el final. Sabía que estaba completamente enamorado de Isabel.

—¡Pero si estás hecho todo un jesuíta!

Enrique no sabía qué hacer con él. Había llegado demasiado tarde. Si hubiera llegado a la función podrían haber conversado largamente.

—Te quedarás algún día.

—¡Quia! Imposible. Tengo que dormir en la capital. Yo lo que quería era verte con mis ojos. Si no lo veo, no lo creo.

—Calla, hombre.

Lo sacó de la Sala de Visitas. Al pasar por la puerta de la capilla tuvieron que esperar a que pasaran las Comunidades del Seminario Menor. Alfredo comentó:

—Es más largo esto que un día sin pan.

Pasaban compactas las filas de los retóricos y los latinos; rectilíneas cuando asomaba en el ángulo del tránsito la cabeza del Inspector y oscilantes y flexibles cuando había desaparecido. No todos andaban igual ni todos iban vestidos de la misma manera. Unos andaban a saltos, dando empujones, poniéndose zancadillas, tirando bolitos de papel o contando cómicamente las losas del suelo. Otros caminaban absorbidos en la lectura de un libro devoto, o desgranando las cuentas del rosario. Entre unos y otros había una desigualdad grotesca. Desigualdad que podía comprobarse también en los trajes. Unos iban vestidos con pantalones y jerseys deportistas, la camisa desabrochada, medias de sport y botas de cuero; otros con guardapolvos negros, camisas de huérfano y alpargatas de goma. El espectáculo más triste era el de algunos, demasiado mayores para andar entre aquellos niños, que iban enfundados en sotanas cortas y estrechas, rapados como si acabaran de salir de una enfermería, con rostro paliducho y ademanes cohibidos. Repelían a simple vista. Era la suya una expresión infeliz. Como de torpeza o zafiedad. Pero predominaban las mejillas sonrosadas y los ojillos traviesos. Alfredo quiso escudriñarlas y dárselas de psicólogo:

—Algunos se ve que no llegarán.

—¿Por qué?

—Tienen algo pícaro. A esta edad, ¿qué saben estas pobres criaturas de lo que es ser cura y tener vocación?

—Al menos, están en donde podrán saberlo.

—Pero eso es una barbaridad. Luego se enteran de lo que es el mundo cuando son mayores y se encuentran sin oficio, sin estudios y sin beneficios de ninguna clase, completamente desencajados, se echan la manta a la cabeza y apechugan con todo lo que haya que apechugar. Que entren ya mayores, sabiendo lo que es el mundo, con experiencia...

—¡Calla! Ahora van a pasar los filósofos. Verás entre ellos un grupo interesante: "las vocaciones tardías". Todos tienen terminado el bachillerato y muchos tienen carreras de las que se cotizan bien en el mundo: ingenieros, arquitectos...

Pasó el grupo de las "vocaciones tardías". En algunos rostros se daba una expresión ensoñadora de juventud sana y casta, en otros se exprimía como un sudor de resignación y fatiga.

Enrique fué mostrando, rápidamente, a su primo las partes más artísticas del Seminario. Los tipos que se fueron encontrando por los pasillos eran tipos desenvueltos y elegantes, de cierto refinamiento. No se trataba de seres toscos y vulgares.

—¿Qué te parece todo esto? —le preguntó sabiendo que estaba impresionado.

—Yo siempre lo he dicho. Los curas son los que mejor entienden la vida. Yo si no fuera por... porque soy como soy, me vendría aquí, chico. Lo que no comprendo de ninguna manera es la afición tan desordenada que tienen los jesuítas por el ladrillo rojo.

Habían llegado a la celda de Enrique, que también desconcertó a Alfredo. Había previsto que todo sería deslucido, ajado. Y, por el contrario, encontraba cierto aspecto de confort aburguesado. Junto a los tomos de teología y filosofía había novelas y libros de versos.

Apenas se distinguían las luces del puerto. La noche se estaba enturbiando. Subía como de la tierra una niebla densa. De vez en cuando el faro palpaba esta niebla pesada como si fuera la mano de un ciego que quiere descorrer una cortina.

—Pues no sabes, primo, el jaleo que se movió en Valencia cuando dije que venía. Dijeron: "A ver si vas a ir a pervertirlo." Porque has de saber que allí te tienen por las nubes. No hacen más que repetirme: "Enrique sí que ha acertado." Ahora que tú, que ya pasó todo, me vas a confesar una cosa: Tú estabas enteramente loco por Isabel.

—Todo eso pertenece a un mundo pasado. Más vale no hablar de ello.

—Si ya lo sé, pero mira lo que son las cosas: ella, que si entonces te hubieras declarado, a lo mejor te había soltado unas calabazas de miedo, yo creo que ahora está totalmente colada por ti. La hiciste polvo, chico, con esta escapada romántica.

Enrique le estaba enseñando a Alfredo un diminuto aparato de radio.

—¿Podrías encontrarme pilas para esto? —dijo, afectando indiferencia.

—Para que no se me olvide me escribes después diciéndome de qué clase tienen que ser.

Alfredo sacó un pitillo y lo encendió. Al mismo tiempo, no cesaba de curiosear por la calle.

—Vaya, vaya con el Romeo celestial. ¿Por qué, porque vayas a cantar misa, tienes que negar que estabas más que chalado por ella? ¡Si lo sabré yo que tuve que aguantarte. . . !

—Todo eso murió, Alfredo.

—Pero si murió es que vivía.

—Vivía y ha muerto.

—Pero puede resucitar.

—Todo eso, Alfredo, sirvió para que yo me librara de la hecatombe de la guerra, no de haber perdido la vida, sino de haber salvado el alma.

Alfredo gozaba tentándolo. Quería hacerle revivir momentos en los que no habían tenido secretos el uno para el otro.

—Sí, a mí, Enrique, me parece estupendo. Además, creo que has acertado plenamente. Pero eso no quiere decir que tengas que negar que Isabel. . .

—Te he dicho que son cosas que pertenecen a otra vida.

Es todo cosa de querer, Alfredo, cosa de tener voluntad. Aquí hay muchachos que tuvieron novias formales y que iban a casarse. Y están aquí. Soy feliz, absolutamente feliz, francamente feliz, extraordinariamente feliz en este Seminario. Si otra vez ocurrieran las cosas que ocurrieron, de nuevo me encontraría aquí, no lo dudes.

Las palabras de Enrique tenían un sonido vigoroso y sincero. Si le hubieran pedido en aquel momento morir por ellas, lo hubiera hecho gustoso.

—No, si yo creo que hiciste bien. Es el único modo de trastornarlas. Yo cuando la veo a ella, pensativa, abstraída, tan extraña, me digo: "Es el destierro del otro". La dejaste loca. Por eso ahora se le ha recrudecido la devoción de una manera que sus hermanas mismas creen que terminará monja. Se dirige con un Padre, se dedica a recorrer hospitales, no hace caso ni de los conciertos, que sabes que la chiflaban. Está hecha una mística de espanto.

—Ella también ha visto, seguramente, en la guerra una señal divina.

—El caso es que entre los dos habéis hecho la gran novela rosa. Porque allí la tienes rodeada de pretendientes y que no hace ni caso. Porque has de saber que está mucho más guapa que estaba entonces, aunque ha perdido un poco aquel rubio. . .

—Ya está bien, Alfredo. Nada de eso me afecta lo más mínimo. Que sea feliz es lo que le pido a Dios. Nada más que eso.

—Pero a veces me pregunto si no es que te faltó un poco de valor, si no te retiraste por miedo.

—Eso es inadmisible desde el momento en que yo podría salir de aquí cuando quisiera.

A Alfredo le gustaba este juego demoníaco. No terminaba de creer en lo que estaba viendo. Enrique infundía sensación de veracidad y firmeza.

Bajaron a la explanada. . . Encima del puerto fueron apareciendo unas luces rojas que parecían regueros de sangre. Las luces de los vaporcitos se alineaban en el horizonte creando el equívoco de una ciudad.

No había modo de prolongar la entrevista. Alfredo estaba impaciente; le dominaba ya el vértigo de continuar sin dilación el viaje. Acaso la capital, con sus salones y cabarets, le descubriría algún pasatiempo incitante.

Enrique, ni aun relatándole los episodios más notables de la vida de la comunidad, lograba ya ejercer influencia sobre él.

Era un momento crítico para Enrique. Aquella visita no había hecho más que palpar su herida y hacerle recobrar la conciencia perdida.

Alfredo terminó por decir:

—¿Sabes lo que voy a hacer? Voy a coger el coche, me voy a la ciudad a dormir y mañana vuelvo.

—¡Pero si hay un hotel magnífico abajo, en el pueblo!

—Yo te prometo que mañana vuelvo.

—Sí, deberías volver; lo pasaríamos bien; mañana es primer viernes; podrías confesar y comulgar y luego iríamos de excursión.

Por carta las amonestaciones resultaban más verídicas y fuertes. Ahora él mismo se avergonzaba de estos consejos. Previó también que, de bajar Alfredo al pueblo, podría darle por hablar con las chicas y quizá descubriese que las sotanas no eran obstáculo para sus desvaríos.

Alfredo se metió decidido en el coche y el motor comenzó a trepidar suavemente. Desde las ventanas curioseaban algunos seminaristas. Enrique se acercó a la ventanilla y le dijo que esperaba con seguridad que volviera. La mano de Alfredo se quedó en el aire confirmándole el regreso. En seguida, el coche se perdió en la primera revuelta del sendero.

En vez de seguir los pasos de los ordenados, Enrique se quedó paseando por Miramar, pendiente del deleite y del castigo que le producía el recuerdo de aquella conversación en la que él e Isabel eran las figuras principales.

Los barquitos pesqueros, débilmente iluminados, entraban al puerto. En el pueblo brillaban las luces de siempre; las del Palacio, las del puerto, las de la Plaza, las seis o siete lucecitas perdidas que Enrique se sabía ya de memoria.

Sobre el mar iba cayendo un manto de ceniza plateada. Sobre

los árboles flotaba el destello de la luna. Los pinos se mecían con un rumor sordo y vago que parecía un gemido.

Enrique estaba triste, desconsolado. Se sentó en el banco de madera. Le amargaba pensar que el tiempo pudiera pasar sobre él sin triturarlo, sin exprimirlo ni en dulzor ni en agonía. Su vida de Comunidad de tantos años, no sabía bien cuántos, de mañana y tarde, de día por día, de meses, era una cadena sin eslabones, que no le daban ya idea de prisión ni de martirio, ni de corona ni de libertad. Solamente en algunos momentos, una carta, un recuerdo, una oscilación de caras, de palabras, le ponían de frente lo que había sido, podía ser y era su vida, fuera del Seminario. Sin embargo, estos instantes de perplejidad, de descorazonamiento, de duda, de desarraigo, le atraían, porque vivía en ellos el goce de la obediencia expiadora y el anticipo de las rebeldías venideras.

Permanecía de pie apoyado en el tronco de un pino. En su sequedad y desaliento era como un cubo atado al brocal de un pozo. De vez en cuando miraba hacia la carretera.

CAPÍTULO VII

Pasaron varios días y Alfredo no volvió. Cada coche que veía venir por la carretera y subir la cuesta del Seminario le parecía a Enrique que era el de su primo.

Intentaba sofocar su inquietud con lecturas, pero no podía. Los grandes poetas y novelistas no habían hecho más que perderse en medio del camino para que él se perdiese más.

Todas las noticias que Alfredo le había suministrado se le clavaban en el corazón como piezas de un tormento insoportable. Acudían a su mente recuerdos perturbadores. Desvariaba incesantemente: Isabel no estaba tan rubia como antes. Ella se acordaba de él y hasta era posible que le hubiera querido si él se hubiese declarado. Quizá aún le esperaba. No había tregua: o cada día se irían separando de una manera más irremediable, o llegaría un día, sin saber cómo, en que los dos se mirarían de frente, y entonces...

Llegó a pensar en escribir una carta al Padre Espiritual, explicándole los motivos de su deserción.

"¿Qué hago yo aquí? ¿Cómo resisto, cómo he resistido tanto tiempo? ¿Me cabe otra cosa más que aguantar? No tengo más remedio que seguir, continuar, hasta consumar el holocausto, para decirlo bíblicamente; quizá el verano lo resuelva todo. Todavía alguna causa imprevista puede devolverme la voluntad, la mía. Al principio de enterrarme en esta tumba, me iba bien, hasta me consideraba héroe; ahora una hipocresía lucha contra otra hipocresía, la hipocresía adquirida, oficial, con la hipocresía natural e instintiva. El instinto de pensar y de saber con el instinto de vivir. Y lo peor es que puedo quedarme sin Seminario y sin Isabel..."

Eran días de excitación exagerada en la vida de la Comunidad. La proximidad de los exámenes constituía una obsesión tan aguda que sólo la tensión de los estudios existía para los seminaristas. El Padre Espiritual comprobaba entonces la inercia espiritual y pataleaba por el abandono y la sequedad interior de los ordenandos. Cada día se acentuaba más la tibieza y la disipación. Para el Padre Espiritual salir del Seminario en aquel estado para las vacaciones era rodar estrepitosamente por la pendiente del pecado. Radicaba este relajamiento, según él, en el engreimiento intelectual, en el orgullo de la mente, que al adentrarse sin sencillez de corazón por el laberinto de las altas cuestiones teológicas, caía en una sutil soberbia escéptica con la cual llegaba a perderse todo sentido piadoso y hasta la vida interior.

Pero siempre había un grupo de esforzados que redoblaba en estos días sus penitencias y fervores, y hasta, de semana en semana, preparaban consagraciones y promesas colectivas al Corazón de Jesús.

Lo más grave de todo era la infiltración mundana. Sobre todo para los ordenandos que, obcecados un tanto por la responsabilidad de los exámenes, se olvidaban hasta del paso que iban a dar y llegaban a las gradas del altar extenuados e inconscientes.

Paseaban los seminaristas por las terrazas y jardines en los ratos calmosos en que se despejaba el cielo, con los libros abiertos, repasando lecciones. Preparaban la tesis, unos en alta voz, otros rumoreando; de vez en cuando se juntaban varios y, por turno, se enfrascaban en objeciones y respuestas interminables.

Enrique buscaba rincones plácidos, y allí, a la sombra de los plátanos o de los pinos, sentado sobre la alfombra muelle de la hierba, leía algunas palabras y se quedaba pensativo, absorto en la eclosión primaveral. Los pájaros que cantaban, las estelas que dejaban los vaporcitos en el mar, el brillo de las hoces sobre la hierba, el murmullo de los insectos en la piel de las flores, hacían languidecer su corazón.

Se le atascaba el latín:

"No me gusta, no me va; me gusta leer, curiosear, meditar... Pero yo no sé exponer una tesis, yo no comprendo, ni sé, ni quiero comprender esta forma mecánica de estudiar Teología en las clases. Prefiero saber lo que sé, intimar con la vida y con la naturaleza, saber sentir emoción por lo que un hombre sufre con las propias caídas. El sacerdote, si tiene alguna preponderancia sobre los demás hombres, es la del corazón, que se olvida de sí, por otros, generosamente. La vocación no es una cédula de garantía personal que concede despotismo sobre los demás; la vocación es un rasgo de amor; la presencia del perdón entre los hombres. Es importante estudiar, pero no así, con esta voracidad deshumanizada, tan animalmente como muchos estudian los temas inescrutables de Dios...

Le fastidiaba la fiebre desatada de memoria y repeticiones. Él sentía un gran afán por concretar en líneas esquemáticas todo el aparato crítico de los programas. Llegaba a penetrar lúcidamente, sí, en la complicidad de los términos, en la tasa de las censuras y en la problemática de las pruebas, pero sucedía que, inesperadamente, algún punto le vacilaba, y, entonces, ya todo el edificio se le caía encima aplastándole. Él seguía adelante complaciéndose en sus dudas. Las sentencias de los adversarios eran para él un estímulo. Pero toda la exégesis textual le dejaba frío, apático y aun le hacía sonreír irónicamente. El estudio no era para él aprender ciertas tesis que le permitieran luego repetirlas, sino un diálogo personal en el que no quería insistir o en el que insistía por motivos subconscientes. Cada tesis —penitencia, sacramento, matrimonio, gracia, pecado, infierno, providencia, iglesia, eucaristía, etc.—, eran bloques macizos de su conciencia que no se podían mantener sino a acosta de su propia disolución.

Por aquellos días llegó al Seminario el Nuncio, y se celebró en su loor una velada solemne y académica. Enrique leyó unas cuartillas.

El Padre Espiritual le llamó para regalarle una estampa de la Virgen con una dedicatoria en la que escribió detrás, de su puño y letra: *Quiero ser alter Christus.*

Por aquellos días se le ocurrió escribir varias cartas para Inés, que guardó reservadamente entre los forros de los textos. A medianoche se despertaba sobresaltado e iba corriendo a ver si habían desaparecido, porque siempre en sus pesadillas sucedía que a última hora, cuando subía hacia el altar para recibir las Órdenes, el Padre Prefecto le salía con una de estas cartas en la mano.

Coincidió, además, que Inés dejó de subir a misa, lo cual le hizo imaginarse mil diversas causas: que tenía novio, o estaba enferma. Fué el Noli quien le dijo que estaba en la ciudad. La buscaba por entre los árboles, en los senderos de los bosquecillos y en las vueltas de la carretera. Muchas veces tenía que detenerse a la puerta de la celda, porque su pensamiento era bajar corriendo para verla y hablarle.

Simuló excusas y bajó al pueblo, repetidas veces, pasando por la puerta de su casa y lanzando miradas hasta comprometedoras. Al regresar de estas escapadas, extremaba la cautela y procuraba aparecer indiferente. Entonces era él el que iniciaba vibrantes discusiones sobre cuestiones de teología con los compañeros.

Un día le echó en el Correo una carta sin firma, con frases cogidas de Rabindranath Tagore.

Pero tampoco esto surtió efecto. Inés continuaba escondida.

Y así vino a concebir un proyecto audaz.

Buscaría un pretexto para asomarse al mundo. Asomarse, no desde la ventana de su celda, sino dentro del mismo mundo, y ver desde allí el Seminario. ¿Cómo lo vería?

El proyecto era temerario. Al salir de la misa de Comunidad se dirigió con cara resignada a la habitación del Padre Rector a exponerle su petición: tenía que ir a la capital forzosamente.

"Quizá no pueda negármelo, si sé exponerlo... Mi misma palidez denota cansancio físico; puedo muy bien estar enfermo. Esta vida para algunos es engordar y para otros consumirse..."

El permiso que iba a pedir duraría sólo diez o doce horas. Estaba cansado de imaginarse una guerra, un incendio, una plaga, algo que suspendiera la vida de comunidad por un mes al menos. Algo que cortara el hilo implacable de la cotidiana realidad.

Midió exactamente las palabras que pronunciaría, el tono de voz que usaría y su gesto para cada momento. No demostraría un interés extraordinario. Se limitaría a exponer su estado de agotamiento y algunos trastornos. Culparía a la comida y a los nervios.

Llamó con los nudillos en la puerta de la Rectoral, y escuchó la voz sonora y ceremoniosa que le respondía:

—Adelante.

Se encontró al Padre Rector escribiendo a máquina ante un montón de cartas extendidas sobre la mesa. Casi sin levantar sus manos del teclado, con parsimonia un tanto teatral, le indicó que se sentara y dejó su mano en el aire para que Enrique se la besara.

—¿Qué le ocurre? —preguntó solemne.

Quiso Enrique que su expresión, más que sus palabras, revelaran su estado.

—Quisiera ir, si Vuestra Reverencia lo ve bien, a la ciudad a que me viera un médico.

—¿Cree que es imprescindible?

—Ya me vieron allí una vez y me recetaron un plan, pero

me dijeron que volviera. Yo creo que tienen que hacerme alguna radiografía.

—Pero, ¿tan mal se encuentra?

—El mismo Hermano Enfermero me ha dicho que...

El Padre Rector le miraba atentamente. Enrique hacía esfuerzos por sostener su mirada lo más abierta y franca posible.

—¡Hay que ver lo delicados que son ustedes los artistas!

El Padre Rector ironizaba. Estaba orgulloso de la fama de flemático que tenía. Más que sus palabras, eran sus gestos, su mímica, el concierto registrado de sus altos y bajos; unas veces adusto y otras zalamero. Tenía cierto aire cardenalicio, y él lo sabía.

—¿No se da cuenta de lo que es perder ahora un día de estudio en la fecha en que estamos? Será que tiene muy bien preparadas sus asignaturas, ¿no? Me da un poquitín de impresión de que, últimamente, no rinde todo lo que puede dar de sí.

Pero el Padre Rector no era tan escéptico como él había pensado. Se quedó mirándole con benevolencia y comenzó a ocuparse de sus papeles. Le dió la mano a besar, recomendándole:

—Póngase al habla con el Padre Prefecto y concrételo con él.

Besó Enrique aquella mano devotamente y salió de la Rectoría, con pasos medidos, tratando de contener su íntima alegría.

"He triunfado, sé que me conoce algo y que me tiene por vehemente, pero también algunas veces sé que ha alabado mis dotes."

El Padre Prefecto consintió, y entre las admoniciones que le hizo fué la principal que el viaje lo hiciese vestido de seglar y que regresara *en seguida.* Al ver tanta amabilidad, Enrique sintió un poco de vergüenza de su engaño.

"Quizá me encuentre con ella al bajar al pueblo. ¡Y si estuviera en la ciudad y me viera por allí sin sotanas...!"

Hasta muy tarde estuvo preparando su indumentaria. Recibió varios encargos. Gerardo le pidió que le trajera un carrete de seis por nueve; el Barón le encargó "La Codorniz"; Jerónimo le entregó una carta para que la echara al correo.

Se levantó todavía anochecido. Puso un cuidado excepcional

en arreglarse. Quería convencerse de que su traje no estaba mal.

Oyó misa y comulgó en la capilla de los Padres; el Padre Espiritual le dió su mano a besar y le recomendó que no se olvidase de mantener en sí la presencia de Dios.

Salió a la explanada. Por una parte, ávido de libertad, de sensaciones; por otra, temeroso de que su afán de aventuras le reservara cualquier desengaño.

Bajó andando despacio hacia el pueblo. Brillaba sobre la hierba el rocío. Bullían los pájaros entre las ramas de los árboles. Todavía estaban encendidas algunas luces en el pueblo.

"¡Qué lástima que el coche no salga media hora más tarde! Entonces es la hora de subir ella. No es lo mismo encontrarme vestido como voy ahora. Los zapatos negros más brillantes, hacen bien. La misma corbata no está mal... Me verá alguna y se lo dirá, y al regreso saldrá a esperarme."

Comenzaba a levantarse la ciudad. Sonaban las campanas de la parroquia y las del Seminario en coreada algarabía. Se oían también algunos ladridos sueltos y el chirriar de alguna carreta escondida entre los matorrales.

Ya subían al Seminario algunas mujeres, las mismas de siempre, las hermanas del cura y las confiteras. Por el camino del puerto volvían en grupos los pescadores con cestos sobre la cabeza.

"No sube, no viene. ¿Será que los padres han intervenido? Dos años hace que la vi por primera vez, con aquella capita azul, al salir de la iglesia, desde mi ventana. Como llovía, la vi ponerse la capucha. Luego, durante el verano, apenas si me acordé de ella; pero ahora, desde Semana Santa, desde aquella especie de desmayo que le dió en la Iglesia... Estaría bueno que los Padres estuvieran observándome, que ella se hubiera confesado y..."

Entró en el pueblo embobado con las luces misteriosas que se encendían dentro de las casas; luces de alcobas, de hogar y humos de cocinas madrugadoras.

El sol escurría chorros de miel sobre tejados y torres. Se puso a pasear por el pueblo mientras el coche se ponía en marcha. No iban con él viajeros interesantes. Sólo un enfermo tapado con una manta, dos monjas y dos carabineros. A última hora llegó también una niña pequeña con un bulto de ropa. Al arrancar el coche sintió un arrepentimiento delicioso. Se había roto el resorte de lo estricto, de lo prohibido, y era libre. Podía no suceder nada, pero podía también acaecerle algo y esta temeridad de anhelos azarosos le entusiasmaba.

Volvió la cabeza al Seminario y vió que algunas ventanas se iban abriendo casi mecánicamente. Estarían ahora cantando el *Te Deum*. Y vió el Seminario lejano, muy lejano, como si él no perteneciera a aquel enjambre. Hasta le parecía imposible que él hubiera permanecido varios años bajo el techo de aquel destartalado edificio.

De los prados húmedos se levantaban bandadas de pájaros que se perdían en las nubes. El coche iba atravesando pueblecitos todavía dormidos. En las plazuelas enlosadas esperaban malhumorados viajeros. De trecho en trecho aparecía el mar como un trozo helado de espejo, sobre cuya superficie volaban las gaviotas.

"¡Qué distinto todo esto de cuando vine al Seminario, al terminar la guerra! El mismo paisaje era para mí muy diferente: esos miradores con los cristales empañados, en los que se ven geranios rojos y flores blancas, no me sugerían como ahora nombres de mujer; el murmullo de los arroyos era quietud del alma, ansia de religiosa soledad;. la inmovilidad de los cipreses era anhelo de ascensión sobrenatural. Creo que toda la naturaleza se revela y sufre conmigo, que todo el paisaje me invita a no sé qué contacto. Los rebaños me inspiraban antes pensamientos bíblicos; ahora, el estruendo de los cencerros es como una llamada misteriosa, pero carnal. Esta fronda vegetal desbordada, este color triste de las piedras de las casonas, esta niebla, los troncos húmedos, el verde mullido y blanco, los pinos, las rocas desnudas, el mar, todo, todo me pide como una satisfacción que no me da ni me puede dar el espíritu. No puedo seguir en este hastío, amándome a mí mismo, con un amor tan desenfrenado... ¿Será todo cuestión de voluntad, que soy débil o que nunca he hecho mi antojo, que me dejo torcer por sofismas de negación estando llamado a una vida de plenitud? Creí que era fuerte para encerrarme, para intimar conmigo mismo hasta el punto de agradecer que mi corazón estuviera hecho para un amor eterno, sin nostalgias estériles. Creí que me podría crear una vida propia a base de mis propios sueños y esto veo que es mi aniquilación."

El coche se internó en la angostura de un valle recostado entre bosques de castañares y eucaliptos; de la tierra se elevaba un olor de fecundidad, de simientes, de mar cercano, de cosechas. Los ojos se le pegaban al paisaje. Por un momento estuvo a punto de ponerse a gritar aturdido de felicidad, embriagado en su dicha interior. Otras veces le entraban ganas de llorar.

Compró un periódico. Los acontecimientos del mundo le sonaban a extraños. Eran contradictorias e intolerables las noticias. ¿Era posible que Alemania pudiese perder la guerra? ¿El Japón estaba ya abatido? Se imaginó que sobrevenía otra revolución y que de nuevo la libertad le situaría en el mundo. Pero ahora ya no sería como antes; ahora ya sabría él usar de su voluntad. ¿Cómo había estado tan ciego?

Tuvo que trasbordar en un pueblo cercano. Mientras salía el tren dió una vuelta por la ciudad. Una iglesia con pretensiones góticas, una plaza con aires de capital de provincia y un parque en el que se celebraba aquel día un importante mercado de ganado. Compró un paquete de tabaco rubio y encendió un cigarrillo. Era una idiotez que en el Seminario prohibieran fumar.

El tren se llenó pronto de viajeros. Muchachas que iban de compras. Sus risas y sus canciones le hicieron casi esconderse en un rincón. Enrique temía que ellas, al verle, pudieran notar en él una expresión de existencia frustrada.

Vestían trajes ceñidos y trajes sueltos, pero trascendía de ellas un latido igual que el de los árboles o los pájaros.

"Yo creo que no me descubren, que no me conocen. No saben que soy seminarista. ¡Si yo fuera atrevido, hablaría con aquella pálida..."

Se miraba a ratos en el cristal de la ventanilla. Quería persuadirse a sí mismo de que poseía algún atractivo. Era como si le circulara por las venas un líquido abrasador.

Revolvió en su conciencia la despedida con el Padre Prefecto la noche anterior.

"¿Usted es retrospectivo? No supe lo que me había querido insinuar, hasta que sospeché que hurgaba blandamente mi pasado. Hay que esconderlo y ceder aparentemente. Yo creo que lo decisivo de un alma, por lo que se salvará o se condenará —aunque en eso de salvarse y condenarse, el juicio de Dios estoy seguro de que es muy distinto al de los hombres—, son sus sentimientos. La suplantación de la personalidad debe de ser lo peor."

El tren atravesaba montañas pedregosas, bosquecillos frondosos y barrancos desnudos. El humo del tren desaparecía rápidamente en el azul tiznado del cielo. Elástica y flexible la carretera, unas veces se ceñía a la vía del ferrocarril y otras se internaba por entre veredas.

"¡Qué gozo huir de todo aquello, siquiera por un día!"

Se presentaba el tiempo hosco, inestable, un día de primavera fugitiva y apariencia invernal. El mar resplandecía unas veces como una plancha sucia de zinc y otras con el brillo diáfano de un zafiro.

Las muchachas que subían en el tren vestían trajes turbadores. La frescura de sus carnes hacía pensar en sombras de huerto o en sol de terrazas ardientes. Sus risas producían un murmullo fresco, como el bullir del agua en el manantial. Se cogían unas a otras con gestos de cansancio y afán de lentas caricias. Enrique las miraba con lástima, con una ternura que ni él mismo comprendía.

"Sentir adoración por ellas no es pecado."

Flotaba en el aire, entre la niebla, un sabor intenso de sal marina. El sol luchaba por traspasar los sucios nubarrones. El silencio de los valles se deshacía entre rumores de panal, humos de fábrica y trepidar de molinos. Mirar el paisaje era desmoronar la personalidad.

Ya se divisaba la ciudad. La envolvía una bruma gris, terrosa.

Sobre la espuma verde de las colinas se destacaban majestuosos torreones y fachadas de edificios modernos.

Al pasar frente al Hospital, oyó hablar del número de hospitalizados y le oprimió una desazón extraña.

"Cualquier día Dios me castiga. Uno está bueno hasta que un día se siente que está enfermo..."

Ya el tren se había internado en la ciudad. Sintió una emoción fuerte, una indecisión tremenda. Debía bajar del tren y echar a andar, andar por donde quisiera, sin rumbo, siguiendo su capricho.

CAPITULO VIII

La capital le hizo el efecto de una droga. Todo allí se movía como siguiendo la pauta de un ritmo musical. Parecía que todo el mundo se había conchabado para darle a él una impresión de melódico trastorno: los barcos, los tranvías y los coches, las gentes. Todo se detenía o avanzaba a compás de una cadencia seductora.

El día no se presentaba muy agradable. Soplaba un viento descompuesto. Pero esta misma contrariedad servía para activar sus sensaciones.

Las fachadas de los edificios, los miradores, los escaparates, las estrechas calles eran como instrumentos que orquestaban a las mil maravillas la gracia de color y movimientos que entraban por los ojos.

Poco a poco fué pisando más firme y tranquilo. Una de las primeras cosas que hizo fué pararse en el escaparate de una librería. Tantas novedades, tantos títulos nuevos como allí había y al Seminario nada llegaba de todo aquello. En medio de las novelas y las antologías poéticas vió un grueso volumen: *La úlcera del duodeno*, y él mismo se rió. Oficialmente había venido a que le exploraran la "tripa" —como dijo a los compañeros— por si había en cualquiera de sus repliegues un principio de úlcera. ¡Menuda úlcera la suya! Compró *Las memorias del buen Dios*, de Rilke, y las *Figuras de la Pasión*, de G. Miró. Antes de volver al Seminario compraría más. No resistió mucho tiempo la envoltura: en plena calle se puso a pasar hojas y a leer párrafos.

De golpe, en un portal, chocó con la placa de un médico. ¿No iba a visitar a ninguno para tener, al menos, el pretexto de una receta? Lo dejó también para más tarde. ¿Qué más testimonio de su enfermedad que él mismo?

"Me ha mirado."

Era verdad. Una muchacha morena, alta, muy elegante, le había mirado.

Enrique se miró ávidamente en el espejo de una confitería. Quiso observar fríamente su aspecto, la expresión de sus ojos; le parecieron tristes, de una mansedumbre casi enfermiza. Esto alegró más su orgullo porque sus ojos, con la dureza o la ternura que él sabía imprimirles, eran capaces de despertar la curiosidad femenina. Esta sugestión le envalentonó y se dedicó a mirar fijamente a todas las que se encontraba. Pero no todas se daban por enteradas. Algunas aceleraban el paso, otras asomaban a los ojos como una fina lengua de fuego.

"Tanto sentir —recapacitaba—, tanta ternura como tengo oprimida dentro del pecho y nadie la conoce, nadie me ha regalado nunca ni una sonrisa. Sí, una mujer, pero es como si no existiera..."

Se detenía a escuchar las frases de los transeúntes. Entró en un bar elegante y pidió un café solo.

"No saben lo que soy; no lo descubren. Yo no soy tan basto y tan torpe como son *allí* la mayoría."

Llamaba "allí" al Seminario.

"Aun llevando sotana, yo puedo despertar simpatías. *Cura* y todo, puedo llegar a ganarme un amor fuerte y hondo. La vida no es esto o aquello, sino un poco de las dos cosas. Los rigores del catecismo romano están bien para las almas del rebaño, pero en todo hay excepciones, tipos que no estamos hechos para ser juzgados como los demás. Me hacen mucha gracia cuando dicen: O dentro o fuera. ¡Pues ni dentro ni fuera! Como estoy ahora mismo, con un pie aquí y el otro..."

Sonreía. A poco le coge un coche al tratar de atravesar una

calle. Se sentó en un banco frente al puerto. La bruma hacía de las torres y de los mástiles de los barcos cuadros impresionistas. De vez en cuando brotaba de las nubes un chorro de sol, y, entonces, la ciudad, dentro de su fría nebulosa, descubría matices y tonos nuevos y brillantes. Las gaviotas lanzaban gritos sueltos por encima de los barcos atracados en el muelle. De tarde en tarde sonaban algunas campanadas que daban impresión de fragancia muerta.

De nuevo se puso a andar. Él había ido a Santander para moverse, para ver cosas, para seguir el curso de personas y palabras que pudieran alimentar sus ocultas ansias. Pero nadie reparaba sino fugazmente en él. Y, sin embargo, su vida pendía de la más imperceptible sonrisa o de la frase más fútil. Le parecía a Enrique que todo el mundo, el universo entero, era un secreto que podía descubrir con dedicarse a dar cualquier paso incierto o pronunciar una sola palabra. Debía, de una vez para siempre, tener una experiencia directa de lo que era el mundo. Para eso, por unas horas, era dueño de sus actos.

Pasó por la puerta de la Catedral. Quedaban muy pocos fieles en la cripta del Cristo. Flotaba todavía una nubecilla de incienso junto al Tabernáculo. Puso todo cuidado en no comportarse como un seminarista. Fué y vino por las sombrías naves con la indiferencia de un turista, curioseando retablos y ventanales. Se quedaba absorto escuchando los ruidos de la calle, que resonaban dentro del templo.

"Luego le escribiré a José María una carta. Tengo que ir pensando en las estampas de mi primera misa. Elegiré uno de esos dibujos benedictinos que están tan de moda en Alemania. Ahora iré a comer a un buen restaurante; llevo dinero suficiente. Podría ir a Valdecilla y hacer que me vieran; eso estaría bien. Pero también es cierto que me conozco todo el desarrollo de una enfermedad del estómago y puedo inventar luego. . ."

Estaba muy ajeno a la misa que se celebraba. Dudó en acercarse al confesonario, pero lo dejó para la tarde, en la Residencia de los Franciscanos. Todavía podía ocurrir algo más gordo. Algo que no había ocurrido nunca. Sí, no estaba mal ideado. Podría después confesarse, hacer como un balance de todas sus barbaridades y volver como nuevo al Seminario.

El sacristán le puso el cepillo delante; era un personaje repulsivo, pequeño, con ojos que parecían gotear betún y un pelo tieso cortado al rape. Enrique apartó la vista.

—¡Pero qué preciosidad! —casi se le escapó en voz fuerte.

Se mudó de sitio para verla mejor, procurando también que ella le viera. Contrastaba la blancura del cutis con el vestido oscuro. Le agradaba incluso que llevara luto. Una de las cosas que más impresión le produjo en aquella muchacha fué su cuello, un cuello largo y delicado como de ave asustadiza. La expresión de sus ojos era melancólica, un poco parada.

"No tendrá ni diecisiete años", calculaba Enrique examinando sus manos y sus cabellos.

La muchacha se había dado cuenta de que la estaban mirando y movía los labios azorada y simulando que rezaba. Sus manos, muy juntas, parecían unas manos de escayola recién salidas del pincel de un figurinista. Se levantó despacio y se dirigió hacia el comulgatorio. Enrique la siguió ciegamente, atraído por una fuerza extraña. Ponerse al lado de aquella muchacha en el altar sería como participar un poco de su Gracia, sentir una comunicación casi sobrenatural de su inocencia. Acaso sería tanto como ganar la renacencia del perdón.

Se dió cuenta de que iba a cometer un sacrilegio y se retiró avergonzado. Ya su alma estaba saturada de cinismo y abusos. Demasiado escandalosas para él mismo habían sido algunas de sus comuniones dentro del Seminario.

Tendría que erguirse algún día contra esta facilidad que se iba apoderando de su espíritu, sin respeto siquiera por lo más santo. Había llegado a esta facilidad después de tremendas simulaciones. Pero para volver a un respeto radical por todo lo sacramental acaso le sería preciso distanciarse más aún del altar...

Decidió acompañar a la muchacha. ¿Se atrevería a darle agua bendita al salir? Le pareció que se iba a reír de él.

No le dijo ni una palabra. Sin embargo, fué feliz siguiéndola de cerca, poniéndose a su lado o delante o detrás.

Pensó que era posible conquistarse a una mujer teniendo algo de osadía. No sería él un tipo gallardo, pero tampoco la veía dispuesta a despreciarlo.

"Creerá que soy mudo o se irá burlando de mi cortedad. Pero, por Dios, no te asustes, chiquilla. Déjame que te acompañe. Eres lo más grande que existe ahora mismo en la tierra. ¿Cómo podrá ella imaginarse que soy...? Y qué hermoso es todo, este sol primaveral, las calles, la frescura de este viento marino que se cuela por entre las ramas de los árboles como algo fortalecedor y nuevo. ¿Por qué no había de poder él empezar una vida distinta?"

De vez en cuando, ella volvía un poco los ojos y el miedo de Enrique desaparecía. Entonces procuraba sonreírle o daba unos cuantos pasos más ligero, pero en seguida se detenía. Así le demostraba que si no se acercaba enteramente era por algo superior a sus fuerzas.

"Me estará tomando por loco. Me acercaré, la abordaré. Estos miedos también tienen su encanto. Pero ¿qué me pasa? Estoy temblando, me he quedado como paralítico. Y es bonita, muy bonita", se decía hablando consigo mismo.

Por fin se decidió y de un modo seco que a él mismo le sonó a hueco, dijo:

—Señorita...

Ella volvió los ojos como asustada y apresuró los pasos. En seguida entró en una casa. Enrique repitió como suplicando:

—Señorita...

Pero ella había cruzado el portal y se estaba encerrando en el ascensor. Sólo cuando el ascensor iba a perderse, la muchacha le miró con atención, como pesarosa.

El lance le regocijó. Al menos la había seguido. Y se puso a pasear por la acera de enfrente con aparente tranquilidad. No sabía irse. Anotó para que ella le viera, si se asomaba, el nombre de la calle y el número de la casa. A ratos se quedaba pensativo como si fuera a decidirse a subir las escaleras, o miraba con disimulo a los miradores.

"Seguro que me está viendo", reflexionaba, y procuraba adoptar un aire interesante.

Se alejó rendido para continuar divagando por las calles. Andaba por las aceras observando aquel ambiente provinciano. Las mujeres tenían para él miradas y risas de un frescor y de una malicia perturbadoras. Era encantador analizar cómo ellas se vestían y andaban, la pureza y libertad de formas que sus cuerpos presentaban en aquel marco flúido de espumas acompasadas y verdor solidificado. Era hermoso también seguirlas sin que ellas se dieran cuenta, porque emanaba de sus figuras una trémula emoción. A veces la inocencia le resultaba más peligrosamente atractiva que la belleza desbordante.

Enrique entró a Correos y escribió una postal al hermano de Isabel. Unas simples palabras que calculó que sólo para Isabel habrían de tener acento adecuado. Las palomas volaban estruendosamente por encima de los toldos de color, como si llevaran las alas mojadas de sal.

El día se iba descomponiendo. A veces hasta caían gotas menudas que el viento restregaba por el rostro como si fueran simientes y raicillas de espinas resecas. Pero la gente seguía en las terrazas bebiendo cerveza. Se veían muchos extranjeros. Eran judíos o alemanes huídos. Enrique se sentó a la puerta de un bar lujoso e hizo que le limpiaran los zapatos. Compró *La Codorniz*. Se reía él solo casi a carcajadas de los disparates y los absurdos dibujos.

"Si esto durara, si esto pudiera seguir, si yo pudiera mirar las cosas abiertamente, ser libre, tener independencia, gozar la vida. Y, sin embargo, la realidad es que puedo. ¿Quién me lo prohibe?"

La cerveza entraba fresca y burbujeante en su garganta. Los que se sentaban en torno eran turistas o comerciantes ricos que tragaban vorazmente docenas de gambas y percebes.

"Parece esto una isla maravillosa. Es como si estuviera soñando."

Bruscamente el cielo se oscureció y cayeron en medio de la lluvia unos granizos gordísimos. Aparecieron como por encanto impermeables y gabardinas de color y alguno que otro paraguas. Pero muy pronto salió de nuevo el sol.

Otra vez se internó por las calles estrechas y empinadas.

Las había que despertaban emociones románticas, calles hoscas, húmedas, torvas. Enrique no se veía, pero parecía un ser inerte, extrañamente opaco, viajero silencioso que presenciara las cosas ahondando en ellas y penando por la dicha oscura y vaga que le producían. Las sotanas habían impreso en sus pasos una cortedad de soñador o enfermo que, en algún momento, le hacían hasta parecer elegante.

Era mediodía y tenía que regresar al paseo principal. Comería en uno de aquellos hoteles caros. Sentía pasión por sentarse en una mesa solitaria, de manteles impecables que tuviera enfrente muchos espejos; una mesa desde la que se viera un trozo limpio de mar. Sería como en el Seminario, pero muy distinto, porque al lado tendría familias cuyas señoras lucirían acaso joyas deslumbrantes y cuyas hijas dejarían colgar sus melenas rubias sobre el respaldo de las sillas. Podría ver de cerca los pies bien calzados de las muchachas y los vaporosos vestidos. Allí escucharía risas y vería encendidas mejillas y él permanecería inmutable, serio.

"No es preciso enfangarse, como calcula el Padre Espiritual, para admirar y gozar de la vida", se decía.

Cada mujer tenía para él un tacto de fruta olorosa, fruta que cuelga de la rama de un huerto en donde los instintos van y vienen como pájaros ciegos, fruta exótica, para ser contemplada más que gustada.

Era delicioso verse, además, servido por un camarero correcto y enlutado. El vino, más que calentarle las sienes, parecía que se las humedecía y helaba como una escarcha de otoño. ¿Por qué él tendría que volver a enmurallarse en el recinto del Seminario? Pero, reflexionando sobre el regreso, también encontraba un goce extraño, como si su destino fuera ese lacerarse el alma con proyectos insostenibles, como si ser sacerdote no fuera sino un tormento expiador y, al mismo tiempo, reconfortante.

El vino había hecho su efecto. Tomó café y coñac sentado en un sillón del *hall* y encendió un cigarrillo rubio. Esparcía el humo con lánguida contemplación. Algo como aquel humo era este momento de su vida, un instante fugaz de humo evaporado que, a veces, le parecía una eternidad y del que acaso después no le quedaría nada, nada, ni siquiera tal vez el poder de la evocación, porque hasta eso le estaba vedado.

Pidió papel para escribir y se puso a fantasear a su primo sobre la inminencia de su ordenación.

Faltaban dos horas para que saliera el tren. Era un absurdo que el tren saliera a las cinco. Podía haber salido a las ocho, habría llegado al Seminario a la hora de cenar y no habría perdido el tiempo tan lastimosamente. No le había dado lugar ni siquiera a ver al médico. ¡Y tantas ilusiones como se había hecho con este viaje!

Se sentó en la puerta de un bar frente al muelle. El viento zumbaba de firme arrancando a los árboles gemidos prolongados.

Recordó a Inés y se levantó. Acaso recorriendo las calles donde estaban las principales tiendas podría encontrarla. Infinidad de veces creía haberla visto. En varias ocasiones había seguido a una melena rubia, casi a la carrera, y al final descubría que no era la de ella.

Las aguas del puerto iban perdiendo su tono plateado y azul: parecía que unas manos malignas iban revolviendo las algas, sacando a la superficie un revoltijo funesto de raíces y fango. El viento azotaba cada vez con más furia el casco de los barcos.

Entró en un cine de sesión continua y se salió al instante. Sólo quedaba una hora para que el tren arrancara. Debería estar yéndose ya hacia la estación.

Pero en lugar de eso fué subiendo calles y más calles. Otra vez se encontraba frente al mirador de la muchacha que había visto en la Catedral.

"¿Y si le escribiera...?"

Afortunadamente había un bar allí cerca y se puso a redactar su mensaje:

"No te rías de mí si te digo que ya siempre en mi mirada habrá un secreto que sólo a ti pertenece. ¿Por qué no te hablaría esta mañana? ¡Si supieras qué tremenda ilusión, qué honda melancolía me ha dejado la divina belleza de tu rostro! ¿Cómo te llamas? Quisiera volver a ver tu frente, tus dulces ojos, la paz de tu sonrisa, el cielo de esos labios que he visto rezar.... ¿Por qué no rezas por mí, que...?

"Creerás que no sufro; pero irme llevándome tan sólo la sombra de tu imagen, habiendo contemplado sólo de lejos tu arrebatadora figura, sin saber siquiera cómo te llamas, es un dolor sin límites. ¡Si tú me conocieras...!

"Escríbeme algo, una sola palabra... ¡Sería tan bello después saber que sigues existiendo, que serás capaz de recordarme como yo...!"

Enrique.

Se acercó a una de las niñas que estaban jugando en el portal de la casa y le entregó el sobre. Por lo que le dijeron eran dos hermanas: una se llamaba Mari Nieves y la otra Mari Rosa. Eligió a la más pequeña, a Mari Rosa. Supuso que ésta era el objeto de su veneración.

Se puso a pasear por la acera. Llevaba la gabardina sobre los hombros.

—La cogió y se la guardó —dijo la pequeña al volver.

Enrique le dió una peseta "para caramelos", y todas las niñas se retiraron a un lado y le miraban entre sonrisitas.

"A quien se le diga —murmuraba— que estoy aquí ahora paseando la calle a una muchacha y dentro de dos meses de sotana... Ocurren así las cosas, porque no tienen más remedio que ocurrir. Considerarse inviolable es peor cien veces que caer. Siempre, después de la caída, viene el perdón. Pecar y arrepentirse es mejor que pecar y creer que no se peca. La caída es la sinceridad, lo malo es disimular y mentir. Además, esto es como un sueño que estoy viviendo, sólo un sueño. Quizá no cayendo ahora, caeré mil veces después... No bajará, y si baja... Por una vez siquiera hablar con una mujer y ver si es capaz de enamorarse de mí. Esto no es necesario confesarlo. Más inocente es esto que lo otro: si consentí o no consentí, si fué en sueños o no en sueños."

Una figura se movió detrás de los visillos. Enrique miró entonces con calma al mirador. Inmediatamente vió que también se asomaba otra muchacha. Estaba excitadísimo. No sabía cuál de las dos era su elegida.

Miró el reloj. Era para enloquecer. Faltaba menos de media hora para que el tren saliera. No era posible usar otra combinación. Si se quedaba tendría que pasar la noche en la capital. Se estaba jugando tontamente la carrera. Sin embargo, no se alejaba, no podía moverse de allí, ni siquiera pensar que estaba sujeto a la fatalidad del tiempo. Paseaba nervioso por la acera. Algunos vecinos comenzaron a cuchichear.

"Lo mejor será que me vaya —se dijo—. Sí, me iré. Todavía, yendo de prisa, puedo llegar a tiempo."

En esto apareció en la esquina un muchacho alto, rubio, con gafas y una gabardina blanca, que silbó repetidas veces. De nuevo se asomaron las dos muchachas.

"Estoy haciendo el ridículo. ¡Mira que si tiene novio! ¡Se ríen y éste me mira! A lo mejor se acerca a preguntarme qué busco yo aquí. Estaría bien que encima me pegara."

Comenzó a alejarse cuando vió que aparecía una muchacha en el portal, y el de la gabardina se acercó a ella y la cogió del brazo. Pero no era ella. Debía de ser la hermana. Sí, la hermana era, porque ella seguía asomada al mirador, enviándole saludos con la mano.

Indagaría su nombre. Preguntaría si era menester los apellidos a la portera, y desde el Seminario, valiéndose de algún truco, le escribiría. Podría hacerle creer que vivía en Madrid.

Estaba muy nervioso. Casi le punzaba el corazón. Al acercarse a la casa sonaron las cinco en un reloj público. En aquel crítico instante el tren estaría arrancando de la estación. Hasta le pareció escuchar un silbido. Echó a correr precipitadamente calle abajo, pero pronto comprendió que su carrera era inútil. Ya no tenía remedio. De todos modos, continuó bajando la calle, despacio, porque podía ser que ese día el tren saliera algo retrasado por alguna causa imprevista. No siempre los trenes salen a la hora que anuncian.

Ya estaba trazándose el plan de excusas que presentaría al Padre Prefecto:

"No tuve la culpa. Llegué y había salido. Quise tomar un

taxi, pero me pareció un gasto excesivo. Quise poner una conferencia al Seminario, pero tampoco me la dieron. Han tenido que hacerme una radioscopia y unos análisis, y por eso me quedé."

Luego pensó que no todo se había perdido, que aún cabía alguna solución. Todo era cosa de madurarla. Desolado, continuó moviéndose por la ciudad. Se subió a un tranvía y al poco tiempo se bajó. Se internó por una especie de jardín colgante. El viento azotaba de un modo salvaje las copas de los árboles. Las olas retumbaban en el seno de las rocas como bestias a punto de parir. Parecían quejarse.

De trecho en trecho se encontraba con alguna pareja de novios acodados a un barandal de piedra. Le hacía mucha gracia a Enrique ver cómo se miraban fijamente, durante horas.

Sentía Enrique una pena infinita por su vida. Vivía fluctuante, bastardeando sus pasiones. Supliendo con emociones que no eran siempre espontáneas el grito más profundo de su ser. Le era necesaria la libertad para empezar a ser sincero. Para adquirir conciencia de sí mismo. ¿No se daba cuenta de que no hacía más que fingir y trampear? Se sentó en un banco del jardín contemplando desanimado aquella bravura desatada del mar. Lloraba. Poco a poco fué internándose en la ciudad. No hacía más que repetir dando con el pie absurdamente en el suelo:

—¡Soy un cobarde!

Una vez en lo más céntrico de la ciudad entró en un bar y pidió coñac. La comida había sido excelente, pero comenzaba a sentir frío. Lo tomó y pidió otra copa. Hizo muchos guiños al tragarla. Cada vez que miraba el reloj pensaba lo que en aquel instante estaría haciendo la comunidad en el Seminario. Esto le hacía sufrir atrozmente. Comprendía que estaba desertando poco a poco. Pidió una tercera copa.

—Olvidemos —dijo.

Ya sus pasos por la ciudad eran más sueltos. Parecía caminar buscando algo concreto. Se paraba en las esquinas o en las plazas y miraba a los balcones y a los miradores como esperando una llamada. Lo mismo andaba hacia un lado que hacia el opuesto.

Encontraba placer oponiendo el rostro al azote del huracán, admirando su misma vaguedad al internarse por aquellas calles estrechas. Sobre los tejados iba cayendo un vendaval gris y hosco que parecía dar al cielo aspecto de teatro deshabitado. Las nubes parecían telones después de un drama lúgubre. El piso de las calles estaba mojado y los ruidos de los zapatos resonaban en las aceras de un modo extraño.

Estaba visto que no cesaría de caminar mientras algo muy grave no le detuviera. Se embriagaba con su propio vagabundeo. Las tabernas iluminadas, los escaparates, los anuncios luminosos y las farolas le apretaban las ganas de andar, de andar y no pararse. Empezaba a oscurecer. Sobre las luces del puerto se espesaban unas nubecillas amarillentas.

Un olfato misterioso iba por delante de su concupiscencia, destapándole los rincones nefastos de la ciudad. Pero ya estaba en el terreno que tanto apetecía y temía, ya había descubierto por sí mismo el tugurio del pecado.

Las escaleras mal iluminadas, las músicas sordas, la hediondez de las casas y el aspecto medio fugitivo y medio contrito de los paseantes, le dijeron que ya había entrado en la zona prohibida. La propia conciencia tenía muy poco que hacer en un barrio donde las voces y las caras parecían espectros de un mundo sin voluntad. Desconocerse y comprobarlo debía ser tan lógico allí como que todo se moviera entre sombras y sonaran palabras confusas que más que placer parecían expresar un dolor angustiado.

Estaba anclado en medio de la calle. De vez en cuando caminaba unos pasos y se detenía. No sabía qué hacer, notaba que su pulso se había alterado, que le chocaban los dientes, que se iba cerniendo sobre su frente una especie de niebla tenebrosa. Escuchaba el silbo de algunas voces como si fuera el lamento del viento o algo más, una queja del universo por el paso fatal que él podía dar. Presentía que todo consistía en eso, en callar y ser uno más, en ofrecerse humillado a la vergüenza, en olvidarse y tratar de frustrar los remordimientos con la promesa de un conocimiento inmediato de la mujer. Todavía esto le ofuscaba mucho más, porque no sabía a quién iba a pertenecer y estaba claro que él no podría elegir. Lo que él deseaba era tan vasto, tan indefinido, que no se saciaría con nada, aunque así fingiera hacérselo creer el alboroto descomedido de la carne. Presentía, además, que si intentaba la liberación de sus instintos reprimidos y la entrega animalizada no haría más que mezclar la sordidez del vicio al desengaño más espantoso. No, él no podía insensibilizarse ni caer en el caos de la lujuria espesa y, sin poder evitarlo, hizo un gesto de negación con la mano.

"¡Fuera, fuera, esto es la pura bestialidad! ¿Es esto el hombre? Bueno, pues ya sabes lo que es. ¿Has oído, has visto bien? No es necesario llegar más dentro, es suficiente. Un poco de alcohol y, mira, has estado a punto de arrepentirte toda tu vida. Dan náuseas esas luces rojas, esas voces enronquecidas, esa pestilencia..."

Enrique había hecho de su castidad una cuestión reservada y tan íntima que ni aun él mismo, palpando la desnudez de su flaqueza, se consideraba vencido. El ideal lo había colocado justamente en sangrar anhelos de superación, caída tras caída.

Por lo pronto, Enrique salió indignado de aquel barrio de prostíbulos. Hasta estaba dispuesto a acercarse a cualquiera de aquellos tímidos muchachos que miraban a un lado y otro, antes de entrar, y decirles que todo aquello era sólo vileza para el espíritu. Una especie de abotagamiento penoso llevaba a los hombres por aquellas calles hasta dejarlos amodorrados en una especie de asfixia frente a las escaleras de las casas públicas.

"Ya sabes a qué atenerte. Tú eres un espíritu superior y no estás hecho para esta carnaza. Luego todo son enfermedades. Has hecho bien en salir pronto, hasta el aire debe estar infectado. Haces cualquier atropello de éstos y en seguida tienes encima el castigo. Dios parece que no ve, pero no deja pasar ni una... Ahora estarán cenando en el Seminario. López estará leyendo en el comedor con su voz de anunciante de feria el "Viaje a Tierra Santa", de Joergensen, mientras que el Padre

Prefecto da sus vueltas alrededor de las mesas. Habrá visto que falto yo. No faltaría sino que mandara vigilarme. . . ."

Se fué derecho a la calle en donde estaban los principales edificios. Debía buscar alojamiento para aquella noche. Pondría mucho cuidado en elegir el hotel en que se iba a hospedar.

Lo primero que hizo fué pedir una botella de cerveza en el bar del hotel. Al principio la sintió amarga, pero en seguida pidió otra.

Al poco rato ya estaba en la calle. La ciudad le atraía; era como si le necesitase. Tiendas, cines, bares, coches, paseos, jardines, toda la ciudad se sometía a su antojo. Podía ir por donde quisiera libremente.

Sin proponérselo volvió a la casa de la muchacha que viera por la mañana en la Catedral. Ahora el mirador estaba cerrado. En la esquina próxima al hotel escuchó el quejido suave y penetrante de un violín tras unos cristales gruesos que medio transparentaban un artificioso oleaje de cuerpos y luces. Enrique descorrió la pesada cortina con gran emoción.

Estaba ante una pista de baile que formaba un círculo muy parecido al comedor de un barco. Alrededor de la barra unas personas jugaban a los dados. Sólo estaban bailando cuatro o cinco parejas. Tenían aspecto de personas serias.

No estaba preparado para este descubrimiento y se quedó clavado en la mitad del salón. En seguida vino el camarero y con un miramiento exagerado le indicó un asiento cerca de la orquesta.

El camarero se inclinó gentilmente sobre él y se puso a esperar con el lápiz en el aire:

—¿Desea el señor. . . ?

—Un café con leche.

—Señor, aquí no se sirven más que bebidas —dijo sonriendo.

No supo qué pedir. El camarero le puso entonces la carta delante. Enrique escogió lo primero que vió.

Cesó la orquesta de tocar y los músicos se desparramaron por el salón. Vestían pantalón marrón y chaqueta blanca.

Se veía acorralado como una fiera. Mujeres con grandes escotes y peinados estrambóticos andaban de un lado para otro de la pista. Se respiraban unos perfumes que aturdían. Las lámparas del salón se proyectaban dentro de una pecera colosal en donde se movían unos pececitos colorados que parecían dardos de fuego.

—¿Tabaco? —le ofreció una camarera vestida con cuello blanco y uniforme negro.

Se compró un puro habano muy finito y lo encendió. Procuraba extraer del humo un clima de abstracción para que, estando allí, presenciando brazos, piernas y espaldas de mujer, pareciera que estaba lejos, visitando, por ejemplo, un museo. Algunas de aquellas mujeres le miraban fijamente y sonreían. Otras, parecían mofarse de él.

—¿No me está temblando el cigarrillo en la mano? ¡Seré tonto! No me van a comer —se decía.

Sacó la pluma estilográfica, dobló una servilleta de papel y se puso a escribir. No escribía nada concreto, trazaba líneas que pudieran pasar por palabras. De vez en cuando se le formaba solo algún nombre bajo la pluma: *Isabel, Inés, Teología, Úlcera, Alfredo, Salve Regina*. . . Pero ellas no le perdían de vista. Escuchó este comentario:

—Déjalo, si no quiere bailar, que no baile; le estará escribiendo a su amorcito.

—¡Pues que se vaya a otro sitio a escribir! Será un cantamañanas. ¡Seguro!

—Mira que sois. ¿Por qué no le habéis de dejar en paz?

La que salía en su defensa era una rubia ceñida, con ojos lánguidos y boca provocadora. Enrique no pudo ni quiso mirarla directamente. La estaba viendo en un espejo sin que ella lo notara.

De nuevo bailaban. Los muchachos venían a ellas, las cogían del brazo y se sumergían en aquel loco torbellino.

"Se ha dado cuenta. Ha visto que la miro en el espejo. Se ríe, se ha reído."

La rubia vino hasta Enrique y le pidió fuego con el cigarrillo puesto en la boca. Enrique no atinaba. Le temblaba la mano.

—Gracias, majo —le dijo con voz muy melosa y se alejó.

Las otras habían llamado al camarero y estaban preguntándole por Enrique. Él se daba perfecta cuenta.

—¿No ves la cara de tórtolo que tiene? Seguro que es nuevecito en la plaza. Y le gustas tú.

—¿Yo? —replicó la rubia.

Rió fuerte y sus dientes nítidos dieron a la garganta el fulgor de un ascua. Era su lengua como un tizón que pudiera permanecer al rojo dentro del agua.

Una de las veces que Enrique, sin quererlo, la miró, ella le dedicó un guiño convincente invitándole a bailar. No sabía ya Enrique si efectivamente estaba sentado o flotaba en una atmósfera de pesadilla. Sin embargo, aún supo mantenerse sereno y, aparentando frialdad, miró a las parejas que bailaban con gesto de insobornable aburrimiento. Los cuerpos se balanceaban haciendo de la pista escenario de un salvaje diabolismo. Se movían como dándose posesión o rechazándola. La misma música era un anticipo acariciador de la entrega absoluta, y a ratos, una burla.

"¡Si yo no fuera quien soy, si fuera otro! Pero ya siempre seré yo y todo esto no está hecho para mí."

Desde la pista la rubia seguía mirándole desde los brazos de otro. Sus miradas descubrían un extraño candor. Le parecía a Enrique que era un crimen no corresponderle con alguna sonrisa. Pero iba a ser una sonrisa tan triste que seguramente ella se reiría. Temblaba de miedo.

Su expresión era tímida. Sin embargo, al querer sobreponerse y disimular, descubría un cinismo huraño y dominador. En medio de la ternura que inspiraba su rostro había algo de crueldad en la contracción de sus labios y en la osadía de sus ojos.

—¿No baila? —le preguntó la rubia con un mohín de disgusto.

—No, no... —y se agarró a la silla preso de pánico.

—¿Está esperando a alguien?

—Sí, sí...

—Chico. ¡Qué desaborío eres!

Vino el camarero y se puso delante de los dos preguntándole a ella muy complacido:

—¿Querían algo?

—Yo. . . —tartamudeó Enrique.

Entonces ella se sentó a su lado, advirtiendo al camarero muy decidida:

—Dos combinaciones —y se puso a mirarse en el espejito de su polvera.

Las amigas sonreían. Continuaba la orquesta su repertorio de melodías americanas.

Enrique se bebió de un golpe aquel licor. Intentaba quitarse de encima el peso que le producían las miradas picantes e ingenuas de la rubia.

"Tendrás que irte y salir antes de que sea tarde, Enrique. Fíjate, ya te baila todo: las luces, las parejas, los camareros. Y cuando esta mujer se entere de que tú tienes miedo se va a reír. . . Y todas juntas te van a echar a la calle. Es hermosa, sí, vaya si lo es. Una hermosura que daña y, al mismo tiempo, ablanda. Pero seguramente es una mujer mala. Quisiera poder cerrar los ojos y sea lo que sea. . ."

Sus propias manos le quemaban y cuando ella se las cogió con la excusa de que iba a ver la hora que era, notó un frescor que le derretía el pulso.

—¿Te sientes mal? ¡Qué seriote eres!. . . ¿En qué estás pensando? ¿Sabes que te pones muy feo con esa cara? —y le miraba de frente, estirando una ceja hacia arriba.

Al hablar se humedecía los labios con la punta de su sonrosada lengua. Inclinaba la cabeza con cierta timidez y el pelo que le colgaba por la espalda tenía exactamente la fosforescencia y la pesantez que tiene la resina de los pinos en las primeras horas de una mañana de estío. A Enrique le recordaba una Magdalena famosa que había visto en un museo.

"Qué bello sería poder decir: Aquí estoy, soy tuyo, haz de mí lo que quieras, déjame reclinar mi frente en ese hoyo delicioso. . ."

Pero cuanto más rendido estaba por dentro tanto más entero y endurecido se mostraba.

—Parece que me tuvieras miedo.

—¿Miedo?

—Sí, sí, so pasmao —y se rió con una risa que era como si arrojara al suelo un collar de perlas una a una.

Luego, poniendo una cara infantil, con lo que resultaba doblemente seductora, se hizo la enfadada. Enrique se veía en el espejo del velador intensamente taciturno y raro, con frías llamas en las sienes y un amargo sabor en el paladar.

"¿Para qué habré entrado aquí? ¿Por qué no me voy?"

—Y si estuviéramos los dos solos, *solitos*, ¿estarías tan antipático? —musitó lentamente.

Enrique no comprendía bien que para aquella mujer la melancolía era un cálculo; no podía comprender que estaba logrando poner nerviosa a una mujer de la vida.

Se acercó a ella un muchacho alto, moreno, con el pelo totalmente aplastado; la agarró de la mano y se la llevó a la pista casi abrazándola. La línea ondulante de aquel cuerpo tenía un hechizo firme y al mismo tiempo alado. Era una escultura de carne.

"Quisiera haber caído ya, no estar en esta situación... Si estuviera solo con ella me moriría. ¡No puede ser! Mañana tengo que confesarme forzosamente. Y, ¿cómo voy a bailar yo, si no sé? Bebamos, ya puesto, y lo olvidaré todo, todo... Lo peor es que me entran ganas de devolver..."

Mientras la rubia estuvo bailando con aquel muchacho moreno, no dejó suelto a Enrique. Lo tenía sujeto con sus miradas y sus sonrisas.

En un arranque de energía, Enrique se levantó y se dirigió a la puerta. El camarero se le acercó para cobrarle las consumiciones. Pagó.

"Realmente es caro, demasiado caro. Irse con ellas debe ser más, a lo mejor ni tenía bastante. ¿Cuánto exigiría una mujer así? Has hecho bien en salirte, te has librado. ¡Bendito dinero que te ha salvado de lo peor...! ¿Y quién te ha dicho que ella es una de *ésas*...? Yo ya debía estar en la cama."

Fuera, la ciudad ofrecía un aspecto solitario y hosco. No cesaba el vendaval. Las calles estaban casi desiertas. De vez en cuando cruzaba la avenida un coche o repiqueteaban las campanas de los tranvías contra transeúntes invisibles. Las nubes pasaban velozmente, como animales fantásticos que se estuvieran comiendo a bocados la fruta madura de la luna.

"Si se enteran, si alguien me viese, si supieran que yo *soy lo que soy* y los del Seminario supieran... ¡Pero por una vez debería uno...! Y nadie lo sabría. Y hablo ya de ella como una cosa tan natural. Dios me va a castigar. Al hotel, Enrique; vas allí, cenas, lees un poco, te quedas durmiendo, mañana te confiesas, vas a Valdecilla y vuelves al Seminario... El Seminario es tu sitio, Enrique."

Se crecía hablándose a sí mismo con dominio y compadeciéndose al mismo tiempo. Pero el viento le iba despejando de su mareo.

En el hotel estaban cenando. No tenía apetito. Se sentó en el *hall* y pidió un ponche de ron y dos yemas. Un camarero le trajo una hoja para que la rellenara. En vez de poner seminarista en el apartado de la profesión, puso estudiante.

Subió a la habitación, que estaba fría. La habitación del hotel le produjo una extraña impresión. Además, no tenía sueño. Bajó al *hall* de nuevo. Algunas familias, cómodamente sentadas, hablaban de la guerra. Otras escuchaban Radio Andorra. Un grupo de extranjeros jugaba en silencio a las cartas en una mesa grande cubierta con un tapete verde e iluminada con un flexo.

"Me iré al teatro o a un cine; cuando vuelva me acuesto y *Pax Christi*."

En vacaciones, Enrique solía ir a los conciertos, al cine y a la playa.

Salió a la calle. Apenas podía avanzar un paso. El aire con sus enormes y tumultuosas manazas aplastaba sus pasos, dejándole, a veces, junto a la acera, como sometido a un estúpido suplicio. El bramido del huracán arrancaba a los árboles quejidos prolongados y grotescos. Enrique se sentía importante. Él podía ir de noche por aquella calle, por todas las calles que quisiera. Las luces del puerto se encendían y se apagaban.

"¿Qué me pasa a mí? ¿Estoy loco o qué? ¡Tienes que caer, vas a caer, Enrique!"

Otra vez estaba a la puerta del cabaret. A través de los cristales sonaba la música mucho más precipitada. Una señorita le recogió la gabardina.

"A lo mejor aquí dentro se me ocurre un buen poema, una especie de salmo en el que pinte desgarradamente la vanidad del mundo y sus placeres. Conviene enterarse de lo que uno deja, conviene sentir y recibir encontronazos; así se hacen los espíritus fuertes y heroicos. En el fondo, toda esta gente es desdichada, y aun la rubia es una lástima..."

—¡Un clavel, señorito! —le rogó la misma que le había servido el tabaco anteriormente.

Le había prendido uno en la solapa. Le costó un duro. Al cruzar la puerta le pareció un escándalo tremendo llevar aquella mancha roja colgando del pecho. Se la guardó en el bolsillo mientras el camarero le iba buscando mesa. Enrique iba estrujando el clavel y deshaciéndolo dentro del bolsillo. Al sentarse, se olió las manos y comprobó que las tenía mojadas de un sudor de aromas.

Ya estaba el camarero frente a él con el lápiz y el block.

—¿Martini? ¿Seco o dulce?

—Dulce.

Le pareció ver que la rubia asomaba la cabeza por entre unas cortinas rojas vestida de marinero.

"Creo que comienzo a marearme; no beberé ni una gota más."

La orquesta había cambiado de músicos o éstos habían cambiado de indumentaria. Enrique ya no podía precisarlo bien.

Por lo pronto, su cuerpo estaba como clavado en aquel lindo silloncito de cuero rojo. La espalda le sudaba.

CAPITULO IX

Todo continuaba igual, pero habían aumentado las parejas. Muchas ni siquiera miraban la pista; permanecían bebiendo y fumando. Algunas de aquellas mujeres estaban solas en sus mesas, como meditando en cosas remotas. Una morena, vestida de raso negro, gesticulaba y se movía en la pista como mordida por un alacrán; debía de estar borracha. Poco a poco, Enrique se iba desenvolviendo con más holgura. Vió que pasaba inadvertido. Saldría de allí y nadie se habría enterado. Era una suerte que la rubia le hubiese dejado en paz.

"No pasará nada" —se tranquilizaba interiormente.

Se dedicó a curiosear los dibujos que había pintados en las paredes: unas sirenas plateadas, una pareja de esquiadores sobre un plano inclinado de nieve y una escena de amor y besos a la luz de la luna bajo el farol de un puerto.

La letra de algunas canciones era pueril. De improviso, las luces del salón se tornaron rojas y, al rato, verdes. Inmediatamente aparecieron delante de la orquesta cuatro chicas vestidas de "marinero", dirigidas por un tipo que llevaba las cejas depiladas. Cantaron una canción cuya letra era bastante escabrosa. Una de las que intervenían en aquel escandaloso número era la rubia.

Ahora Enrique clavaba los ojos en ella con muda ansiedad. Tenía sus encantos aquel cuerpo elástico y cincelado, cuyo atractivo aumentaba cuando los muslos y los senos se movían al ritmo de la música.

—Está que lo tira —comentaban los de la mesa de al lado dirigiéndose a ella.

Cuando cesó aquella procaz exhibición la rubia se retiró dando saltitos por el salón y, a los pocos instantes, reapareció casi desnuda. Sólo iba cubierta con una gasa azul y cantando con tono afligido una melodía que quería pasar por sentimental y triste. Al moverse, la luz de su carne adquiría una diafanidad inquietante, algo que pudiendo ser pétreo parecía deslizarse como la rama de un árbol llevada por la corriente de un río.

Al terminar esta representación de la "viuda desconsolada", se llegó hasta Enrique y le reprendió airada y brusca.

—¿Sabes que me estás resultando un *vampireso*?

—¿Yo?

—Sí, tú. ¿Dónde fuiste antes?

—¿Yo?

—Sí, tú, que pones cara de angelito y eres un *tío de lo más tirao*.

—¿Yo?

—Pero, ¿es que no sabes decir más que *yo, yo, yo*? Espera un momento, que tengo que arreglarte unas cuentas —y le sonrió radiante y comprometedora.

No había manera de huirle.

"Ahora estaría yo en el Seminario, en la ventana de mi celda, mirando la lucecita de Inés o el reflejo de las olas... ¿Y si me viera Isabel?"

Bebió lo que le quedaba. No quería que le tomaran por lo que era. Desde que se le acercó, Enrique vió claro que aquella mujer se proponía desmoronarlo. Actuaba como si le hubieran dado la orden de hacerle sucumbir.

En medio de su escote oscilaba con temblores brillantes una crucecita de bisutería cara. Este detalle agradó a Enrique, pensó que esto le autorizaba a pensar que no era una cualquiera.

El camarero trajo dos copas grandes y una botella de champán. Ella le colocó un pitillo en la boca, después de haberlo encendido en la suya. Enrique estaba pasmado. ¿Cómo pagaría todo aquello?

—¿Te sientes mal?

—No, no es nada.

—¿Es que no tienes *parné*?

—Sí, sí. Nada de eso —y Enrique procuró sonreír como para tranquilizarla.

Todavía le quedaba a Enrique un billete de mil, sin cambiar.

—¿Es que no te gusto? —le dijo obligándole a mirarle de frente. Enrique se ablandaba.

—Menos mal, chico; hay que ver lo difícil que eres. ¡Y el caso es que me gustas un poquito! —Y con sus dedos trató de oprimirle los labios cariñosamente.

Enrique se veía descender vertiginosamente por una pendiente resbaladiza.

—¿Cómo te llamas? —volvió a preguntarle ella.

—Enrique.

—No está mal. ¿Verdad, Enrique, que aquí te estás aburriendo? ¿Quieres que salgamos?

¿A dónde podía ir él con aquella mujer? No quiso darse por aludido.

Ella fingió incomodarse y se quedó unos minutos en silencio, sonriendo a otros que bailaban o permanecían sentados en las mesas vecinas. Una amiga vino hasta ella y hablaron en secreto. Al poco rato se despidieron.

—Brindamos, ¿sí o no? —le murmuró con voz apagada e inexplicablemente ronca. Su ronquera parecía relacionada con la lluvia.

El salón entero —lámparas, músicos, camareros y parejas—, bailaba en la espuma de la copa de Enrique una danza desesperada.

"Ya estoy camino de la perdición... ¿Pasa algo? Ellos también estarían si pudieran."

—Eres muy bonita, ¿sabes? —se atrevió Enrique.

—¿Y por qué lo dices como si tuvieras miedo? Debes estar muy enamoradito de otra mujer. ¿Verdad?

—Si yo te dijera, tú no comprenderías nunca, por qué yo... —No se le soltaba la lengua y le saltaban dentro del cerebro un sinfín de lucecitas de color.

—Más champán y cambiamos las copas; así me enteraré de tus secretos.

—¿De mis secretos, dices? —no pudo evitar el tono de susto.

Ella llenó las copas. Aunque no le saliera bien económicamente, esta aventura le gustaba. Muy de tarde en tarde, se presentaba a sus ojos un hombre tan extrañamente indeciso y tímido. Aquel muchacho la tenía sugestionada. Era la línea de su cabeza y, más que nada, la tristeza de sus ojos y la fiereza tímida de su boca, como recién abierta a la pasión, lo que la atraía.

—Parece que me fueras a comer.

—¿Yo?

—¿Yo, yo, yo? —y la mano de ella apretó su rodilla.

—Ya no diré más yo.

Ella le pasó la mano por el pelo, acariciándole la cabeza. Se quejaba de que teniéndolo tan bonito, se lo hubiera dejado tan corto.

Enrique hizo un gesto como para rehuir la caricia. Recordó que justamente donde ella ponía las manos debería tener ya la tonsura. El temor de que ella se enfadara le hizo reaccionar en seguida acercándose más. "Sólo existe lo que tengo delante; ella con su carne blanca y sus venillas azules..." pensó. Puso temblorosamente una mano sobre su espalda y todo su ser retumbó en una estrechez de pozo calcinado que presiente el gozo de la torrentera. Sudaba esa fiebre fría de la nieve intacta que el sol mordisquea en la cumbre. Al tocarse la frente, la sentía como distante de sus latidos, como frente iluminada de otro ser que siendo él mismo, se desconocía.

—¿Sabes que eres un hombre interesante?

—¿Yo?

—Pagas, tienes que pagar algo por haberlo dicho —y llamó a la camarera, que le colocó un rojo clavel en medio del escote. La crucecita quedó tapada.

"Yo no estoy aquí, soy un ser incorpóreo. *A posteriori* nadie se espanta de nada. Realmente es guapa, un cuerpo... Fíjate qué rodillas, qué surco en medio del pecho. Debería llorar. Aunque no, se mofaría. ¿Por qué pecas, criatura, por qué teniendo esa cara de bondad buscas...? Es tarde para volverse atrás, las cosas son así, fatalmente tenían que ser así. No te hagas el santo, tú eres como cualquier hombre..."

—¿Te portarás bien conmigo? —le suplicó ella con voz que quería ser infantil.

"Esto es algo más que todo lo experimentado hasta hoy; la fotografía de una estatua, la silueta de una mujer en una piscina, el cartel de una película, la coincidencia en una de esas aglomeraciones, una procesión o una manifestación patriótica, el roce de un soberbio cuerpo en un tranvía... Lope de Vega era sacerdote, tenía amores y después de sus desvaríos le salían preciosos sonetos místicos."

Hubo un fogonazo de magnesio.

Enrique creyó morir de pavor. Sólo faltaba que mañana los Padres le vieran en un periódico al lado de una mujer así.

—¿Eres casado?

—¿Casado?

—¿Por qué te has reído de esa manera? Dímelo o me enfado.

—¡Pero si no me he reído!

—¿Te estás guaseando de mí?

—¿Yo?

Enrique le cogió la mano y le acarició los dedos. Ella comprendía vagamente que, en medio de la exaltación que dominaba a aquel hombre, exaltado unos instantes e indiferente otros, se daba un candor extraño. Le molestaba tener que disponerse a seguir siendo cariñosa con él.

—Tú me ocultas algo —dijo ella.

Enrique se sintió envalentonado. Ella no sospechaba la verdad ni remotamente.

—Todos ocultamos algo —dijo misterioso.

—Tú vienes huyendo de la policía o algo así.

—Yo he venido huyendo sólo de mí mismo.

La reserva de Enrique le intrigaba, se veía que no era estudiada.

—¿De dónde vienes? —insistió más suave.

Enrique se urdió rápidamente una trama. Se había imaginado tantas cosas en su encierro que le era fácil improvisar.

—Yo, ahora, acabo de entrar de Francia.

—Entonces, ¿estuviste con los rojos?

—Sí.

—¿Y te buscan ahora?

—No, me fuí porque quise, por una mujer.

—¿Te la pegaba con otro?

—No.

—¿Estaba casada?

—Tampoco.

—¿La hiciste un bebé?

Enrique puso un gesto herido. Ella y el Padre Espiritual, los dos seres más diversos que podían concebirse, convenían en una cosa: en que todo amor no era más que apetito carnal.

—Yo me aparté de ella porque la quería demasiado y no me atrevía a creer que el amor fuera una realidad. Quería vivir de ella, pero soñando, soñando...

Sonó una carcajada clarísima. No era una carcajada de burla, aunque pudiera parecerlo. Era más bien una risa nerviosa, triste. Siguió riendo durante un rato queriendo contenerse y, al final, casi lloraba.

En seguida se puso seria y se quedó como transformada.

—¿Sabes una cosa, nenito?

—¿Qué?

—Que estás majareta perdido —pero esto lo dijo sin mucho convencimiento.

Enrique se quedó anonadado. Ella le envolvió entonces en una mirada que hasta entonces no había usado. Era la mirada de un ser hecho para la aniquilación, fría y cruel, que, de pronto, se humaniza y se conmueve.

—Y yo, ¿verdad?, me parezco a ella. ¡A que sí!

Enrique la miró de frente y se conmovió. No se parecía a ella, pero vió claro que tenía que mentirle para que, compadeciéndole, se apiadara de él y no hiciera de todo aquello sólo objeto de risa.

—¡Eres igual!

—¿Has venido por ella?

—He venido... —se calló como descubierto en un crimen. Y se quedó mudo, de pronto, sumido en pensamientos trágicos y suicidas, o en la más intensa enajenación carnal.

Otra vez vino el muchacho moreno del pelo liso y se la llevó a la pista. Enrique se quedó mirándola con ojos melancólicos. Había fracasado, no ante ella, sino ante sí mismo. Casi con insolencia, su mirada fué posándose en todas las mujeres del salón. Las había, indudablemente, guapas, pero era la rubia la más soberana.

"Quien ama el peligro en él perecerá. Me iré. Aún no ha sucedido nada de lo que tú temías y... deseas... Una lección que debo sacar en adelante. He triunfado. Sí, he triunfado, aunque me tome por tonto."

Y puso cara de hombre despreciativo y frío. Esperó a que ella no le viera y se levantó. Pagó al camarero. Realmente era caro.

"Adiós, Sodoma y Gomorra."

Ya salía por la puerta cuando ella le cogió del brazo. En un tono medio suplicante, medio despótico, le dijo:

—Espera, *Landrú*.

Al instante salió colocándose una chaquetilla de armiño. El viento les tuvo un rato parados. Ya ella se había colgado del brazo de Enrique y con voz indecisa, una voz que quería ser amenazadora y penetrante, que era profesional y sonaba a intimidad, le añadió:

—No me harás ninguna faena, ¿eh? Has de saber que yo no me voy con cualquiera. —Enrique pisaba el suelo con fingido aplomo. Había bebido demasiado.

"Me quedan poco más de quinientas..."

Ella le apretaba el brazo y le murmuraba:

—¿Adónde me llevas?

—¿Yo?

—¿De verdad que no sabes ningún sitio...?

—¿Yo?

—¿Dónde paras tú?

—En el Hotel Inglés.

Andaban muy despacio. El viento, de vez en cuando, les hacía caminar a la carrera.

—"Estaría bueno que apareciera el Padre Espiritual ahí al cruzar delante de esa iglesia."

—"¿Dónde va, so perjuro?"

—"Perdón. ¿Dónde voy?"

—"¿Conque quería ver al médico? ¡Insensato!"

—"No grite, por Dios, que ella no se entere."

—"Y va a enterarse todo el mundo; yo me encargaré de que esta abominación sea conocida por todos. Todavía es tiempo, déjela, sepárese de ella."

—"Eso no, eso no puede ser. ¿No le da lástima?"

—"Le repito que todavía es tiempo, antes que sea tarde. ¡Pisotéela si es menester!"

—"Porque Vuestra Reverencia no siente su pulso, que tiembla como si fuera una tortolilla. ¡Es tan frágil. . . tan. . . !"

—"Estás al borde de un volcán! ¿Crees que vas a gozar? ¡Pues te equivocas!"

—"Si yo no hago más que dejarme llevar. . ."

Enrique se movía como un corcho encima del agua del mar. El tuteo de la rubia le fascinaba.

—Espera que te mire.

A la luz de un farol, Enrique la contempló largo rato. Ella estaba más que alarmada saturada de halago.

—¿Qué miras?

—Estaba viendo lo bonita que eres.

—¿Sí? ¿De veras que te gusto?.

Las olas retumbaban en el puerto como sordos estampidos de cañón. Transitaban algunas parejas y familias por el Paseo de P. Seguramente estaban saliendo de los cines, marchaban a la carrera, como empujados por el viento enloquecido.

Alguien los miraba. Enrique se dió cuenta de ello y aligeró el paso. Quería desaparecer, que la noche los tragara con su boca monstruosa.

—No seas salvaje, me llevas a lo brutote. ¿No ves que soy muy delicadita?

Pero quien realmente guiaba los pasos inciertos de Enrique era ella. Por momentos iba asomando en el alma de Enrique un deseo desesperado de agigantar la caída. Cayendo, se vengaría de muchas cosas y expiaría muchísimas más.

Sonaron las doce en el reloj de un convento. Las campanadas fueron cayendo y repitiéndose como cadencia de Ave María gregoriana.

Al subir por una calle más oscura, Enrique temió ser víctima de un secuestro sensacional. Observaba minuciosamente todos los movimientos de la mujer que llevaba cogida del brazo con algo de recelo.

¿Qué sería besar a aquella mujer, tenerla entre sus brazos, poseerla? Acaso todavía esto, por cualquier cosa imprevista, no llegaría a ocurrir. No tenía él ciencia de la unión de los cuerpos, y esta misma ignorancia le hacía desfallecer de miedo. Inevitablemente iba a estar solo con una mujer, no sabía dónde ni cómo, a no ser que huyera, o ella le dejara.

"Nada, nada, tienes que caer, Enrique, has llegado al límite de lo que no tiene límite. Que comprenda Dios que yo no hago más que dejarme llevar. Que yo no siento nada. Que no quiero nada. Pero soy débil, soy cobarde."

—¿Verdad que sí? —preguntó inconscientemente a su compañera.

—¿Qué hablas?

—Nada, nada. Decía que es muy suave la piel de esta chaquetita, que da gusto pasar la mano. Así...

El macizo esbelto de su cuerpo lánguido se le abandonaba. Sonaban las pisaditas de la mujer sobre el asfalto de la acera con un ritmo admirable y poderoso. Los árboles se doblaban retorcidos por la ferocidad del viento.

—Llegamos.

Enrique analizó la fachada de la casa. Entre las que había en el barrio se puede decir que era de las mejores. ¿Cruzaría su umbral?

"Ya no es posible escapar. Es necesario; sucumbiré."

Ella dió unas palmadas. No acudía nadie, la calle parecía estar abandonada después de una catástrofe. El viento lanzaba una especie de alaridos espantosos.

—Llama tú —ordenó ella.

Enrique se imaginó por un momento que llamar él sería provocar un escándalo atroz. Sus palmadas le parecieron un sacrilegio.

—Estás hecho un pavo, hijito.

Las segundas palmadas fueron más sonoras.

En la esquina de la calle hizo su aparición un sereno que cojeaba; el garrote le arrastraba por el suelo y las llaves metían un ruido fenomenal.

—Buenas noches —dijo ella.

—No muy buenas del todo —contestó el sereno con una voz que se quebraba en una risita que quería ser picaresca y reverencial.

—Dale algo —recomendó a Enrique.

Enrique sacó unas pesetas arrugadas del bolsillo, y ella misma, dejando las pesetas a un lado, buscó un duro y se lo dió.

—No seas *roña* —le murmuró por lo bajito, zalamera.

Después de subir varias escaleras pasaron a una especie de recibidor tapizado de verde claro. Enrique se vió junto a su rubia en un espejo grandísimo de marco dorado que estaba cubierto por una gasa fina. En aquel espejo, frente a frente, reconoció su persona como algo esencialmente propio, aunque ajeno al espacio que ocupaba. Ella permanecía a su lado arreglándose el pelo. Se había despojado ya del chaquetón de armiño. La gasa daba a las figuras un contorno difuminado y misterioso.

"Estoy temblando como si me fueran a matar. ¡Qué contraste, Enrique!"

Ya estaba dentro de la casa aquella. No era repugnante ni sucia, como se había imaginado. Sobre la pared se veían esculpidas figuras mitológicas. De vez en cuando topaba con un espejo en los que se miraba con enorme curiosidad.

"Soy un ser raro. ¿Cara de bondad o de malicia? No sé. Unas veces resignado, tierno; otras hermético, duro."

Habían atravesado el umbral terrible. No se había muerto al pisar las ricas alfombras ni lo habían echado a la calle gritándole su infamia. Todo se desenvolvía normalmente, como si nada sucediera, aunque para él los gestos de la encargada y hasta la sorpresa de una alcoba bonita fueron como presentimientos de una armonía sacrílega que tenía que terminar implacablemente en horrible expiación.

Ya estaba ella canturreando por lo bajo mientras se despojaba de sus falsas joyas y se desnudaba.

"Le daré mi reloj, o la pluma..."

¿Qué tenía que hacer él? Sí, ella era hermosa, tan hermosa como lo son las mujeres cuando no se advierte enteramente lo penosa que es esta hermosura imprecisa del pecado.

Allí estaba frente a él, mirándole con una tristeza inconmensurable.

—¿No ves —dijo con un entusiasmo algo rudo— que yo soy muy ingenua y me da vergüenza que me estés mirando así, tan parado como un guardia? Anda, no seas curioso y ve.

Pero Enrique no dió ni un paso.

Entonces ella vino hasta él tapándose con algo negro. Vino hasta él riendo histéricamente, fingiendo frío, medio bailando, avergonzada de veras.

Le besó fuertemente en la boca y acarició su cuello. La plenitud de aquel cuerpo se le ofreció como un desierto punzante que tenía que cruzar. Todavía él no se había desnudado; todavía era manso como un corderillo. Todos sus ímpetus se habían convertido en caricia floja, caricia lenta que aún no era verdadera.

—Estás que abrasas. ¿Es que tienes fiebre?

Entonces ella apagó la luz. Y al hacerse las tinieblas las aguas del río contenido desembocaron en esa playa desconocida donde todo hombre deja de ser lo que es para trocarse en un juguete caprichoso de la pasión.

—¿No sientes golpes?

—Guapín, será algún pelma, algún trompa que está dando la tabarra.

Pero el alboroto iba en aumento. Por la calle se escuchaban voces roncas y fugitivas.

"Será el muchacho del pelo duro, vendrá y me sacará de aquí pegándome, arrastrándome. Sería justo. Yo me lo he buscado."

Ella le pasaba la mano muy despacio por la frente, diciéndole mimosamente:

—Chiquillo...

Sonaron unos golpes tremendos en la puerta de la habitación. Por la calle se escuchaban carreras, voces.

"Pero si parece la voz del Padre Espiritual. ¡Claro! Te han descubierto, vienen por ti, creías que..."

Quería encender la luz y no se atrevía. El terror que sentía le infundió a su cuerpo un temblor oscuro, de fiebre. Era simplemente un animalillo acosado por la mano experta de un cazador vengativo.

—¡Abran! —gritó una mujer en el pasillo.

Enrique temblaba, y temblando se levantó a atrancar la puerta. El estrépito era alarmante. Se volvió a tumbar como muerto, casi deseando la destrucción de la conciencia.

"Ha sido como una trampa."

Se oyó una explosión sorda. Entonces ella corrió alocada al balcón. Un resplandor súbito de llamas aureoló la firmeza de su cuerpo. Enrique se quedó atónito, consternado. Comprendió que aquello era un castigo exclusivo para él, una respuesta fulminante de la justicia divina. La rubia comenzó a coger sus joyas y a vestirse nerviosamente diciendo:

—Esto no le pasa más que a mí —y empezó a llorar.

Las sirenas del puerto comenzaron a gemir con insistencia.

—¡Pronto, salgan! —les rogó una mujer enlutada con voz afligida.

No acertaban en la oscuridad con las ropas. Ella no cesaba de exclamar:

—¡Dios mío! ¡Qué horror! ¡Si está ahí mismo!

Salieron a las escaleras y se encontraron con otras parejas también con el pelo desordenado, a medio vestir, desencajados ellos y ellas.

Una mujer, medio borracha, cantaba a la puerta de la casa a voz en grito:

Paris se enciende
se apaga París.

En la calle la confusión era enorme. Cada uno corría para su lado y todos chocaban. Se escuchaban por todas partes maldiciones, blasfemias, y de vez en cuando, también, alguna frase aplastada de súplica y misericordia.

A derecha e izquierda, el fuego se extendía con una rapidez increíble. Parecía no haber escapatoria posible. Montones de fuego se agavillaban y esparcían como las pajas y los granos en las eras. Por el suelo corrían las brasas arrastradas por el viento como si fueran peces y pájaros de un infierno.

Enrique empezaba a darse cuenta de su situación y, por momentos, enloquecía. Allí estaba él, cogido del brazo de una mujer de la vida, dando tumbos por una ciudad condenada al exterminio probablemente.

"Lo tengo merecido, es justo y razonable, soy digno de arder vivo. ¡He pecado, estoy loco! ¡Fuego, fuego!"

—¿No me dejarás sola, ahora? —le rogaba la desdichada.

—No, no. Lo primero salir de aquí, salir...

Cada vez que llegaban a una esquina y veían que la muralla de fuego volaba varias manzanas de casas, él se afianzaba más en la idea de que un ángel terrible iba sembrando fuego con ojos iracundos por todos los rincones por donde él intentaba escapar.

La mujer de su placer comenzaba a ser la de su dolor, y le hacía sufrir extraordinariamente que le llevara cogido del brazo. Aquello, ¿no era motivar más indignación y más castigo por parte del Cielo, que había presenciado claramente su caída y reaccionaba según la tradición bíblica?

De golpe, ella se acordó que se había dejado el reloj de pulsera encima de la mesilla o debajo de la cabecera y quiso volver. Pero era imposible.

—Pero, ¡si es el único recuerdo de Julián! —gritaba enloquecida.

Se escuchaban por todas partes gritos de socorro, llantos, blasfemias e imprecaciones. Nadie reparaba en nada. Cada uno iba pendiente de su peligro. Algunos caminaban trabajosamente con líos y bultos enormes atados de prisa y corriendo.

Estaban justamente en el punto céntrico de la ciudad, en una plazoleta que desalojaban a la fuerza los guardias y algunos paisanos.

"Antes me mataría, antes, lo juro, me suicido, que pecar más. Comprendo, Señor, el aviso: aquí me tienes..."

Pero no se atrevía a pedir compasión ni piedad. La rubia seguía prendida de su brazo. Tampoco podía despedirla bruscamente. Parecía una fiera indefensa.

—Lo perderé todo, mi abrigo, mis cartas... —sollozaba. Unas familias se peleaban con otras. Todos habían perdido algo y cada uno le echaba la culpa al otro. Reinaban el más completo desorden y un pavor tan tremendo que por instantes producían risa.

Se acercaron a un grupo de gente. Lo que más preocupaba a la rubia era su amiga Dorita. No sabía dónde la había podido dejar. Había estado bailando y se había marchado con Julián.

Sacaban a un sacerdote muy viejecito, en un carrito de inválido. El semblante del cura reflejaba una paz hondísima, pero cuando vió que se le compadecía, adoptó un gesto colérico y dramático. Con una voz recia, que no parecía provenir de aquel cuerpecillo enclenque, repetía:

—Castigo de Dios. ¡Castigo...!

Algunos decían que estaba loco, y otros que tenía razón. Enrique estuvo por ponerse a pedirle confesión a gritos.

"Sí, tiene razón, yo mismo he sido sorprendido ofendiendo a Dios; yo, que aquí donde usted me ve, dentro de dos meses seré subdiácono."

Pero también se reirían de él. La primera que le escupiría sería ella.

Hizo su aparición, atropelladamente, una compañía de soldados mandados por un comandante bajito que iba dando órdenes tajantes con voz de niño enfadado. Resultaba grotesco.

—¡Por aquí que no pase nadie! —repetía luego el sargento a los soldados.

—¿Ni los falangistas tampoco? —preguntó un soldado aturullado.

—¡He dicho que ni Dios! —rematό el sargento de cuello grueso y cara coloradota.

Un alférez con gafas, que llevaba la pistola en la mano, exagerando su propio miedo, iba machacando:

—La Cruz Roja, sí, ¡imbéciles!

La rubia quería que Enrique la acompañara a su piso para sacar sus cosas, pero Enrique no se atrevía. Tenían que cruzar la barrera de soldados e internarse dentro de aquel bosque de fuego.

—¿Tienes miedo, o qué? —le increpó.

—Es que es inútil; nada se salvará.

La ciudad no tenía más luz que la que despedía aquel crepitante volcán. La Catedral estaba ardiendo; la calle de los comercios casi estaba hecha cenizas; por la explanada del puerto era peligroso andar. El ciclón arramblaba con las mesas de los bares y las barría como si fueran trozos de papel.

El fuego caía del cielo como si lo vomitaran las nubes. De un momento a otro se veían levantarse nuevos focos rojizos y llameantes. El viento arrancaba a los tizones encendidos chispas juguetonas y trágicas.

Enrique estaba mareado; hubo un momento en que hasta tropezó con una farola. Se tuvo que apoyar en la pared para no caer.

"¿Por qué no la dejo, por qué continúo a su lado? Siempre hago lo contrario de lo que debo. Recibiré lo mío, ya lo estoy recibiendo. Y además su cuerpo me dejará alguna huella infame. La has besado. Podría decirle que me esperara un instante por cualquier excusa y desaparecer. ¿Por qué no se va? La pobre está tan sola como yo. ¡Y no es mala! Lo que son las cosas: no se quita el nombre de Dios de los labios."

Pasó detenido el sargento que había dado las instrucciones. Le habían pillado robando en una joyería.

—¡Que lo fusilen! —gritaban unos tipos desarrapados.

—Con los bolsillos llenos de relojes iba el muy canalla —comentaban otros.

Se escucharon dos detonaciones. Lo habían rematado allí mismo. Enrique se quedó pálido y sin fuerzas. A él podían hacerle lo mismo. Él no había robado, pero iba al lado de una prostituta, siendo seminarista. Era reo.

—¿Tú me defenderías? —suplicó ella.

—¿Qué dices?

—Nada, nada.

Sobre el pelo de la rubia se iba posando un polvillo de ceniza. Se respiraba un humo denso. El fuego no estaba localizado ni mucho menos. Eran varios barrios los que estaban ardiendo al mismo tiempo. La gente corría de un lado a otro, corría como si estuviera representando una gran tragedia.

—Aquí no queda ni un rabo —comentaba un mozalbete famélico refocilándose.

—Esto lo que es es *la fin del mundo* —dijo una vieja poniendo los ojos en blanco.

—Mira lo que dice ésa —exclamó la rubia apretándole el brazo a Enrique.

—¿Qué ha dicho?

—Que esto es el fin del mundo.

—¿Y te ríes?

Enrique miró a su acompañante con ojos de loco. No era una broma la ocurrencia de la vieja. No era para tomarlo a chunga. Podía serlo; por lo menos la destrucción total de la ciudad. Ya otras, por la historia, sabía que habían desaparecido así. Un pecado es suficiente, había dicho siempre el Padre Espiritual, para hartar a Dios y enviar como respuesta guerras, plagas, el diluvio y el fuego abrasador.

"Dios se cansa, relee la Biblia y verás cómo esto no es nuevo. Lo que pasa es que aquí tú eres protagonista. Porque no pienses que eres sólo un testigo fortuito. Tú terminarás mal, terminarás mal porque tu pecado lo llevas al lado y en ella está el estigma del pecado. Se abrirá la tierra y os tragará a los dos. ¿Cómo era aquello? ¡Ah, sí! *La abominación de la desolación.* Pues ya está aquí, Santo Dios, Santo Fuerte, Santo Inmortal, líbranos, Señor, de todo mal. El Dios-Hombre tuvo clemencia con otras mujeres. Hay también que rogar por ella. Llenos están los cielos de vuestra Gloria. Gloria al Padre, Gloria al Hijo, Gloria al..."

—¡Por Dios, que me tiras! —suplicó ella.

"Lo tenemos bien merecido. Sagrado Corazón de Jesús, en Vos confío."

A pesar de este contrito anonadamiento, lo cierto es que pisaba con cierto aire de triunfo. Aquella mujer no se desprendía de su brazo por nada, y esto le comunicaba una especie de orgullo. Enrique siempre había temido el encuentro con la mujer porque creía que hasta su virilidad sería objeto de escarnio. Dudaba bastante de su potencia física ante la mujer, y aun sus propias emociones temía que pudieran ser motivo de mofa. Ahora comprobaba en sí mismo una superioridad viril y esto le daba una fuerza y seguridad de orden nuevo.

—Pero, ¿dónde están los bomberos? —gritaba un señor vestido con pijama y zapatillas.

—¡Dejarán que nos achicharremos! —decía un camarero todavía con el cuello de pajarita.

—¡Aquí no hay bomberos ni para empezar! El viento se encargará de que no quede en esta ciudad ni el rabo —explicaba tranquilamente, como quien estuviera presenciando una película, un hombre grueso vestido con mono.

El fuego parecía proceder con cierta sabiduría. Su trayectoria parecía trazada por la mano de un dibujante experto. Esta metódica y a la vez caprichosa devastación de las llamas hacía mella en el alma de Enrique. Aquello llevaba camino de ser la hecatombe universal.

"Es de origen divino. Es decir, acaso son los diablos los que atizan de una manera intermitente este incendio. Son, han sido mis pecados. Venía a ver al médico y lo que he hecho es revolcarme con esta mujer. Ya no podré volver al Seminario. Quizá esto sea el *principio del fin.* Por mi animalidad, Dios me va a aniquilar ahora. Ya me está castigando. El fuego siempre fué la justicia de Dios. Se arrasará todo, no quedará piedra sobre piedra y todo el mundo sabrá mi vergonzosa caída. El fuego purifica, el fuego será el resumen de todo, y así toda la eternidad... Y el infierno..."

Parecía que una mano sádica fuera desnudando la ciudad y sometiendo su piel a un tormento devastador. Todos los barrios por donde Enrique se había movido camino de la perdición estaban siendo arrasados bárbaramente, con inhumana ferocidad.

—Y tú callado o temblando —le reprochó ella.

¿Qué podía decir? Era mejor callar y escuchar el horrible chisporroteo. El fuego tenía una orquestación grandiosa que imponía silencio. Este cataclismo exigía un olvido absoluto de todo, de todo menos de aquellas cosas que no es posible olvidar. El dolor producía una especie de satisfacción en su enloquecido espíritu. La llevaba a su lado porque no podía dejarla, porque era injusto dejarla sola en medio de la calle. En parte, tampoco Enrique se separaba de ella porque temía quedarse solo, como si al quedarse solo el castigo de la ciudad hubiera de resumirse y venir a caer sobre su persona.

El aire abrasaba. El viento continuaba moviendo sus zarpas de bestia enjaulada que se quema. El cielo presentaba un color cada vez más rojizo.

Otra vez se detuvo la rubia entre un grupo de gente desolada. Gritaba el nombre de la amiga con una persistencia absurda.

Un tiarrón que echaba bultos sobre un carrito de mano, quedóse mirándolos y chilló bullanguero:

—Hasta ahora la broma va bien. La están pagando los curas, las putas y los tíos del estraperlo.

Esto lo decía porque el fuego estaba devastando el barrio de la Catedral y los comercios, en cuyos rincones se apiñaban los prostíbulos.

Centellearon en la imaginación de Enrique, de un modo palpable, las palabras tremendas del Apocalipsis, todo lo patético que había leído del proceso escatológico, las horribles profecías, los versos lamentosos, los ángeles flamígeros y apoteóticos, la caída de los cometas, la lluvia de sangre, la temible inmersión de los hombres y las ciudades en la caverna del océano o en las entrañas de la tierra.

—¿Es que vas ciego, o qué? —reprochó una señora gorda cubierta con un salto de cama.

—¿Qué te pasa, hombre? —le interrogaba ella viendo que el miedo de Enrique no era el miedo de los demás. Aquel hombre escondía un temor muy singular.

—Nada.

—Me parece que tienes más miedo aún que yo, que soy mujer. ¡Vaya suerte la mía! Me voy a acordar de ti mientras viva. Me has traído la *negra.* He perdido mi reloj, mi reloj *Cyma,* de oro, y seguro que está ardiendo el barrio donde vivo y me quedo sin ropa, sin mi abrigo de piel, sin las cartas y sin nada. Y Dorita. ¿Dónde estará Dorita? ¿Qué le pasará a Dorita?

—Es hora de que cada uno mire por sí mismo...

—Lo dices porque yo soy una tonta. ¿Qué me has dado tú a mí, qué he ganado yo...?

—¿Y crees que yo no he perdido...?

Sonaba a normal esta conversación. Sin embargo, las palabras salían tan irreflexivamente como el fuego. Les parecía que se alejaban del peligro y lo que hacían era ir buscando ciegamente aquella hoguera exterminadora. Dieron un rodeo absurdo para venir a salir junto a un edificio que el huracán había hundido. Se decía que había gente entre las ruinas.

—¡Qué tontería, Señor!

—¿El qué? —interrogó ella como hipnotizada por el gesto de Enrique.

—¡Ésos!

—¿Qué pasa?

—Que van discutiendo sobre si el fuego proviene de un transformador de la luz o es un acto de sabotaje. ¿No ves cómo se propaga, con qué arte se va corriendo? Es que llueve fuego, es una lluvia divina de fuego, eso es lo que pasa. Mira allí cómo vuelan las brasas, mira cómo caen techos y paredes de golpe. Y así cada vez el viento extenderá más el fuego. ¡No hay solución, todo se consumirá irremisiblemente, todo arderá!

—¿Qué vas hablando?

—¿Cómo te llamas tú? —y la cogió de los hombros con un dominio increíble.

—Marisol —le contestó cohibida.

—No me lo habías dicho antes, ¿verdad? Pues Marisol, óyeme: ha sonado la hora. Somos unos brutos todos. Este mundo es un asco y está bien, muy bien, que el fuego lave la corteza de la tierra. Todo, todo sucumbirá. ¿Tú sabes quién soy, sabes qué soy yo...?

—¿Quién eres? —exclamó ella más asustada aún.

—No te lo digo. Pero está bien que arda todo, a ver si aprendemos de una vez.

—¡Tú eres un rojo, un anarquista!, y quizá tú... —y quiso escaparse atemorizada.

—No, Marisol, no es eso, te equivocas. —Enrique la sujetó fuertemente por las muñecas.

—¿Qué tienes tú que ver con esto?

—Sí, yo soy el culpable.

Había evitado Enrique el desahogo, pero esto tenía que venir. Sólo confesándose a una mujer, y mejor todavía a una mujer pública, tendría acaso justificación.

Estaban parados en una esquina. A unos pasos estaban vaciando unas tiendas. Eran ultramarinos, libros, telas, todo mezclado. Del cielo iba cayendo sobre sus cabezas ceniza espesa, algo así como nieve sucia.

Enrique vió su sombra proyectada en el suelo, al lado de la de ella, iluminados los dos por el rojo resplandor. Se le acercó, la miró fijamente a los ojos y con voz temblorosa y expresión contraída le preguntó:

—¿Tú sabes quién ha prendido este fuego?

—¿Quién? ¿Qué sabes tú?

—Sí, yo lo sé, Marisol. Y no estoy loco. ¿No ves cómo me acuerdo de tu nombre?

En aquel instante, ella le creía el incendiario de la ciudad, pero no tuvo valor para gritar. En seguida se alegró de no haberlo hecho. Al menos él personalmente no había sido, de eso estaba segura. La cara de sufrimiento de Enrique revelaba que para él algo decisivo había escondido en aquella catástrofe.

—Eres un chalao —le dijo riéndose de su misma sospecha, pero amedrentada aún.

—Nada de eso. Los chalaos —y su voz reflejaba una gran tristeza—, son ellos. Los que andan locos por librar del fuego cuatro trastos inútiles. ¿Que se hace cenizas, que se pierde toda una ciudad? Eso no tiene importancia; lo que sí la tiene es mi inconsciencia. Soy igual que esos que lloran por lo que han perdido y confían en que todo se puede arreglar con unas mangas de riego. Y no es eso lo que se ventila aquí. Lo que se está jugando ahora mismo no es, ni más ni menos, que mi destino. ¿Entiendes?

La rubia no comprendía nada. Tan incomprensible como el fuego era el monólogo de Enrique.

—A mí no me vengas con líos. Cada vez me pareces más raro.

—¿Raro? ¡Ésa es la palabra! ¿Sabes lo que soy? No me atrevo a decírtelo. Yo era un ser de otro mundo que quiso hacer esta noche otra vida que no me pertenece. No puedo decírtelo, me falta valor para ello.

Era para inquietarse. Aquel hombre no sólo decía cosas absurdas, sino que ponía toda su pasión en querer hacer del espectáculo devastador del fuego un secreto de su persona. Las sirenas de los barcos repetían sus llamadas de socorro.

—Pero, ¿sabes o no sabes cómo comenzó el fuego? —prosiguió ella, curiosa, perpleja.

—El fuego comenzó en la casa donde tú y yo estábamos... —afirmó como enajenado Enrique.

—¡Mentira! ¿No ves cómo eres un loco? Cuando salimos todas las casas ardían menos aquélla.

—Sin embargo, es así. No pudo empezar en otro sitio. El fuego comenzó *allí, allí mismo*. Yo sabía que iba a pasar algo, lo esperaba.

—Si fuera verdad lo que dices no me lo dirías a mí, que puedo denunciarte.

—Me denuncio yo mismo, Marisol. Yo mismo te lo digo a ti porque tengo que decírselo a alguien. Yo sabía que, me metiera donde me metiera, algo terrible me sacaría del escondrijo. ¿Te acuerdas? Tú dijiste: "Es que estás enfermo, estás que abrasas." Entonces fué cuando brotó la chispa, entonces fué cuando una mano, una mano misteriosa, desparramó el fuego sobre nosotros.

—¿Querrás de una vez, so loco, decir por qué quieres intrigarme?

—Tú también lo sabes, lo que pasa es que no quieres saberlo.

No se atrevía a pronunciar el nombre de Dios. Parecía que iba a caer desmayado a tierra, tan pálido y ojeroso estaba. La bebida aún obraba en él, activada por el derrumbamiento de las paredes y los gritos de la gente.

El cuadro que formaban Enrique y la prostituta, parados en una esquina por donde corrían desesperadas personas infelices, aún a ellos mismos les parecía extraño, confuso, fantasmagórico. De un portal sacaron a una parturienta arropada en mantas. Lanzaba quejidos prolongados y angustiosos.

—¡Maldito sea! —exclamaba el marido con gesto desesperado.

Esta escena trastornó a la compañera de Enrique. Los dolores de la parturienta los hizo suyos rápidamente. Vió que Enrique ayudaba a transportarla con cara de pena. Realmente era un ser incomprensible. Podía pasar por razonable y normal, pero, sin duda, ocultaba algo, lo que fuera. Tampoco se atrevía a huir, estaba como hechizada por él. Varias veces se había propuesto pedirle dinero y no se había atrevido.

Enrique miró con odio al marido de la parturienta, que cargó con su mujer como pudo. Les seguía un niño llorando.

Habían llegado a un cruce donde la confusión de la gente que huía era mayúscula. Al parecer dos hombres reñían acaloradamente.

La prostituta seguía buscando como una loca a su compañera con los ojos. Más de una vez creyó haberla encontrado y otras tantas volvió a llamarla a gritos.

—Tú conoces poco esta ciudad, ¿verdad?

—Sí.

—Tú eres de los que han cruzado la frontera. ¿No te das cuenta de que terminarán cogiéndote? ¿Por qué viniste conmigo?

"Ahora, Marisol, mujer que me estás viendo y no me ves, ahora es cuando has puesto el dedo en la llaga. ¿Por qué has cruzado la frontera, Enrique? Pero no sabes qué *frontera* ha sido. ¿No sabes que tú has sido la primera mujer con quien yo he estado solo...? Tú has sido la elegida, tú me has hecho cruzar de un mundo a otro. Yo sé que tú no eres culpable, pero, mira: tú ya siempre serás un recuerdo horrendo, ¿comprendes? Por eso no sé irme de tu lado, porque acaso mientras esté junto a ti estoy más cerca de mí. Esa frontera en la que tú me esperabas, era para mí insalvable. No podía ser. No podía ser de otro modo. Estuve ciego. Ahora, tarde, irremisiblemente tarde, sé quién soy, de dónde vengo y a dónde iba."

—¡Estás *pipao*! —dijo ella, impaciente.

Indiscutiblemente era un loco, pero un loco muy especial. Marisol empezaba a mirarle inquieta. ¿Se habría vuelto loco con el fuego?

—Cuando entré allí y te vi, dije: "Ésta es la predestinada", y así ha sido. Pero cuando estaba contigo recordé lo que no podía olvidar, lo que no debía...

—¡A la otra!

—Sí, a ella. Pero sobre todo a Quien podía cortarme la existencia, a ese Ser que tenía un interés particular en que yo no llegase nunca hasta donde he llegado. Y cuando crucé la frontera, eso que tú has dicho, sin saber por qué, tan acertadamente, vino Su advertencia terrible, este castigo.

La mujer se reprendía a sí misma por estar escuchando todas aquellas peregrinas divagaciones. Nunca le había ocurrido nada semejante. Evitaba a los hombres que sueltan el rollo tanto como a los que no pagan. Sin embargo, desde que él había aparecido se había sentido como idiotizada.

—En vez de buscar a Dorita...

—Ya te dejo. Tenemos que separarnos, pero atiende, escúchame, Marisol: tú no has perdido nada estando conmigo.

—¿Y qué me has dado? —en seguida lamentó el reproche.

Enrique se quedó mirándola fijamente. Había gente que al pasar huyendo se quedaba también contemplándolos. Estaban sumidos en aquel incoherente diálogo, como ajenos a todo. Enrique no se atrevió a pronunciar la palabra *seminarista.*

Seguía temiendo las burlas de ella. Aunque la ciudad siguiera ardiendo, aunque el fuego le fuera siguiendo los talones hasta el fin del mundo, aquella cara le inspiraba compasión y ternura. "Si la beso aquí, la ciudad se acaba."

La gente aullaba. Circulaban rumores de que también la otra parte de la ciudad había comenzado a arder. Enrique y Marisol torcieron hacia el puerto. Lo mejor sería acercarse al mar y llegar como pudieran hasta la playa. Anduvieron un corto espacio en silencio. De trecho en trecho se paraban y miraban hacia el cielo amenazador. Enrique esperaba ver de un momento a otro los ángeles gloriosos de los *últimos tiempos*. El fuego daba a las nubes una majestad sobrecogedora.

—¡En quedando viva! Todos los hombres sois iguales. No vais más que a *eso*.

—Acuérdate siempre, Marisol, de lo que voy a decirte —y Enrique la detuvo sujetándola por un brazo.

Pero no pudo pronunciar una palabra. Por el extremo de la calle aparecía una extraña procesión iluminada con dos linternas y a la que precedía una campanilla de iglesia. Era un sacerdote que sacaba el Santísimo de un convento. Algunos de los transeúntes se arrodillaban, otros seguían su marcha desorientados e indiferentes.

Enrique salió corriendo y arrastrando a Marisol fuertemente atenazada:

—¡Ahora es el momento! ¿Ves cómo aún hay salvación? ¡Ven y arrodíllate conmigo! —Enrique, desencajado, forcejeaba por llevarse a la mujer tras sí.

La comitiva desapareció por una esquina.

Marisol logró soltarse de Enrique, se perdió entre el tropel de la multitud y se escondió en un portal. La figura de Enrique arrodillado en medio de la calle, con los brazos en cruz, resultaba grotesca y desamparada. La gente pasaba corriendo por su lado sin hacer el menor caso de su actitud.

"Ya estoy, Señor, aquí. Me has salido al paso y aquí me tienes. Gracias, Dios mío. Ya sabía que no me abandonarías. Tú sabes que yo siempre he confiado en Ti. Siempre he esperado que llegase esta hora. Si Tú lo quieres ahora, que se hunda todo, que se acabe todo, que se termine todo."

Una ola rugiente de multitud avanzaba por la calle. Tuvo que levantarse y la muchedumbre le arrastró. La oración le había como liberado. Oyó decir que también otras ciudades estaban ardiendo y que no había esperanza de auxilios de ninguna clase porque las comunicaciones estaban interrumpidas.

En la alucinación de Enrique, las cosas, inesperadamente, se deformaban, se transformaban, se hermoseaban. Lo que a otros les parecía trivial o risible a su imaginación le parecía portentoso. Caminaba jadeante y como en trance. Poco a poco, se fué quedando atrás. Lo zarandeaban y lo pisaban. Cayó al suelo.

CAPITULO X

Enrique no se acordaba de nada. Tuvo primero la sensación de que andaba por los aires y luego su memoria se hundió en un lago profundo a donde sólo llegaban, de tarde en tarde, palabras y ruidos que no comprendía de ninguna manera. Notó que le metían la mano en los bolsillos y le registraban, pero no debía de ser que le estuvieran robando porque también una mano que olía a yodo le daba cariñosas palmaditas en la cara. También pudo darse cuenta de que su cuerpo no estaba quieto sino que lo llevaban y traían de un lado para otro y a veces no podía precisar bien si en barca, en coche o sostenido por cuerdas en el aire. Las voces que escuchaba se le metían, en vez de por los oídos, por los ojos, a pesar de tenerlos cerrados. Aquellas palabras retumbaban en su cerebro como barrenos. Concretamente la palabra "documentación" era una especie de bola inmensa de nieve que descendía de lo alto de una montaña quebrando árboles y saltando ágilmente de peñasco en peñasco.

Aunque era cierto que su cuerpo le pesaba como si fuera de piedra y que no concebía que sus pies pudieran mantenerlo en pie, también es verdad que él no hacía nada por incorporarse. Más bien reduplicaba su desfallecimiento y se mantenía rígido y lo más remoto posible. Por él podían fusilarlo si querían. Enrique no hacía más que repetir:

—Miserere mei, Domine...

Los que le transportaban a veces se reían. Sus pisadas sonaban también muy acompasadas y justas. Era como si estuvieran cumpliendo con él el rito de alguna ejecución espectacular. Cuanto más se resistía Enrique a volver a la vida, más feliz se sentía. Era una dicha renunciar a todo lo de este mundo, fueran gritos, olor a incendio o sabor a lágrimas. Una de las veces que abrió un poco los ojos se encontró con que estaba acostado en una especie de nave amplísima donde se alineaban unas camas muy antiguas con cubiertas medio rojas medio negras que debían de ser de lana o como de estera. Daba la impresión de que debían de pesar mucho y de que abrigaban hasta causar fiebre y angustia.

—¿Sospechoso? —preguntaba un señor gordito, con ojos de chino y una calva sonrosada, apuntándole con una linterna.

—Estaba tendido en medio de la calle. Arrollado por el gentío, sin duda —comentó un guardia altísimo de la Policía Armada. Pero Enrique no abandonaba su postura contrita. Le parecía un insulto y una ofensa que, mientras se estaba derrumbando toda una ciudad, mientras se arruinaba todo un mundo y quizá la vida de todo el planeta de una manera tan calamitosa e inexorable, estuvieran allí mirándole las pupilas y contándole las pulsaciones. Por si acaso él no hacía sino repetir:

—Miserere mei, Domine...

Por el amplio dormitorio circulaban unos seres extraños y calamitosos. Eran viejecitos de pelo blanco, descubiertos o con pañuelos atados a la cabeza, diciéndose entre ellos palabras incomprensibles. Los viejos parecían estar gozando infinito y había dos o tres que hasta aplaudían cada vez que entraba uno nuevo. Por fin, pasó una monja tocando una campanilla y fueron desapareciendo todos los viejecitos. Enrique creía estar delirando y sólo un pensamiento se mantenía firme e inquebrantable en él: aunque le costara mucha vergüenza, debía confesar su pecado.

—Madre, Madre, acérquese —y la monja se inclinó sobre su rostro—. ¿Usted sabe quién soy yo?

—No, aquí todos son lo mismo, hijo, aquí todos son hijos de Dios.

—Sí, por supuesto; pero yo soy un perjuro.

—Calle y no diga eso.

—Sí, Madre, soy mucho peor que un hereje. Soy un apóstata —la voz apenas le salía.

Los de la cama de al lado le pedían que se callara. La monja se alejó como no dándole mucha importancia a su confesión. Por las ventanas entraba a oleadas el resplandor de las hogueras y todas las figuras que pasaban por entre las camas danzaban en el techo unas danzas horrendas, enloquecedoras. También había entrado humo al larguísimo dormitorio, a pesar de que todas las ventanas estaban cerradas. Varios viejecitos estaban poniendo mesillas de noche y estanterías detrás de las maderas de los balcones para que el viento no las abriera. Fuera se escuchaban de vez en cuando carreras y gritos histéricos.

Sobre la mesilla de noche estaban las cosas que le habían sacado del bolsillo: la cartera, algunos billetes sueltos, un número de *La Codorniz* muy doblado, la factura del restaurante donde había comido, la llave del hotel en donde pensaba dormir, el rosario, unas llaves, unas tijeras dobladas, un paquete de tabaco rubio, las cerillas, el pañuelo y los billetes del coche de línea y del tren de la mañana. Nada más.

El señor gordito de la calva sonrosada lo había examinado todo con mucha calma, sobre todo la cartera. Estaba visto que era un agente de policía, probablemente comisario.

—¿Y dónde ha dicho que le cogió el fuego? —le preguntaba dando con un lapicerito en la colcha.

—¡Yo no he dicho nada! —gritó Enrique. Y al instante le brotaron algunas lágrimas. Sentía frío, un frío que se propagaba de dentro hacia fuera. Le castañeteaban los dientes.

Una monja seca y ojerosa, dijo pasándole la mano por la frente.

—Todo lo que ha dicho deben de ser pesadillas. Está muy febril. Muchos perderán la razón esta noche.

El policía se alejó sonriendo y abrió un poco la ventana. Las casas se derrumbaban como juguetes de niño. A Enrique le pareció ver la luna a través del humo y lo dijo. Todos se rieron. Lo que sí era cierto es que sobre la ciudad seguían danzando como espectros unas nubes rojizas y siniestras. A veces el cielo parecía chorrear sangre, un líquido sanguinolento que caía calmosamente sobre el mar y sobre las ventanas. Se escuchaban ayes y carreras por los alrededores de aquel asilo.

—¿Cómo se encuentra? —le repetía la monja.

—Hermana, una tentación la tiene cualquiera. Pero lo interesante siempre es no llegar al final.

—Claro, claro, pero si no caemos es porque Dios no nos deja. ¿No comprende?

—Dios tiene en su mano medios para atajar todos los abusos, Dios es terrible, no deja pasar ni una...

La monja le aplicaba a la frente un paño, no sabía Enrique si muy caliente o muy frío. Tenía una herida. El dolor que le atravesaba las sienes le gustaba a Enrique. Hubiera querido que se hiciera aun más fuerte.

—¿Y el señor ese...? —preguntó a la monja.

—No se preocupe, le quiere bien. Ya avisó al Seminario para que vengan por usted.

La palabra Seminario ató la imaginación de Enrique al carro de un sufrimiento insoportable. El fin de todo era preferible a tener que volver a un sitio donde su alma se sentía dividida, atormentada, confundida.

Continuaban entrando refugiados con cara despavorida. No hacían más que entrar al dormitorio y se arrojaban a las ventanas para estudiar la marcha de los incendios. Cada uno se preocupaba de su casa o de su comercio, de su almacén o de su café. Todos lamentaban haber perdido algo que ya no podrían reparar mientras vivieran, pero al mismo tiempo se consolaban a lo mejor acariciando a un perrito lulú o alegrándose de haber podido librar de las llamas unos títulos, una foto, unas cartas, unos pocos billetes. El fuego continuaba, aunque ahora ya más lento y dilatado. Alrededor de los cristales de las ventanas revoloteaban cenizas revueltas que parecían tristes mariposas, hojas prematuras de un otoño alucinante. Enrique, en un momento en que lo habían dejado solo, se levantó y se fué derecho a una ventana.

¿Cómo era posible que algunos estuvieran hablando tan tranquilamente de pólizas del Seguro y que las mismas monjas esperaran ayuda del Auxilio Social? Ellos eran los que deliraban y no se daban cuenta de la realidad de las cosas.

El huracán continuaba sembrando el fuego por donde quería. Ni allí mismo podían considerarse seguros. La aniquilación sería total.

Una sirena, seguramente del puerto, comenzó a lanzar un gemido prolongado y patético. Al instante se escuchó una explosión tremenda. Algunos cristales se rompieron. Enrique se fué corriendo a la cama gritando de nuevo:

—Aplaca, Señor, tu justicia y tu rigor...

Se vistió rápidamente. Quería escaparse. Quería respirar libremente. Le atenazaba un agobio insufrible. Si se quedaba allí se le iba a paralizar el corazón y su cabeza estallaría en pedazos. No podía sufrir el monótono lamento de los ancianos, los suspiros de las monjas y el llanto de algunos niños. También en las camas del dormitorio sin fin había niños acostados. Se movía Enrique con la misma vacilación y cautela que un sonámbulo.

Al llegar a las escaleras, oyó el sonido de una campanilla y miró hacia abajo. No estaba soñando, no. Por las escaleras, sin ceremonial alguno, ascendía una procesión incongruente. Un sacerdote con sobrepelliz y estola, dos monjas, una con una campanilla y la otra con un Cristo portátil y una fila de viejos y viejas con velas. El cura recitaba el *Miserere* en alta voz, pero con muchos altibajos y descansando de vez en cuando en los rellanos de la escalera de madera.

El sonido de la campanilla que precedía a los viejos, cuyos

rostros se desfiguraban constantemente por el resplandor de los cirios, se le metió en los huesos produciéndole temblores incontenibles. Enrique se volvió corriendo a la cama y se tapó la cabeza.

El único que allí podía estar enfermo era él. Y además de enfermo estaba en pecado. Cada vez se oía la campanilla mucho más cercana.

Podía ser muy bien que fuera para él. Pensar en morir, ¿no es llamar a la muerte? Él había pensado en la posibilidad de morir, él era el único que estaba viviendo en aquellas horas un aviso personal de lo alto. Él no tenía más que tocarse la frente, ardía de fiebre como estaba ardiendo la ciudad por su pecado. Era posible que estuviera agonizando y no lo supiera. Siempre había oído decir que en las agonías suceden cosas extrañas.

La aterradora comitiva había entrado en la interminable sala. Enrique se hizo un ovillo. Aun con los ojos cerrados veía la fila de cirios y los rostros consumidos y grotescos de los ancianos. Aun tapado hasta arriba escuchaba a las monjas que contestaban el salmo del sacerdote con voces muy distintas.

—Vienen por mí —decíase—. Probablemetne me he fracturado el cráneo y no me doy cuenta de mi gravedad. Es posible que hasta me haya confesado.

—Domine, non sum dignus...

La cara del vejete gordito y sonrosado que le había hecho preguntas y la de la monja que le había pasado un pañuelo por la frente, se le agrandaban ante los ojos. Las tenía encima sonrientes, pero amenazadoras. Estaba quieto, inmóvil, tenso.

Ya no faltaban más que tres o cuatro camas para que aquel alucinante cortejo llegara hasta él. Las pisadas crujían sobre la madera. Al fin, el Señor le perdonaba, el Señor venía hacia él.

—Domine, non sum dignus. —Y Enrique apretaba los ojos para librarse de las imágenes que le envolvían.

Respiraba de un modo irregular, parecía que le estuvieran estrujando el pecho con un guante de acero. Sudaba.

Enmudeció de golpe la campanilla. La comitiva pasaba de

largo. Llegó hasta el final del dormitorio y se perdió en unas escaleras.

Enrique se desmayó de nuevo. Otra vez volvió a perder la conciencia de las cosas. Él pensaba que a Dios acaso le gustara llevar las cosas a lo último para aflojar luego y sacar partido. Para que las almas predestinadas concluyeran rindiéndose de una vez. Indudablemente no cabía engañar a Dios. Por ejemplo, cuando en la guerra quiso entrar, después de muchos meses y semanas de indecisión, en una casa donde había oído que había mujeres muy hermosas, a la puerta le pidieron la documentación los de la patrulla nocturna y estuvo en un tris de que lo encerraran. Ahora que había estado a punto de caer en manos de aquella rubia, Marisol, había ardido un fuego descomunal y le perseguía por las calles y hasta en la cama con su presencia inesquivable. Notó que lo destapaban y le volvían boca abajo. Seguro que le estaban clavando una aguja en la nalga y acaso otra en un brazo. El líquido como fuego derretido le entraba por el cuerpo blandamente. Se dormía ya sin quererlo. El ruido de pasos que le llegaba de la calle le ayudaba a ello.

—Sí, quizá lo mejor sea dormirse, no querer saber nada. —E inconscientemente apretaba la crucecita que llevaba colgada al cuello.

Cerca de cuatro horas permaneció Enrique en un estado de postración total. Al abrir los ojos, lo primero que vió fué al Noli que con voz rajada comentaba:

—¡Vaya por Dios! El seminarista perdido y encontrado entre las llamas.

Todavía no daba Enrique crédito a sus ojos. Creía que se trataba de una visión más, una parte de la tremenda pesadilla que estaba viviendo toda la noche. Cerró los ojos con ahinco. Pero los oídos sí que los tenía bien abiertos. Con todo, le resultaba bastante difícil darse cuenta de las personas que había en torno a la cama. Aparte de la monja, que no hacía más que repetir: "Lo que le ocurre es que está agotado", había otra voz pausada que salía como impregnada de humo de puro: "Ha debido de sufrir una impresión muy fuerte. La impresión ha sido mayor que el porrazo en la cabeza, que también pudo ser peor de lo que ha sido." "Pero está como borracho", insistía el Noli. La monja se alejó para prepararle una taza de leche con ron y una yema.

—Eso le repondrá en dos minutos —añadió.

Enrique se disponía a abrir los ojos cuando escuchó la voz del Padre Prefecto que dialogaba con un señor que jadeaba un poco. En seguida los cerró con enorme violencia. El Padre Prefecto comentaba:

—Yo esperaba que lo encontraría en el Sanatorio donde siempre se hospedan los Padres. Ha podido muy bien perecer. Es milagroso que no le hayan aplastado. No es un chico muy fuerte.

La quimera que se había forjado Enrique del cataclismo universal se venía abajo. En su interior un frío y una como sensación de chasco y de fracaso, sucedía al terror y a la tensión del espíritu.

—Y en el Seminario, ¿qué? —preguntó el señor que jadeaba un poco.

—Muchas pérdidas, Padre —prosiguió el Padre Prefecto—. Principalmente en el tejado y en las cristaleras. Todo el techo ha volado a más de cien metros, y yo calculo que no hay ni una ventana sana. Y también muchos tabiques. Hay muchas celdas derribadas.

—Pero desgracia, ninguna, ¿verdad?

—El Padre Olmos se quedó incomunicado y le cayó una techumbre encima.

—¿Pero no le ha pasado nada? —jadeó con más fuerza el Superior.

—Nada, ha sido como un milagro; dice que oyó crujir una cosa y se escondió bajo la cama.

—Menudo susto. Y a sus años...

—Lo peor de todo se lo deja, Padre Prefecto —reparó el Noli—. Se deja que no ha quedado viva ni una gallina. El gallinero se lo llevó hecho pedazos el vendaval, hasta la playa.

—Ha sido una prueba muy dura y todavía no sabemos en qué parará. Dios tenga misericordia de nosotros.

Venía la monja haciendo sonar la cucharilla dentro de la taza. Enrique se propuso no abrir los ojos, costase lo que costase. Le encantaba en cierto modo seguir escuchando el relato de lo que había sucedido en el Seminario. Se imaginaba al Padre Espiritual bramando como un toro fiero ante la Comunidad:

"¿Ven lo que ha pasado? Pues no es nada, no es que Dios haya asomado ni siquiera un dedo."

La monja, al llegar frente a la cama, se puso a llorar con hipos contenidos. Enrique estaba a punto de abrir los ojos.

—Y Vuestras Reverencias ahí, tan resignados, habiendo perdido en la capilla de la Residencia hasta el órgano, con lo hermoso que era, y la estatua de Cristo Rey y Santa Teresita.

—El Señor lo ha querido así, Hermana —agregó el que al hablar soltaba unas respiraciones entrecortadas. Enrique pensó que debía de tratarse del Superior de los Padres que vivía en la Residencia de la capital.

Aquel Padre se puso a relatar otras muchas desgracias que suponían la ruina de innumerables familias. Habían desaparecido de la noche a la mañana comercios valiosísimos, fruto de muchos años de trabajo, y no sólo los negocios, sino hasta las casas particulares de una porción de gentes que en ellas tenían depositado el sudor de varias generaciones. Pero, de pronto, cortó el diálogo y dirigiéndose al Padre Prefecto dijo:

—¿Y piensa dejar aquí a este muchacho?

—El doctor tiene la palabra.

Enrique empezó a pensar quién sería el doctor y en seguida cayó en la cuenta de que habría de ser aquel a quien las manos le olían a tabaco habano. Antes que él respondiera, ya estaba la monja diciendo:

—Lo mejor es que se lo lleven. Todo ha sido el choque, la impresión que hemos recibido todos. Yo misma me pasmo de cómo puedo estar de pie.

—De todos modos —replicó el médico—, convendría examinarle una vez que salga de esta conmoción.

Mientras hablaban de todo esto, el Noli no hacía más que cogerle la mano y tomarle el pulso.

Por la calle corría la gente en distintas direcciones y gritando.

Ya le estaban levantando la almohada entre el Noli y la Hermana. Iban a incorporarlo. Consideró que éste era un momento sumamente peligroso. Se dejó insensible y, para distraerse, se puso a respirar de un modo desacompasado y fatigoso. Temía que los Padres le vieran de frente. Probó un poco de leche y la dejó escurrir por los labios hacia la barba y el cuello. La monja le limpiaba.

Entonces celebraron un breve capítulo alrededor de la cama. Lo mejor sería dejarle descansar un rato y volver dentro de dos horas cuando ya hubieran conseguido una ambulancia de la Cruz Roja o del Hospital Provincial.

Los Padres y el Noli se despedían del médico y de la monja. La monja suplicaba al Superior:

—Encomiéndenos, Vuestra Reverencia, que ya ve en qué infierno estamos metidos.

—Infierno no, Hermana. Purgatorio, diga purgatorio...

—Purgatorio, sí; pero pidan, pidan por nosotras.

—Confíe, Hermana, confíe.

Cuando Enrique se quedó solo se puso a llorar. Lloraba de rabia. Hasta lo último iba a ser un cobarde. Lo que tenía que haber hecho era decirles terminantemente que a él no tenían que recogerlo de ningún modo, que él dejaba espontáneamente el Seminario y que se proponía ser libre desde ahora. Pero, como siempre, se escondía en sí mismo, huía de afrontar las situaciones y se dejaba llevar de una manera pasiva y desconsoladora. Era lo mismo que le ocurría en los veranos, cuando salía de vacaciones: hasta el último momento esperaba algo que le detuviera y le obligara a no reintegrarse a la Comunidad. No tenía la valentía suficiente para dejar por propia iniciativa el sacerdocio. Era como si presintiera que, al final de tanto caos interior, le fuera a venir una voluntad nueva que le fijase de un modo seguro y firme en la senda de la vocación. Enrique siempre estaba a la espera de aquel milagro; pero, cuando se presentaba, él se encargaba de destruirlo dentro de sí misma. ¿No había sido ésta una ocasión más que se le había ofrecido de entregarse a Dios? Y de nuevo se sentía débil, frío, decepcionado. ¿Por qué el Señor le dejaba siempre en el momento más álgido? Pero, ¿es que él no había de poner nada de su parte?

Pensó en vestirse a toda prisa y echarse a la carretera, dispuesto a ir a donde le llevara el primer camión que se encontrara. Era lo sensato. Pero, una vez más, pensó también en que él no era dueño de su destino, que él no se pertenecía por entero. Estaba también su madre, ilusionada por su sacerdocio.

Cuando llegaron el Noli y el Padre Prefecto, Enrique se encontraba ya de pie, asomado a la ventana, contemplando la enormidad del incendio. Había menguado la fuerza del huracán, y aunque todavía tenían las llamas ímpetu para lanzarse a devorar nuevos edificios, el fuego quedaba ceñido a la parte baja y antigua de la ciudad. Ya era de día, si bien el cielo estaba todo oscurecido por el humo. El rostro de las gentes que transitaban por las calles, era, más que de angustia, de desaliento; más que de inquietud, de fracaso.

Enrique besó respetuosamente la mano del Padre Prefecto mientras el Noli se carcajeaba diciendo:

—¿Vas saliendo ya de tu aislamiento?

—Padre —dijo Enrique en tono muy humilde, haciendo ademán de arrodillarse—. *Nunc caepi.* Esta noche se puede decir que hemos vuelto a nacer de nuevo.

—Sí, hijo. La llamada ha sido apremiante para todos.

La monja presenciaba la escena conmovida, limpiándose de vez en cuando las lágrimas. Enrique tomó con gran avidez un vaso grande de leche. Estaba desmayado.

El coche estaba preparado en la puerta. Había que recoger antes al Padre Superior, que se encontraba en un chalet de las afueras. No habían podido hacerse con ninguna ambulancia, pero les dejaron un Rolls en el que cabían perfectamente todos. Al llegar a la carretera, el Noli susurró en los oídos a Enrique.

—Pensábamos que íbamos a tener que poner un anuncio por la radio.

Pero a Enrique no le interesaba recordar el pasado. Quería saber detalles de lo que había ocurrido en el Seminario.

—Pues, chico, el ángel del cementerio del pueblo se ha caído al suelo y se ha roto.

El diálogo del Padre Superior y del Padre Prefecto era de muy diverso matiz:

—Acaso el Gobierno —dijo el Padre Prefecto— pudiera echarnos una mano.

—Mal momento después de una hecatombe así; pero habrá que intentarlo. ¿Cuántos miles de pesetas calcula que se necesitarán?

—Bastantes, bastantes. Estamos esperando también al Padre Provincial. El Padre Héctor cree que habrá que hacer una campaña. Si aprovechamos los primeros momentos, cuando la cosa está caliente, podría darnos resultado.

—¿Se le ha puesto algún telegrama al Nuncio?

—Y a los Ministros de Educación y Justicia.

Enrique se adormecía con el traqueteo del coche. No podía pensar ni preocuparse más. A él las cosas se le imponían siempre desde fuera. Lo mismo ocurriría con su ordenación. Varias veces tuvieron que detenerse. Estaban quitando de en medio de la carretera algunos troncos derribados que obstaculizaban el paso. En todos los pueblecitos salían las gentes campesinas reclamando las últimas noticias:

—¿En dónde se ha detenido el fuego? ¿Saben si ha llegado al barrio de la Trinidad?

Por fin, llegaron al pueblo. Enrique se asomó con precaución a la ventanilla. Inés, efectivamente, estaba en el mirador, pero no pudo darse cuenta de si le habría visto. Se sentía demasiado cansado. Se tapó la cara con las manos. Por otra parte, sabía que el Noli le analizaba.

Ya estaba enfrente la mole del Seminario.

—Quizá —se dijo— mi puesto esté en el Seminario. Una ley irrenunciable, como la de la gravedad, me deja siempre, al final de la jornada, en mi celda.

El Hermano Portero salió a la explanada a abrir la puerta

del coche. Muchas caras aparecieron en las ventanas. Algunas manos les saludaban.

—Ahora mismo, dentro de cinco minutos, va a comenzar el acto.

Todo el Seminario, Padres, Hermanos, canonistas, teólogos, filósofos, "vocaciones tardías", retóricos y latinos se estaban congregando en la iglesia como en las fiestas más solemnes. Enrique se arrodilló junto a los criadillos. Lo primero que vió fué la calva del Padre Espiritual que se balanceaba dentro del confesonario como el hueso de una fruta monstruosa.

—Es una vergüenza superior a mis fuerzas la que siento. No podré nunca confesar *aquello.* Me echaría a gritos. Diría con su voz de trueno: "Vete, vete, sacrílego."

La Schola comenzó a cantar un *Te Deum* complicado e interminable. Estaban encendidas incluso las lámparas que no se encendían más que el día de San Ignacio o el onomástico del Pontífice. Los ángeles pintados en las paredes resplandecían majestuosos y valientes. En la cúpula de la iglesia se retorcía el incienso como la cola de un animal sagrado.

Enrique se encontraba mal, iba a desmayarse de nuevo de un momento a otro. Se salió. Al verlo salir, el Padre Prefecto vino a su lado y le acompañó hasta la celda.

—Descanse, descanse, le hará falta —y le dejó.

El Padre Salas había comenzado glosando un salmo de David y ahora se encontraba hablando de la Jerusalén celestial. El Seminario era como una ciudad santa colocada encima de un monte firmísimo, castillo angélico contra el que nada podían ni habían de poder todas las iras del averno.

Ya Enrique se había puesto la sotana y estaba asomado a la ventana de su celda. Excepto algunos restos de tejas por el suelo y algunos árboles caídos, poco había cambiado el paisaje. Todo seguía lo mismo. Los álamos seguían temblando, las gaviotas se paseaban tranquilamente sobre la arena de la playa, las barcas de los pescadores se balanceaban un poco agitadas dentro del puerto.

Al rato vino el Hermano Enfermero.

—Tómese esto —y le tendió una taza de caldo. Enrique

no hizo gesto de tomarlo. El Hermano añadió—: Sí, lo necesita. ¿No sabe que ha naufragado un barquito?

—¿Esta noche pasada?

—Sí, y el único que se ha salvado ha sido un marinero que llevaba un escapulario de la Virgen del Carmen. Se pasaron toda la noche tirando cohetes, pero nadie pudo socorrerlos. La embarcación se estrelló al amanecer contra el acantilado.

—Pues ya puede dar gracias ese pescador.

—¿Y usted no? Igual, igual. Por cierto que luego, cuando descanse, tiene que contarme. Tiene que haber sido para volverse loco.

—Todo ha sido desastroso, Hermano.

El Hermano se fué. Al quedarse solo, Enrique tuvo una idea feliz. Se le ocurrió escribirle inmediatamente a la marquesa de B. pidiéndole un donativo para el Seminario. Tumbado como estaba en la cama, comenzó a redactar mentalmente la carta:

Excma. Sra. Doña María Victoria V. C y P. Valencia.

Muy respetada y querida señora marquesa: Este Seminario famoso, que tanto bien lleva haciendo a la Iglesia en España, acaba de sufrir, como verá por la prensa, un rudo golpe que pone en peligro el ambiente de paz, estudio y santidad de los que, aunque indignos, nos preparamos para ser un día otros Cristos. Este Seminario, que usted sabe que es como la pupila derecha del Papa, sufriría un duro quebranto si, cuando falta tan poco para finalizar el curso, por falta de medios materiales con que reparar los daños...

Las campanas repicaban y eran volteadas como si fuera Sábado de Gloria. Una vez más, Enrique se hacía la ilusión de que había conjurado el peligro.

CAPÍTULO XI

Los días de consternación por el desastre del incendio habían pasado. La mayoría de los Padres se distribuyeron por provincias para recaudar fondos. Enrique escribió algunas cartas que surtieron efecto. También publicó en el periódico de la provincia un artículo exagerando las ruinas del Seminario.

Trabajaba por destruir su fama de disipado. El miedo pasado le hizo medir más sus extralimitaciones. Durante más de una semana estuvo bajando a cuidar a los enfermos del hospital.

El Noli un día vino a la celda de Enrique con mucho secreto, y le susurró, pegajoso:

—Me han preguntado por ti.

—¿Por mí? ¿Quién?

—En el pueblo.

—No sé quién puede ser... —contestó haciéndose el distraído.

—Emilio.

—¿Emilio? No conozco a ningún Emilio.

—Es el medio novio de Inés. Digo medio porque... —y el Noli guardó silencio, un silencio que quería ser expresivo.

"Dios sabe lo que habrá de verdad. Acaso le han dicho algo ellas, o ella", pensó Enrique, desconfiado.

Estaba tentado a escribirle directamente y terminar con aquello. Para él no era un capricho estar en el Seminario. Se engañaba si pensaba otra cosa. Estaba allí porque quería. Le rogaría respeto para su vocación.

El Noli insistía, molesto:

—Un día cuando bajamos, si quieres, vamos.

—¿A qué? ¿A dónde?

—Está en la cama enfermo. Ha pintado unos cuadros muy bonitos. Le gusta mucho la pintura. ¿Vendrás? Tú entiendes de arte...

—Ya veremos.

—Ella tiene muchos pájaros en la cabeza.

—¿Ella? ¿Quién es ella? Déjame, que tengo que estudiar...

—Seguramente le ha dado por darle a la lengua y dice...

—¿Qué dice?

—Nada, si yo sé que no es nada, pero ya sabes tú, habladurías.

—No me gustan las tonterías. ¿Sabes?

—Lo mismo que yo pensaba decirle, lo que le he dicho.

Estas confidencias del Noli le hacían daño. Que se mezclara el Noli en un asunto privado de su corazón era muy desagradable.

Decidió enviar a Inés, por medio de José María, desde Madrid, una carta muy pensada, exponiéndole su firme resolución de entregarse al sacerdocio. Deseaba que fuera feliz, tal como se lo merecía. Lo estaba pidiendo al Cielo. Por su parte, él era dichoso con su vocación. Las almas habían de estar por encima de todo anhelo humano. Su corazón conocía el mundo y lo había abandonado para siempre. Si había habido algún indicio de ligereza en él o había dado alguna vez aliento a sus ilusiones le pedía, para estas debilidades, perdón y olvido.

Y José María, sin saber lo que hacía, cursó esta carta.

Inés dejó de subir al Seminario. Su ausencia se le hizo entonces insoportable. ¿Había recibido la carta? ¿Se había enfadado? ¿Le contestaría ella? Era absurdo que todo hubiera concluído así.

Un día la vió por la explanada, paseando al lado de un Padre. Algo grave le estaba consultando. ¿Había dado él un paso en falso? Se sometió al estudio y a la vida devota con renovado fervor.

Sin embargo, pensaba en la salida del Seminario como en una liberación. Pero no quería que en esta resolución interviniera ningún factor externo ajeno a él mismo. A la fuerza, nunca dejaría el Seminario. Él era tan capaz como el primero de aquel sacrificio.

A veces se entusiasmaba con los símbolos y escollos de la teología y en los recreos gustaba de plantear disputas trascendentales.

Menudearon sus visitas al pueblo. Encontraba siempre algún pretexto para bajar, aunque él mismo no se confesaba el objeto de aquellos paseos.

Afortunadamente, el mes de mayo había llegado rápido y vigoroso. La verdura de los prados y las copas de los árboles comenzaron a moverse con ritmo de creciente marea vegetal. La sequía y el triste oleaje del mar daban al paisaje ese tono de los cuadros flamencos con luz de crepúsculo.

Pili, la amiga de Inés, seguía subiendo sola a la Misa y miraba a Enrique insistentemente. ¿Qué ocurría? ¿Es que Inés estaba enferma? ¿Se había marchado fuera? ¿Le huía? Comenzó a estar nervioso e inquieto.

Un día Enrique recibió un aviso del Ayuntamiento del pueblo para que se pasara por las oficinas para algo urgente. Se trataba de la prórroga militar. Esto justificó varias salidas y bajadas al pueblo. En una de éstas vió a Inés y a sus amigas rodeadas de un grupo de oficiales.

"Todos parecen estar en el secreto; me miran y se ríen..."

Enrique acentuaba un gesto de desprecio e indiferencia.

"Ninguna es nada al lado de Isabel. Son tontas, creídas, coquetas..."

Había también momentos en que le asaltaba un pensamiento perverso: la imagen rojiza de la rubia del cabaret. Este pensamiento se encendía en su alma. Aunque le seguía perturbando la desnuda imagen de la mujer, su cerebro se resistía y se entablaba una lucha que le deprimía y extenuaba.

El tiempo que era su aliado, tenía que ser también su enemigo. Su tiempo, por entonces, estaba poblado de los nombres de Santos Padres y autores románticos. Los repartía por igual. Pero no siempre las horas se le pasaban fácilmente. Asomado a la ventana tenía que hacer esfuerzos para no correr hacia el pueblo. Ella seguía allí y no subía. ¿Quería atormentarle? El Noli le había dicho que tenía novio. ¿Era esto posible? ¿Sería uno de aquellos oficiales?

Se iba a la habitación de Gerardo y le consultaba textos de los *Enchiridions*. No podía fracasar en el examen. Tenía que alcanzar por lo menos el 7. Podía llegar muy bien a la nota suficiente de Bachiller. Lo contrario representaría no ser digno de llevar después una borla de Doctor en el bonete.

Su expediente de órdenes marchaba regularmente. Por ahora, ningún contratiempo. Las cosas que sólo él sabía no podía conocerlas la Curia. Se daba por descontada su intención en el cuarto de Teología. Tenían tiempo de haberlo retirado antes si no lo hubieran juzgado apto. Es más: en su Curia estaban deseando dar marco a sus cualidades. Él mismo pasaba agradables ratos imaginándose ordenado y sacerdote ejemplar. Sobre todo le servían de estímulo los recuerdos de su madre y de Isabel. "¿Y por qué no he de ser yo un buen sacerdote?" Tengo más cualidades que otros. Incluso escribiendo puedo hacer un buen apostolado. Mi artículo sobre la "Misión intelectual del sacerdote" ha caído bien. Podía estar mejor escrito. Lo envié demasiado pronto. Debía haberlo guardado y corregido más. Si llegara ella, Isabel, el día de las Órdenes y la viera, creo que me moriría. ¿Qué le pasa que no se incorpora? Ya estoy desvariando. Me gusta forjarme situaciones estrafalarias."

Y entregado a estos ensueños pasaba gran parte del tiempo. Así difería el compromiso y el duelo entablado entre su voluntad y su vocación. Y cada día era menos capaz de decisión y de sinceridad.

Se encargó en una de las mejores sastrerías eclesiásticas un sombrero como el que llevan los curas vascos, una dulleta fina y un manteo de los más caros. Era una lástima que los sacerdotes españoles no fueran entrando por la moda europea. Con un traje negro, sombrero negro, cuello blanco y pecherín, el sacerdote resultaba más elegante.

Y así llegó el último domingo de mayo, día en que se celebraba una típica romería de mar en uno de los pueblecitos próximos. Tradicionalmente acude a esta fiesta, todos los años, un grupo de seminaristas. Era un día de expansión. Muchos preferían no distraerse y permanecían en el Seminario "empollando" cánones y cláusulas de concilios. Enrique se apuntó el primero para salir.

Salieron dando rodeos por los pueblecillos y aldeas del contorno. Caminaban en grupos por entre los cercados agrestes, saludando de trecho en trecho a los habitantes de aquellas casitas de piedra húmeda y establos olorosos.

La carretera bullía de parejas y grupos que caminaban cantando bajo los álamos. Pasaban jinetes, coches de E. T. color verdoso, camiones adornados con guirnaldas, repletos de muchachos en mangas de camisa y bicicletas de deportistas.

De vez en cuando, adelantaba a los seminaristas alguna pandilla de muchachas con pañuelos de colores en la cabeza.

Los árboles movían sus copas blandamente. Aquellas mismas copas que unos días antes habían ondeado con furia, como banderas en manos de guerrilleros locos, ahora parecían pañuelos agitados en un adiós acariciador.

Atravesaron el puente. La ría estaba bajando. A trechos, aparecía una franja de mar. Un barco lejano caminaba dejando una estela de humo en el cristal del horizonte. Los barcos pescadores de los pueblecillos vecinos, engalanados y cargados de gente, marchaban arrimados a la costa, tratando de adelantarse unos a otros.

Cada colina que remontaban era un nuevo descubrimiento de paisajes risueños y suaves. El mar cambiaba, en breves instantes, el panorama de las orillas y el bosque que rodeaba las caprichosas murallas. Una finca, una casita, un árbol daban carácter a cada recodo. Pero las olas, piedras, árboles y montañas, torreones y miradores, componían una unidad superpuesta y maciza de vibradora realidad.

¿Era el tiempo el que pasaba sobre uno, estrujándolo en un lagar de esencias trastornadoras, o era uno mismo el que pasaba inmóvil sobre el fruto de las cambiantes cosas, dejando el pensamiento absoluto sin brújula orientadora? ¿Qué es lo que uno quisiera y no quisiera? Temía por aquello que le hacía enloquecer y enloquecía por aquello que no era lo que más amaba.

Las flores de los jardines que caían al suelo, también le hacían sentir una tristeza vaga y enfermiza.

"Amo todas las cosas, y por amarlas se me escapan de las manos. Siempre llego con retraso a lo que busco, y, entonces, descubro la esencia de lo que pareció no interesarme en ellas. Es el tiempo pasado lo que me da posesión del presente, es el recuerdo pensado lo que me enseña a amar. Por eso del porvenir no sé nunca nada, nada..."

Enrique cortó la rama tierna de un junco y se hizo un bastón. Los demás discutían; podían continuar cuanto quisieran, no pensaba intervenir.

El Barón, siempre polémico y pesimista, llevaba la voz cantante:

—Nada, nada, convenceos de que es verdad. El impulso de reforma total que sobrevino al acabar la guerra se está perdiendo. Nunca fué tan necesaria como ahora una reforma en los seminarios, pero los obispos se están contentando con plantar nuevos edificios, que es mucho, no digo que no; sin embargo, lo que importa es el Profesorado. El ambiente intelectual de los seminarios, excepto algunos como el de Vitoria, el de Logroño y el de Málaga, es lamentable, pobrísimo, deficiente a más no poder. Y así es imposible que tengamos dentro de diez años un clero capacitado.

—Hay resurgimiento en otros, como Valencia y Madrid, y la Junta de Metropolitanos está sobre ello —Tomás, muy serio, representaba la moderación.

—Es una lástima que con un clero tan manejable, tan virtuoso como el español, no se haya conseguido más. Y conste que no soy yo de los que echo la culpa a los curas. Son, muchas veces, los mismos obispos, que viven incomunicados, aislados, como reyes —seguía el Barón.

—Con que cada Obispo enviara aquí a uno de sus mejores seminaristas, ya se habría dado un buen paso. Lo que necesitan es conocer nuevos métodos...

—¡Modernizarse! —y Gerardo acompañó la palabra de un gesto muy significativo.

—Estamos presionando para conseguir que nuestros títulos sean convalidados, empezando por el de *Bachiller*, y a veces, sucede que cuando un sacerdote se decide a pisar una Facultad de Filosofía y Letras, hasta el griego y el latín, que daba por sabidos, tiene que comenzar a estudiarlos. Y no digamos nada de las ciencias, las matemáticas. Realmente es un clero atrasado. —El Barón prefería hablar con dureza.

—¡Pero íntegro! —contestó Juan.

—Insobornable, inquebrantable en los principios, heroico —remachó Tomás.

Pero el Barón no se achicaba:

—Esto es lo terrible, que siendo heroico nadie se da cuenta de su mérito. Es un cerrilismo tan atroz el que tienen los superiores de los seminarios...

—Nos dejamos mucho llevar por lo que brilla —intervino de nuevo Tomás—; la mayoría de esos universitarios que hablan de todo como si estuvieran enterados, son unos pedantes, están vacíos por dentro. Lo ideal sería que la Iglesia tuviera, como debe tener, su Universidad propia, y que en los seminarios admitieran catedráticos, aunque fueran seglares, para las cuestiones no estrictamente sacerdotales.

—Ante los intelectuales el cura no tiene prestigio, eso está visto —afirmó el Barón.

—Sin embargo —replicó Juan, muy sereno—, el espíritu suple; el clero español es, seguramente, el mejor del mundo. No tiene, ciertamente, mucha adaptación, pero tiene una firmeza tan característica...

—¡No es suficiente! —recalcó el Barón.

Juan era siempre el manso, el blando:

—Lo sobrenatural tiene que ir por delante y por encima de todos los accidentes de la cultura. A las almas les salva la Gracia. Para mí el punto más interesante de cualquier seminario es el Padre Espiritual. Por eso, más que por el nivel teológico, lo importante aquí es este santazo...

—¡Ojalá hubiera muchos como él! —le ayudó Tomás.

—Ojalá, sí —asintió el Barón—; pero, por Dios, asomarse un poco más a la vida exterior, que no todo es ascética. Hoy un cura...

Un grupo de filósofos pasó hacia San Vicente. Iban leyendo el periódico. Discutían apasionadamente el resultado de los partidos de fútbol de la Liga.

Otros que les seguían marchaban marcando el paso y tarareando canciones.

El Barón seguía, aunque en tono más conciliador:

—Y en este terreno, debía haber menos flexibilidad. Dejarse llevar por los programas de moralización de los gobernantes actuales es un fracaso; en el fondo, ellos van a lo suyo y no juegan limpio. Están poniendo a la Iglesia por tapadera de todo, en una actitud ridícula...

—Se está consiguiendo bastante. Poco a poco van cediendo y nuestra obligación de evangelizar tiene más horizontes que nunca —dijo Tomás.

—Si no es eso. A mí lo que me irrita es que se fusionen de un modo que parece maquinación técnica, que se alíen de tal manera que cuando exista la necesidad de que cada uno obre como lo que es y debe ser, se haya perdido la posibilidad de una libertad laboriosa...

Tomás le atajó:

—No hay que hacer política, bien; pero si se consigue que la política se enderece y dé frutos positivos, mejor para la misión de la Iglesia. ¿Has visto cómo estamos sorteando el peligro nazi? Tampoco es momento para ponerse a abrir la mano. Tendríamos a España dentro de unos años convertida en factoría de los protestantes. ¿No ves cómo don Ramón terminó por achantarse?

—Unos pocos protestantes no nos vendrían mal. —A Gerardo le gustaba decir paradojas.

—¡Justo, justo! —saltó el Barón—. El catolicismo oficial es un peligro si por dentro no se opera el cambio vital que necesitamos. Y eso no se hace con cañones ni policía, ni jugando a la propaganda aparatosa...

Tomás, muy solemne:

—Hay un hombre en España que es, para mí, el único que ha comprendido nuestra auténtica posición. Este hombre, hasta ahora, no ha salido a la escena, pero no tardará en salir. Ese hombre es el llamado a dar la pauta; ya sabéis a quién me refiero: es don Ángel Herrera. Está haciendo ya maravillas en Santander, en una parroquia. No tardará en llegar a Obispo y entonces se impondrá y los demás tendrán mucho que aprender de él. Y fijaos que, con lo listo que es, su visión es clara, tan clara que lo primero que se propone es la reforma social junto con la de los seminarios. Pues en cuanto a lo social, se ha unido enteramente al programa del Estado, ha dicho concretamente que el Fuero de los españoles es, nada menos, que una consecuencia de las Encíclicas. En cuanto a los seminaristas, él se propone hacerlos nuevos desde los cimientos.

—Pero ésa es, más o menos, la preocupación de todo el episcopado español, aunque no todos la sienten con la misma intensidad —agregó Juan mansamente.

—Dios os oiga, antes que sea tarde. A mí lo que me da miedo —replicó el Barón— es que, como otras veces, creamos representar de verdad a una España *católica* y por dentro resulte luego que ni los intelectuales ni los obreros están a nuestro lado. Es más, ni el mismo Vaticano.

Continuaba el desfile de las muchachas hacia San Vicente. Los seminaristas se iban quedando atrás. Unas les miraban burlonas, coquetas, y otras les sonreían con melancolía. Iban cantando:

"No hay novedad, señora baronesa,
no hay novedad, no hay novedad..."

Los seminaristas se despreocupaban de sus risas.

"No pasa ella. ¿No irá a venir? He sido duro con ella, pero podía haber comprendido. ¿Quién será ese Emilio? Debe de salir con algún oficial. Flirtean, quieren un novio: casarse... ¡Es natural!"

A veces le asaltaba el temor ridículo de encontrarse con la rubia del cabaret. Era muy expuesto haber salido, después de aquello. Si se acercaba delante de sus compañeros, ¿qué haría él? Le atormentaba este recuerdo y por nada del mundo hubiera querido encontrársela. Los encuentros anteriores con otras mujeres le habían dejado recuerdos muy distintos.

"Marieta, la de Carlet, al enterarse de que me venía al Seminario, escribió aquella carta: 'Eres muy bueno, un ángel.' Ni besarla. Mi primer beso, a aquella enfermera... En las vacaciones pasadas, en los cursos sociales de Vitoria, en el tren, aquella chiquilla que me dejó su medallita, hablando toda la noche en la ventanilla..."

De pronto, les alcanzó el trote fogoso de un caballo. Era el cabriolet del farmacéutico del pueblo que venía repleto de muchachas. Hasta que estuvo encima no la reconoció. Llevaba el pelo suelto y el color de la cara encendido.

Apenas pudieron mirarse. El coche desapareció entre polvo y ruido, dejando en el silencio de la tarde un bullicio de risas y cascabeles. Les acompañaban varios oficiales.

Los seminaristas se sentaron a merendar; llevaban en el bolsillo el pan y la naranja.

—Si Francia estuviera, al menos, como estamos nosotros, si la misma Italia estuviera tan compenetrada con Roma, no se escucharían esos lamentos del Papa —agregó Tomás mientras pelaba su naranja.

El Barón estaba ahora más comprensivo:

—Creéis que soy pesimista por *pose* y os equivocáis. Yo lo que quisiera es que la Iglesia, o se independizara del movimiento estatal o se entregara de veras, con entera responsabilidad, pero de ninguna manera a medias. Y en esto muy ceñidos a lo siguiente: Amplio margen intelectual, mucha libertad para pensar y decir lo que se piensa; que los intelectuales no se vean constreñidos en su curiosidad, puesto que no hay miedo a que choquen nunca con el dogma. En lo social, más valentía, más descaro, más revolucionaria y avanzada tiene que colocarse la Iglesia para que el Estado recule hacia esas distintas fases del capitalismo... Hablamos mucho del comunismo y no vemos que existe otro peligro...

Tomás lo atajó un poco duro:

—No se puede decir nada de las leyes, que son ejemplares...

El Barón no hizo caso y siguió con su programa:

—Para lo político, menos miedo, menos endiosamiento con una circunstancia que, aunque sea meritísima, es transitoria; en lo político, ir dando espacio para una salida más progresiva y normal. ¿Creéis que esta situación es, aunque lo parezca, estable? Estamos perdiendo una oportunidad como no tendremos otra.

—Hay que transigir —replicó Tomás, ceñudo—, y al mismo tiempo, orientar; aprovechar hasta lo último esta ocasión, valorarla, explotar sus riquezas consiguiendo una unificación que a la Iglesia...

—Unidad, sí, unidad en la justicia y en el amor, pero no organizaciones mecánicas ni monopolio de las conciencias —siguió el Barón.

Gerardo, deseoso de cambiar de disco:

—¿Qué lees, Enrique, tan embebido?

—No sé si lo habéis visto; es una revista nueva que acaba de salir y que se mete, muy finamente, con el Padre Silva, por ese artículo de "¿Cristianismo es vida?" Le dan un buen palo.

—Léelo, ya verás cómo esa gente no tiene información —dijo rápido Tomás.

Las nubes se iban dorando a fuego lento. Las montañas se amorataban en una transparencia sutil, sobre la que fuera cayendo lentamente una gasa tenue color malva. El mar se petrificaba en un azul inmóvil.

Pasaron dos camiones llenos de soldados.

Enrique tenía ahora ganas de hablar:

—Hasta puede ser que esa juventud violenta, que se hace como tú dices la original, sin tener una formación sólida, haya hecho una guerra por creerse predestinada a hacer una revolución en nombre de Dios. Pero, de todos modos, esta juventud ha sido un milagro de energía contra la apatía, ha sido estímulo para la acción, cosa que antes, con todas nuestras abúlicas juventudes católicas, no teníamos. Lo que ocurre es que toda idea innovadora, toda realización audaz, nos da miedo.

Tomás le interrumpió:

—Pero reconoce que iban por muy mal derrotero. Menos mal que parece ser que han abierto los ojos a tiempo.

—Que Dios los ilumine —terminó Enrique.

—...Que ya se encargarán ellos de quedarse a oscuras y dejarnos, después de un millón de muertos, a cuatro velas —dijo Gerardo irónico y cachazudo.

El paisaje se transfiguraba, por momentos. Era una transposición lenta de colores y planos. Las montañas parecían mar. El mar parecía bosque. Una neblina sutil iba envolviendo árboles y campiñas en la red lechosa del crepúsculo.

Apareció, por fin, la romería.

El pueblecito marinero vibraba en una luminosidad fantástica. Las torres parecían volcadas, graciosamente inclinadas sobre la superficie del agua. En la vía se multiplicaban los mástiles de los barcos por prodigio de los reflejos sobre el agua. Flameaban en los balcones banderitas de colores.

Era un magnífico espectáculo de color. El misterioso castillo, las torres, las velas de los barcos, las calles empinadas, los bosquecillos del contorno, el mar movible y quieto, constituían una escalonada procesión de colores y sombras en acuarela impresionista.

Las campanas habían dejado de tocar. De vez en cuando, las sirenas del puerto sonaban potentes y tercas.

Apretaron el paso.

—Llegaremos tarde a la salida de la procesión y no encontraremos sitio en los barcos —dijo Gerardo.

—Llegaremos justo —respondió Tomás.

Pensaban embarcarse. Cruzaron el puerto y se desparramaron en grupos por el pueblo.

Enrique y Gerardo se quedaron junto al Barón.

Entraron en una pastelería. Allí se encontraron con las amigas de Inés, que les miraron con cierta ironía. Al cabo de un rato, entraron unos oficiales.

—¿Me pone un cuerno? —reclamó una voz algo pendenciera.

La camarera de la confitería no le entendió.

—Pero, ¿por aquí no saben lo que es un cuerno? —insistió el oficial, que parecía un poco borracho.

—No te pongas pesado. Éste es lo mismo, lleva nata y... —le dijo otro teniente.

—¿Pero qué hay de malo en pedir un cuerno? —insistió mirando burlonamente a los seminaristas.

Las muchachas salieron sofocadas a la calle. Gerardo y el Barón dijeron a dúo:

—Cree que hace gracia.

—Estos "provisionales"...

Pagaron y se fueron. Una pandilla de muchachos y muchachas recorría las calles cantando:

"La Parrala dice que era de Moguer,
y otros aseguran que era de la Palma."

Estaban ya entre el bullicioso gentío. Había para ellos miradas lánguidas y miradas vehementes; había sonrisas y hasta palabras intraducibles. Pero ellos parecían no hacer caso.

"Ha venido y no la veo, no la veré. Y aunque la vea..."

Resonaban en los porches las risas de las muchachas. Por las empedradas callejuelas se escuchaban taconeos rítmicos y elásticos.

"¡Qué faldas, Señor!"

Ya había salido la procesión. Dieron con el cortejo en una plazuela estrecha. Avanzaba la Virgen morena y pequeña, rodeada de flores blancas y rojas, puesta sobre unas andas que portaban los marineros con sus uniformes blancos.

Ante la imagen unas montañesas iban bailando una danza primitiva. Al ritmo de palos que se entrechocaban y al sonido de una insistente campanilla, nacía el frescor arcaico de una plegaria primitiva y triste.

Fueron subiendo a las barcas. Gerardo y el Barón se habían perdido. Federico estaba al lado de Enrique en la nave que transportaría a la Virgen.

El cántico de las muchachas se hacía interminable y monótono, una monotonía que infundía nostalgia.

"No ha subido aquí; me pareció que iba a montar en esta barca y se ha quedado. Va a su lado el teniente que pidió el cuerno en la confitería. Quiso seguramente molestar a la sirvienta, que se puso colorada. O a nosotros... En realidad Inés cambia de caras. Hoy estaba muy bonita, muy rara... parecía extranjera."

Las gaviotas volaban triunfalmente por entre los mástiles. La flamante barca comenzó a vibrar y a encararse con las olas.

El tono melancólico de la plegaria no se apagaba.

En el centro de la barca iba la Virgen sobre un trono de juncias y tallos silvestres. A su alrededor las capas doradas de los sacerdotes, los ciriales y la Cruz.

El vértigo del oleaje produjo en Enrique una sensación extraña. Como si aquel mismo momento lo hubiera vivido antes, en una vida remota y misteriosa. No podía recordar qué momento de su vida le sugería este atardecer, y la misma perplejidad en la sensación le proporcionaba como una pena muy dulce.

Por fin dió, o creyó dar, con la remota visión. Fué cuando su traslado de Valencia al frente de Teruel la misma tarde del mediodía en que vió a Isabel en su mirador. La posibilidad de morir, la incertidumbre de su destino y los efectos de la visión reciente, le hicieron llorar sobre el camión en que iba, no sabía adónde.

¡Qué cosa tan imponente le pareció la vida en aquel crepúsculo de fuego, atravesando pueblos y campos, mirando las nubes, procurando esconder las lágrimas, que los milicianos habrían atribuído a cobardía!

La misma emoción inexplicable de misterio, de fuerza, de debilidad, de felicidad y tristeza, la sentía ahora.

Se le escapaban al aire palabras imaginarias, palabras que tenían vida propia, las mismas de entonces, quizá, palabras iguales en el dolor y en la dicha, palabras, a fin de cuentas, tan vagas como su entrega, su renuncia, su felicidad y su amor. Palabras imposibles, porque eran silencio, distancia.

Y encontró los ojos de Inés. Los encontró mirando por encima del hombro de Federico. Y más allá de las dos caras, en el límite justo e impreciso del horizonte, junto al agua azulada y las nubes arreboladas, había otro rostro sereno y tranquilo, el celeste rostro de Isabel...

Federico, radiante, cantaba la Salve. Su voz parecía romper sobre el mar el cristal de las olas. A su lado, Inés sonreía.

"¿A quién sonríe ella? ¿Es a mí?"

No; se había equivocado. Al lado de Inés estaba el militar de la confitería, prodigándole requiebros.

¡Y ella se dejaba! Enrique, despechado, comenzó a cantar también la Salve.

Los remos se hundían en el agua con golpes fríos, como hoces que segaran margaritas sobre los prados. Empezaban a brillar débilmente las primeras estrellas. Los faroles del puerto se encendieron, dando al pueblecito marinero aspecto de verbena. Todavía el crepúsculo era algo caliente y enternecedor.

Un bote menudo vino hasta la nave capitana. Iba adornado con flores amarillas. Se agrupaban dentro de él un pescador con cuatro niños asustados. El pescador, declamando no se sabía qué, se los ofrecía a la Virgen, poniéndolos al cobijo de su manto. Muchas personas se emocionaron y otras dijeron que estaba bebido.

Habían llegado a la salida del puerto y la barcaza empezó a moverse con balanceo brusco. Se oyeron algunos gritos. Los pescadores maniobraron para virar hacia el puerto. Las demás barcas fueron siguiendo su ruta. Uno de los marinos, contrariado por la difícil operación, soltó una blasfemia. El *preste* ordenó, desde la proa del barco, con voz de trueno:

—Que le den un bofetón a ese animal.

Al entrar en el diminuto puerto, apareció la luna. Su luz se helaba en el agua. La procesión volvió a subir las calles empinadas y tortuosas.

Enrique se juntó a Gerardo. Al rato se les unieron el Barón y Jerónimo. Protestaban irritados de que en la Colegiata se hubiera cometido la barbaridad de enlucir auténticos azulejos para simular mármol. El Barón estaba horrorizado por la fachada, en la que habían incrustado calaveras. Jerónimo sacó a relucir la Inquisición.

Comenzaban los bailes, los festejos, las rondallas. Ellos tenían que volver al Seminario rápidamente.

En medio de la plaza bailaban las parejas. Un grupo de muchachas volvía al pueblo. Se habían cogido muchachos y muchachas de la mano y cantaban ramplonamente:

"Rascayú, cuando mueras qué harás tú..."

Los seminaristas montaron en el coche. Cuando Enrique iba a subir, un chiquillo se le acercó y le dió disimuladamente un papelito doblado.

"¡Dios mío... por fin...! ¡Ella es!"

Tembló de espanto y curiosidad. Por fin se entendían, no podía ser de otra manera. Infinidad de veces había pensado él que podían dejarse cartitas entre los arbustos o en las piedras de las tapias del cementerio. Y ahora lo tenía en la mano. ¡El primer mensaje!

Miró en torno, preocupado por si los compañeros se habían dado cuenta. "Lo leeré poco a poco. Espera, ten paciencia..." Recordó lo de Gracián: "Ya que no eres casto, por lo menos sé cauto."

El coche se puso en marcha.

—Adiós, adiós —chillaban los chiquillos.

Los seminaristas comenzaron a rezar el rosario. Al terminar la letanía, empezaron los cánticos. Canciones muy diversas: del Frente de Juventudes, la Marcha de San Ignacio, y la dulzona plegaria: "¿Te acuerdas, Madre?"

Pasaban veloces las curvas. Sólo veían la franja blanca de los árboles de la carretera. El mar y la montaña simulaban por sus colorines un paisaje japonés.

Abrió discretamente el papel.

"*Quiero hablar contigo esta noche mismo. A las once por las tapias del cementerio, en la Playa de los Muertos. Iré sola.*"

"¿Cómo se atreve a esto? ¡Imposible!, salir es imposible. ¡No me entiende...! ¡Cree que estoy enamorado...!"

Llegaron al Seminario. Brillaban algunas celdas con luz pálida y mortecina. Unos se quejaban de haber perdido tres horas de estudio. Otros, decían que lo habían pasado muy bien. Entraron en la Capilla a hacer una visita al Santísimo. Enrique, completamente distraído, leyó otro poco:

"*...espero que vayas...*"

Estaba impaciente por salir. ¿Qué tendrían que decirle a Dios tanto tiempo? Cuenta: uno, dos, tres, cuatro... hasta ochenta. Que pase el tiempo. Dios se hará cargo de que yo..."

Tomó el agua bendita que le daba Juan.

—*Haec aqua benedicta...*
Contestó:
—*Sit nobis salus et vita.*

CAPÍTULO XII

Aún no había llegado a su celda y ya estaba sonando el timbre. En filas desiguales fueron bajando al refectorio. Enrique buscó un puesto que miraba hacia el mar. Desde allí podía ver la punta del cabo, iluminada de rato en rato por la luz del faro. También abarcaba un trozo de la Playa de los Muertos, donde estallaban las olas con sordo estrépito.

Después de rezar las preces, el lector se puso en pie mirando a derecha e izquierda y con ampulosa solemnidad leyó: *Historia de la Compañía de Jesús, del Padre Astrain...*

Pero Enrique se enajenó de la lectura. El relato de la expulsión de los jesuítas de Portugal no le interesaba.

Sus ojos acechaban al Padre Prefecto.

—"No es fácil. ¿Iré o no iré? Gerardo ha olido la merluza y no la quiere; se la comerá López. El faro parece una linterna en manos de un ciego. El Padre Prefecto pone cara de padecer del hígado, amarillento. Se cepilla las cejas con las manos continuamente. Menos mal que Inés no entró en la confitería..."

En el refectorio se pudo hablar. Se decía que quizá no iban a terminar en paz el curso. La guerra mundial estaba colocando a España en un trance peligroso. La movilización inspiraba pánico, pero, también, un desasosiego excitante y casi alegre.

El Padre Prefecto rogó que no hicieran caso de bulos y que continuaran tranquilos la preparación de los exámenes.

Enrique estrujaba el pequeño papel entre los dedos.

"No iré" —se dijo resuelto.

Pero, al rato, estaba pensando: "¿Y por qué no?"

Del refectorio bajaron directamente a la capilla. Aquella noche tomaría cada uno los *puntos* de meditación y haría el examen por su cuenta. Faltaba poco para las vacaciones y el Padre Espiritual quería irles habituando al ejercicio individual.

Fuéronse apagando las luces de la iglesia hasta que sólo quedaron brillando la del coro y la lamparilla del Sagrario. Algunos seminaristas recorrían arrodillándose los pasos del Vía Crucis. Otros permanecían con los brazos en cruz ante el altar mayor. En las paredes se alargaban sus sombras grotescas. El Padre Espiritual se metió en el confesonario, esperando.

Enrique cavilaba:

"Bajando por la escalera de la ropería... todo sería cosa de elegir un buen momento. ¿Y la vuelta? Pero, no. ¡No puede ser! Se enteran de la cosa más mínima. No sé si iré. No debo ir. Hay que desengañarla. Sin embargo, en esta encrucijada, soy más yo, reconozco más vida en mí, más mía la vida... El sitio no está mal elegido, para mí es el menos expuesto."

Se encontró al Noli en su celda.

—¿Quieres algo de la ciudad?

—¿Vas mañana?

—Sí.

—Te lo agradezco, pero no necesito nada.

Enrique salió a la azotea a dar una vuelta. Los únicos que podían leer el periódico y hablar eran los *canonistas*, ya sacerdotes; pero de vez en cuando, también los teólogos formaban sus pequeñas tertulias.

Algunos paseaban en silencio, abstraídos, con los ojos semientornados. Quizá repasaban los puntos de la meditación o las lecciones que habían estudiado durante el día. Otros se quedaban mirando vagamente la furia del mar. Gerardo vino hacia él.

—¿Dónde tienes los gemelos?

Por el horizonte se deslizaba la lucecilla sonámbula de un trasatlántico.

"Sí, iré y hablaré con ella. Ya están muchos cerrando la ventana."

Estaba agarrado a la barandilla de una azotea que daba a la Playa de los Muertos. Las olas estallaban con pesada reiteración. ¿Cuántas olas habían descargado su amarga blancura sobre la playa desde que vino él al Seminario? ¿No seguirían estallando lo mismo cuando él muriera? Y lo más terrible de todo, es que aun cuando se muriera, aquellas rocas permanecerían frente al mar recibiendo los aletazos del agua.

"Yo sólo sé que si mi vida finalizara ahora, algo muy importante se me quedaba sin hacer. Mi vida realmente empieza ahora..."

Se puso el impermeable. Tenía la ventaja de que era y no era sotana. Bajó a la enfermería para hacer algo de tiempo y se encontró al Hermano Enfermero escribiendo recetas en su libreta de hule. Por la ventana de la enfermería se veían diseminadas las luces del pueblo.

—Está mejor esta temporada. ¿Lo ve? ¡Y sin tanta medicina!

—¡Figúrese que fuí a la Romería andando!

—Cuando estuvo enfermo sí que temí que perdiera la chaveta.

—¿Por qué?

—No sabe las cosas tan raras que decía y hacía delirando.

—¿Sí? ¡Cualquiera sabe!

—Cogió la manía del teléfono. Venga a mover los dedos y marcar números imaginarios. Gerardo decía: "Habla con las musas por teléfono."

—¡Tiene gracia! No lo sabía.

Sonaron unos nudillos en la puerta. Era el Padre Castaño que venía a hacer un ratito de gárgaras. Chillaba tanto en las clases de Historia Eclesiástica y se emocionaba tanto en los períodos altisonantes de su oratoria, que todos los finales de curso los pasaba con unas ronqueras espantosas.

Cuando salió el Padre Castaño, el Hermano prosiguió. Tenía ganas de palique.

—Para susto grande el mío, una noche en que el Padre Castaño tuvo un ataque de bilis. Iba yo a su celda y al pasar por las escaleras frente a la hornacina de Santo Tomás, oí como que el Santo roncaba.

—¿Que roncaba Santo Tomás?

—No es que roncara el Santo; pero me llevé un buen susto. Al mirar vi que había allí una sombra que se desperezaba.

—¿Cómo?

—Era el Hermano Plácido, el vigilante, que se había quedado durmiendo allí.

—¿Y qué había hecho con el Santo?

—El Santo estaba en la capilla porque por aquellos días se celebraba el novenario.

Rieron. Volvieron a llamar a la puerta. Enrique se despidió. Era un latino, un muchachito rubio, con ojos azules, muy pálido y con voz temblorosa. Enrique lo paró:

—¿Qué te pasa a ti?

—Está prohibido hablar con los teólogos —dijo el chiquillo con fingida seriedad.

Enrique también había sido latino. Los teólogos, entonces, le gastaban bromas atribuyéndole malicias que no tenía. Y siendo ya filósofo, lo tuvieron por cándido. ¿Cuándo habría sido él ingenuo?

—¿Eres bueno?

—Sí.

—¿Qué notas tienes?

—En clase ocho, pero en conducta cinco.

Sonaron las diez en el bronce de la torre. Eran aquellas unas horas aladas, muy distintas a otras muchas que había oído y podía oír.

"No hay más remedio que ir. Creerán que estoy fuera de la celda. No pasará nada. Me dejaré la puerta de la clase cerrada, pero sin el pestillo..."

Entró en su celda. Apagó la luz y se dedicó a estudiar el plan de fuga provisional.

"Despacio y serenidad. Los árboles disimulan. Hay hondonadas, matorrales y tapias. Bueno, llego allí ¿y qué? Que hable ella. Veremos lo que dice."

Saldría. Una fuerza irresistible le arrastraba hacia la cita.

Leía y releía el mensaje. Ella no le conocía. Ahora le demostraría quién era. No era tan fácil rendirle a él. Podía amar si quería, pero podía no querer si se lo proponía.

El cielo se prestaba. Las nubes se apelotonaban alrededor de la luna como las ovejas en el verano a la sombra de las encinas. Las estrellas permanecían frías e indiferentes. El mar azotaba las espaldas del litoral como la mano airada de un asceta que se disciplinara por rutina.

Echó a andar, resuelto. Aprovechó el ocultamiento de la luna tras una nube para cruzar la explanada. Al pasar junto al estanque las ranas se fueron zambullendo. Avanzó más, arrimándose a la tapia que rodeaba el Seminario. No podía ya volverse atrás.

"Le diré que hay que terminar. Esto no conduce a nada. Puedes ser feliz. Yo vivo una vida que tú no entiendes. Mi existencia te debe mucho, pero..."

Los matorrales que rodean las verjas de los palacios amparaban su espantadiza sombra. Ya estaba llegando al cementerio del pueblo. A un paso tenía los barracones de los soldados. Era un punto peligroso que tenía que sortear. Podían darle el "alto". Un pájaro nocturno chillaba angustiosamente entre el ramaje.

Se fué acercando a las tapias del cementerio. Sobre los muros carcomidos asomaban los cipreses. Varias veces estuvo a punto de salir corriendo, espantado por alucinaciones imaginarias.

"¿Será ella aquella que se mueve? Los muertos, muertos son. Debería irme, regresar antes de que sea tarde. ¡Qué problema! Venir y no venir, estar aquí, haber estado, que me viera y no haber venido. Me acercaré despacio. No sé por qué le llaman a esto la Playa de los Muertos, no tiene nada de Playa. Gerardo es un artista cazando cangrejos por ahí. Vuelve a salir la luna. No me acerco: Es un precipicio del que siempre tengo que apartarme como si repentinamente me fueran a entrar ganas de tirarme..."

Se enmudeció de miedo. Algo se movía. Una sombra venía firme y derecha hacia él.

—Buenas noches —dijo una voz ronca de hombre, irónica. No era Inés. Tampoco parecía un Padre.

"¡Vaya lío! Será un pescador..."

Se iluminó la figura por la luz de una cerilla. Entonces le reconoció: era el militar de aquella tarde, el mismo que había pedido con voz socarrona un cuerno en la confitería. Lo distinguió perfectamente. Llevaba la gorra echada hacia atrás.

—¡Por Dios, no se asuste! Le ruego que me perdone por este modo tan poco cortés de presentarme. Puede ver que no se trata del Comendador. No soy tampoco el diablo. ¡No huya, acérquese...!

Enrique estaba sobrecogido de espanto. No se esperaba aquello. No encontraba palabras con que responderle. Seguía la voz irónica, cascada:

—He oído hablar mucho de usted. Un seminarista lo que se dice muy interesante. Tenía una gran curiosidad...

Se quedó como saboreando estas palabras con un tonillo cómico. Su voz resbalaba hecha silbido por las peñas.

—¡Vaya chasco! ¿Verdad que no esperaba encontrarme a mí? No tema nada. Ella vendrá pronto. Habrá recibido también otro papelito igual que el suyo. ¿He tenido imaginación? Yo sirvo para detective, ¿verdad? Sabía que picaría. Un truco muy bonito la cartita. ¿No notó que hasta iba perfumada?

Y soltó una carcajada. La confusión de Enrique iba en aumento. Pero adoptó un aire muy serio.

Las luces del Seminario se iban apagando. Parecía la carroza de un festejo después de concluída la exhibición.

—El sitio está bien elegido, ¿verdad? En otro lugar no podía ser. ¿No fuma? ¡Qué lástima!

Él solo celebraba su ingenio de una manera nerviosa y forzada. Con la punta de la bota no cesaba de dar golpecitos en la pared del cementerio.

—Ahora que, eso sí, le felicito. Ha sido todo un caballero. Viene puntual a la cita. Ella se retrasará. Las mujeres se retrasan algo, pero llegará en seguida

Enrique hizo ademán de alejarse.

—Usted puede decirle de parte mía —dijo por fin Enrique—

que he venido a rogarle que no se mezcle en mi vida, que mi camino está trazado y que...

—¡Qué desilusión! ¿Eso le iba a decir? No tiene derecho a ser tan cruel. Primero la enamora, después le da celos con Pili y después la deja. ¿No sabe que hay un tal Emilio que cualquier día va a cometer un disparate con usted? Por eso he subido yo, para advertirle que se está jugando el tipo, y en vez de agradecérmelo..., se quiere ir por las buenas, sin darme las gracias siquiera.

Enrique pensaba cómo podría retirarse sin comprometerse, porque el teniente continuaba hablando por los codos:

—¿Cree que no me he portado bien? En vez de subir arriba y armar la marimorena, aquí me tiene facilitándole una entrevista, reservada y tal...

Hablaba cada vez en un tono más destemplado, gesticulando. Entonces Enrique se dió cuenta de que estaba borracho. Seguía con voz que quería ser misteriosa:

—No puede tardar, llegará pronto, confíe en mí.

En la mirada del teniente se imantaba la luna. Tenía hinchadas las venas de la frente, parecía que casi se le iban a saltar.

—Quisiera que usted comprendiera —imploró acobardado Enrique.

—Aquí, entre nosotros, se explica todo. No es como en caballería. Yo soy artillero y no me asusta nada. ¿Que le gusta, siendo seminarista, una niña tan mona como Inés? Gusto que tiene, sí, señor, pues muy bien que está. Inés es rubia legítima, sin timos, y tiene una naricilla...

Estaba visto que trataba de torturarle.

—Debe creerme; si he venido ha sido porque..., pero estoy arrepentido de haber venido.

—¡Alto, amiguito! A mí no me hace usted esa faena después de haberle preparado la cita. Le ruego que tenga calma. Yo le aseguro que no se van a enterar los Padres, a no ser que usted lo estropee todo. Esto se quedará *entre nosotros.* ¿Tiene alguna queja de cómo he hecho las cosas?

—¿No se da cuenta de que esto pone en peligro...?

—*Le monde!* ¿Pues no está poniendo cara de víctima?

El teniente alardeaba de cinismo. Su figura resultaba grotesca. Procuraba pronunciar sus palabras con extrema corrección. A ratos se balanceaba. Varias veces le echó a Enrique a la cara una bocanada de humo.

Continuó con la voz cada vez más pegajosa:

—Más bien debiera estar contento. ¿De verdad que no quiere un pitillo? ¿Cree que tengo celos por Inés?

—Yo le ruego por lo que más quiera, que sepa distinguir, que interprete...

—¡Muy bien dicho! Hay que distinguir, saber interpretar. Por eso me parece absurdo que después de haber salido se vuelva con las manos vacías; no creo que una ocasión como ésta la encuentre todos los días por mu...

Y quiso detener la frase para hacerla más maliciosa. Enrique se impacientaba:

—Me hace sufrir si piensa que yo...

—Pues sea usted *echa p'alante* y ¡hágame caso! Soy ahora su superior.

—Yo le suplico que lo olvide todo como si no hubiera pasado nada... —y procuró poner un gesto franco y resignado.

—¿Pero es que ha pasado ya antes algo? A lo mejor estoy en la inopia —y rompió a reír bárbaramente.

—Esto no es un juego, sepa que estoy a punto de ordenarme, y que si he bajado...

—Yo salgo todos los días en la *orden del día.* Es que se aburre. ¿Quiere fumar? Aquí tiene *Chesterfield.* Esta Inés es tan coqueta como todas; estará, seguro, perfumándose...

Enrique estaba a punto de llorar. Hubiera querido apaciguarlo con su expresión. Esperaba que aún lo convencería. Seguramente había querido sólo provocar esta escena, no querría comprometerle de un modo tan innoble.

—Yo me voy... —y le extendió tímidamente la mano.

—No se ponga pesado. Si se va, se armará el bollo. Soy capaz, entonces, de subir al Seminario. Ella llega, usted le da la mano, yo estaré escondido, le prometo no escuchar.

¿Quiere que me ponga gafas ahumadas? Si se va, mañana cojo al Noli ese del demonio...

—Hace mal, está cometiendo una falta grave...

Enrique deseaba ganarse su confianza con palabras.

—Todo lo que usted quiera, pero tiene que dar la cara. Esto no me lo pierdo yo.

Enrique había sido cogido en la ratonera. Inútilmente buscaba un agujerito por donde poder evadirse.

Oyó voces, y Enrique puso el oído atento. ¿Se traería entre manos el teniente alguna emboscada. ¿Estarían conchabados los otros oficiales? Se fué retirando prudentemente hacia el recodo del acantilado. Tenía que resolverse todo sin testigos, entre ellos dos y antes de que llegara nadie. Sobre todo antes de que llegara Inés.

Algo había que hacer. Era preferible pasar por cobarde ante aquel charlatán, que dárselas de arrogante. Era evidente que estaba bebido y trataba de embrollarle en un escándalo.

—Le pido que no vea en esto ninguna intención perversa. Yo estoy en el Seminario por mi propia voluntad, porque ése es mi destino, igual que el suyo es ser militar. No querrá usted deshacer mi vida...

—No se ponga trágico. ¡Ja, ja, ja! No tenga miedo. Yo he querido hacer una experiencia, porque, claro, usted me quitaba el sueño con sus miraditas y tal. Y dije yo: ¡Conviértete en su angelote y proporciónales una cita...! ¡Y aquí estamos! ¿Que les da por coger una barquita en el puerto y fugarse a San Francisco de California? Pues yo, mutis, nadie sabrá nada. Yo me pongo en su caso. A mí lo que más me interesa es saber cómo se comporta ella. ¡Es tan romántica! A ver si es capaz de ponerle los cuernecitos a su Emilio. Apuesto a que sí. ¿Van veinte duros? Está acicalándose. Debe de estar emocionada. Usted no esperaba encontrarme aquí, ¿verdad? Ella tampoco lo espera. Ya veremos qué cara pone. Y, ¿por qué me miraba usted esta tarde tan descarado? Otro hubiera ido directamente al Padre General de ustedes. Un tipo que me fastidia bastante es el Noli. ¡Cualquier día si oye decir que ha caído despeñado por uno de estos barrancos, sepa que he sido yo!

¿Por qué lo tienen arriba? Esta clase de bichos no me gustan. Ve, sin ir más lejos, usted me resulta simpático, por lo menos ha tenido arrestos y ha venido...

Se hacía interminable. Se regodeaba en su propia charla. De vez en cuando, se limpiaba el sudor pegajoso que le corría por la frente y por el cuello. Estaba visto que trataba de exasperar a Enrique.

—Pues sí. Yo comprendo que ustedes tengan también sus *arreglitos.*

Enrique se sentó en una piedra con la cabeza entre las manos. A su espalda bramaba el mar como un oso de circo. ¿Por qué no subían las olas y los anegaban a los dos?

—Perdón, perdón, se me ha ido la lengua. No quería decir esto. Es que me he tomado un *Singapur*...

—Si quiere, usted y yo hablamos otro día. Yo le prometo que iré adonde usted diga y ya verá cómo está equivocado, pero ahora debo subir —casi suplicó Enrique.

Y se levantó bruscamente.

—No se mueva. No se excite. ¡Tenga un poco de calma, por Dios!

Consultó su reloj con parsimonia teatral, haciendo cuentas imaginarias con el minutero.

—Es que usted se ha adelantado bastante. Ella habrá cenado a las diez, después habrá tenido que vestirse o darle de lado a Pili. ¿Conoce a Pili? Son inseparables, pero no se llevan muy bien. ¡Psicólogo que es uno! No vendrá por la carretera, sería sospechoso. Llegará de un momento a otro, por ahí, por entre esos matorrales. ¿Lo dice tranquilo eso de irse? ¿Está seguro de no sentirlo? ¿Y si yo me quedo con ella...? —Y se reía otra vez. La cara de Enrique expresaba una irritación violenta. Esto animó al oficial viendo que sus palabras hacían efecto. Siguió, perdidos un poco los estribos:

—Soy de Albacete y me llamo Ricardo. No crea usted eso que dicen de que las mujeres de allí llevan una liga en la navaja, es decir, me he equivocado, la navaja en la liga, ¡ja, ja, ja! Esto es una calumnia, lo mismo que hablan del crimen de Cuenca y de eso de las gallegas. Estuve en la División

Azul. ¿Usted cree que soy un enclenque? Me devolvieron a un hospital de Riga porque decían que mi cerebro... Toque usted y verá. ¿Es que no coordino bien? Y ahora aquí me tiene. Aquí estoy, esperando que lleguen los *nuestros*. ¿Usted sabe quiénes son los nuestros? Antes eran los alemanes; ahora ya van siendo los ingleses. ¿No le parece esto de risa? Ustedes, los curas, ¿son monárquicos? Nos estamos cambiando la chaqueta poco a poco. Ustedes serán del sordo... Yo, óigame, varias veces he estado a punto de dejar el Ejército. ¿Qué hago yo con novecientas cochinas pesetas? Un tío mío tiene telares en Alcoy y me daba allí carta ancha. A lo mejor me hago estraperlista, eso no es pecado, supongo...

—Yo creía que usted sabría hacerse cargo de las cosas...

La expresión de Enrique inspiraba lástima.

Comenzó a andar poco a poco hacia el sendero del cementerio. El teniente, al principio, no se lo impidió; pero cuando vió que se alejaba, le cogió nuevamente del brazo.

—No me irá a decir que le están esperando allá arriba. ¿Es que también tienen ustedes imaginarias? Mi asistente seguro que se va a quedar de sacristán con ustedes. Siempre está de charla con el Noli.

El silencio de Enrique le exasperaba, sin duda; lo veía humillado, pero altivo.

—Cinco minutos más y pacto cumplido. Entonces se puede ir como ha venido. Sinceramente: ¿es que no le gusta hablar con ella?

—Le digo que no —a Enrique le salió esta negativa tajante. Por eso añadió para dulcificar el malestar del teniente:

—Algún día se dará cuenta de que no soy lo que usted se figura.

Era el momento de alejarse resueltamente. Y Enrique comenzó a andar. Pero de pronto el teniente, medio tambaleándose, se abalanzó sobre él violentamente.

—Le pido que me perdone —dijo—. Mi idea no era mala. Ahora hablaré con ella y le diré: "Te has colado, niña. Tu curita no te sirve."

Alguien venía por el sendero. Se escuchaban voces.

"Esto es una burla. Seguro que se ha citado aquí con sus compañeros de cuartel. Debo huir."

Y Enrique echó a correr. Entonces vió venir al teniente con la mano extendida hacia él. Corriendo por entre peñascos y malezas, bordeando la línea roqueña del litoral, Enrique lo burló.

"Me sigue..."

El teniente subía y bajaba ágilmente por la dentadura de los riscos soltando palabrotas a voz en grito. A sus pisadas, algunas piedras se desprendían y se hundían sonoramente en el agua. Por allí el acantilado estaba cortado en forma de picos de sierra. Era peligrosa la huída.

—¡Párese! —le gritaba desaforadamente el teniente.

"Entro rápidamente y me acuesto. ¿Cuándo me veré en el Seminario, Dios mío?"

—¡Si no se para, disparo! —tronó la voz.

Chocaban las olas contra el acantilado, dejando los pliegues de las rocas cubiertos de blanquísima espuma. Conforme se acercaban a los rompientes el estertor del mar se tragaba sus voces.

"Antes que me tire, me arrojo yo. ¡Perdón Señor! Y va soltando blasfemias!"

A veces las olas, al romper, levantaban una nube vaporosa que les envolvía.

Quedó Enrique en lo alto de un picacho sin más salida hacia el sendero que una escalerilla que bordeaba el precipicio. Tenía que desandar lo andado. ¿Cómo se había metido allí?

El teniente se reía a carcajadas, jadeando. Su risa parecía la risa de un endemoniado.

—¡El puñeteeeero del seminarista éste...!

—No grite, por Dios.

Sus risotadas resonaron espantosas entre las peñas. Se ahogaba en una risa macabra y bárbara.

—Tan chulo como se hace, tenía que verlo Inés ahora correr como un conejo. Mañana cuando se lo cuente no se lo creerá.

Enrique había parado en seco, confuso. El teniente se alisaba el bigote, tranquilamente. Al reír enseñaba sus dientes de oro y escupía de vez en cuando pequeños escupitajos.

Si Enrique quería salir de aquel desfiladero tenía que ser porque el teniente le dejara paso. Lo vió. Venía hacia él sonriente, pacífico, dándose con los guantes en el muslo.

—Compréndame, usted, se lo pido... —Enrique casi se arrastraba.

—Quizá haya llegado ella, no le cuesta nada ir. ¡Vamos!

—No, no. Dígale de parte mía lo que quiera, que yo soy libre y que estoy contento de ser sacerdote.

—Es usted un cínico, además de un cobarde...

La mirada del teniente había cambiado. Ahora se mostraba furioso y colérico. Le dió un acceso ronco de tos y no podía seguir hablando, pero con las manos le indicaba a Enrique el camino del cementerio.

—Como que yo me llamo Ricardo, ¿sabe usted?, que ya estoy cansado de tanta vaselina y que tiene que ir conmigo. Si huye va a ser peor, porque va a dormir, como sospecho, en la Prevención. Voy a mi coronel, que es tan beato, y le digo: "Mire Usía la pieza que he cazado." ¿Viene? ¿Sí o no?

Se le saltaban los ojos preguntándoselo. Se veía que era capaz de todo.

Enrique dió un salto y se encaramó más en la roca que le servía de pedestal. No conducía a ningún sitio, pero era lo único que podía hacer para apartarse de aquellas manos que le perseguían.

—¡Baja! —le ordenó con voz cuartelera.

El teniente intentó subir, pero se tambaleaba. Era una roca afilada, abrillantada por la luz de la luna.

—No podrá seguirme. ¡No le dejaré subir! ¡Déjeme, vuélvase!

Y siguió escalando la roca, arañándose las manos. Una vez se pisó el impermeable negro y estuvo a punto de caer al abismo.

—¿Cree que estamos jugando a la gallinita ciega? ¿Baja o qué? Si subo será peor... —gritaba fuera de sí el teniente.

Su figura sobre la roca resultaba grotesca: se agarraba a las piedras rabiosamente, sudando. Ahora Enrique se sentía más fuerte y más seguro.

—¡Vuélvase, se lo pido! Le advierto que soy capaz de decir esto a su coronel...

—¿Decirle a mi coronel? ¿Qué? ¡Habrá maricón! ¡Ahora sí que vas a bajar!

Enrique se dió un golpe en el filo de una piedra y su rodilla comenzó a sangrar. Sentía la sangre húmeda y fresca que le resbalaba por la pierna hacia la planta del pie.

El retumbar furibundo del mar les obligaba a hablarse a gritos, como enloquecidos.

—Sea razonable, yo le prometo...

El teniente se agarraba a los matorrales visiblemente cansado. Había instantes en que quedaba como idiotizado mirando al vacío.

—Lleve cuidado; se puede caer y... ¿qué le he hecho yo a usted?

—Conque me puedo caer... ¿eh?

El teniente, en cuatro saltos, llegó a sus pies. Le sujetó bárbaramente un pie.

—¡Suélteme, que estamos en peligro!

—Tiene usted más miedo que vergüenza —le escupió.

Las manos del teniente lo tanteaban con fuerza. Parecía poseerle un instinto criminal. Con un aplomo fingido le enseñó el precipicio y le dijo:

—Si no hace lo que le he dicho, soy capaz de tirarlo al agua.

Enrique se liberó con una fuerte sacudida, una sacudida involuntaria y violenta, fatalmente irreparable, porque el cuerpo uniformado del militar perdió el equilibrio y cayó tambaleándose precipicio abajo.

—¡Oiga! —clamó horrorizado Enrique.

Se asomó a la vertiente. Esperaba verle agarrado a un arbusto o sostenido en una roca, pero no veía nada.

"No puede ser, ¡¡no!!"

Y gritó:

—¿Eh? ¡Conteste! ¿Eh? ¡¡Eh!!

Enrique no podía creerlo. Estaba como hipnotizado, mirando al precipicio, esperando ver algún indicio de su enemigo. Pero nada se veía. Miró más lejos. Podía estar nadando. Pero nada.

Se tumbó sobre la roca y pegó por un momento la cara a la piedra. El rodillo de las olas seguía girando mecánicamente sobre las rocas con el ritmo de una fatal indiferencia. Con los ojos desmesuradamente abiertos Enrique era incapaz de moverse de allí.

Todavía confiaba, en su anonadamiento, en que aparecería el teniente Ricardo, sonriente, totalmente distinto, diciéndole:

—Somos amigos. Ha sido valiente. Le felicito. Yo no quería más que ver si un seminarista era capaz. . .

Pero si tardaba en aparecer era porque estaba hundido irremisiblemente en la sepultura del mar.

"Y si se salva, me pierde a mí. ¡Dios mío! No ha existido tal teniente. ¿No ves cómo no existe?"

Ya las olas eran sudario y su ruido un responso lúgubre.

Se levantó. Se encontró en el suelo la gorra del teniente y melancólicamente, pensando ya como culpable, la arrojó al agua. La vió perderse en la espuma. De pronto, se volvió y, como si le persiguieran, emprendió apresurado y nervioso la vuelta al Seminario. Conforme se acercaba aumentaba su confusión y su temor. Quizá le estuvieran esperando. Lo confesaría todo a gritos. Que lo dejaran en paz, en la cárcel, donde fuera.

Por el camino del puerto se oían voces. Estuvo un rato con los oídos tensos. Creyó escuchar su nombre, el del teniente, el de Inés. ¿Eran voces de socorro? El ruido del mar no dejaba oír bien. No. . ., parecía ser de alguien que cantaba lejos.

"No fué ella la que hizo la cita. ¿Habrá oído la pelea? 'Por mí lo has muerto.' 'No lo maté.' El mar no habla. Debí adivinar que la misiva era falsa. Ha pasado lo que tenía que pasar. Lo maté porque él me quiso matar a mí. A lo mejor no dió en roca, nadó y está vivo. Puede llegar agarrándose a los peñascos. ¿Debo ir. . . ? Ir al puerto a pedir auxilio. No. Sería peor. Estaba bebido. Hubiera terminado disparando. Que no se entere nadie, esto es lo mejor. Tardé en volver porque bajé a la Enfermería por una cafiaspirina, estuve hablando con el Hermano. Dentro de diez minutos en la celda, ¡ojalá! Yo nunca he hecho un voto absoluto. Yo prometo ante Dios que si salgo bien de ésta..." Y no encontró nada que poder prometer.

Se movía con una agilidad sorprendente. El Seminario, iluminado por la luna, parecía un barco abandonado en un islote después de un bárbaro saqueo.

Entró por la ventana de la clase de Ética. Subía ya por las escaleras con cierto aire de triunfo. Nadie sabría que él había estado fuera. Sólo en su celda faltaba por ver.

"Todo en paz."

Otra vez se encontraba a salvo. Y se dejó caer sobre la cama. Después se asomó desde su ventana al ancho horizonte. Nada, las lucecitas del pueblo, el faro, las luces del puerto, la luna, las estrellas, nubes viajeras, el rocío lechoso e impalpable de la noche tibia y profunda.

"¡Allí ha sido! Está subiendo la marea. ¿Aparecerá en la Playa de los Muertos, como todos, o desaparecerá totalmente? Hiciste bien en tirar la gorra."

Se acostó despacio. Tiritaba y estaba bañado en sudor. Tendido en la cama imaginó las cosas más disparatadas: Que tenía al teniente debajo de su cama con la pistola cargada. Que al día siguiente lo veía subir a Misa al lado de Inés. Pero, inmediatamente, se regocijaba pensando que el teniente Ricardo no podía subir; aquel teniente había muerto hacía cinco años en el frente de Teruel, destrozado por un obús. Aquel cuerpo estaba pudriendo tierra. El que se había caído a lo profundo del mar no se había caído. Otras veces, al reproducir la escena del duelo, la vivía tan penosamente como una pesadilla. Era, entonces, el teniente el que impetuosamente le lanzaba a él sobre aquel redondel bullente y rocoso, lo arrojaba y no acababa de llegar nunca al seno descompuesto del mar. Pero si lo lanzaba y no llegaba a estrellarse, "sangrientamente", es porque no lo lanzaba, porque él, Enrique, estaba metido en su casa y desde allí no había manera de que lo tirara.

Pensaba también que al día siguiente, al amanecer casi, tan pronto se supiera la muerte del teniente, subirían por él un capitán y una escolta de soldados con fusiles. Llamarían al Padre Rector, lo pondrían a él entre las bayonetas y lo bajarían al pueblo para juzgarlo. Gozaba un poco poniendo en este cuadro alguna escena tierna: Inés que le salía al paso y le juraba amor eterno.

Cerraba los ojos en vano: no podía dormir.

Toda la noche estuvieron brillando los ojos saltones y amoratados del teniente en un rincón de la celda, precisamente al lado de una copia de San Juan, del Greco. Toda la noche estuvo también desgañitándose un ave nocturna en los árboles del jardín. Toda la noche tuvo a la luna en su almohada acariciando con sus sedantes rayos la angustia de su pesaroso dormitar.

Al amanecer, se despertó, le dolía la rodilla; se le estaba inflamando. Pero lo que le preocupaba eran los guantes del teniente. ¿Se habrían quedado por entre las rocas? Probablemente por ellos se iba a descubrir todo.

"Iré y los buscaré..."

CAPITULO XIII

A la mañana siguiente, Enrique fué de los primeros en bajar a la capilla. Permaneció largo rato con la cabeza entre las manos. Pero no podía rezar. Después de la horrible noche se abandonaba a la paz y al silencio de la capilla.

En su fuero interno casi estaba tranquilo. Se había aplicado el *voluntarium in causa,* y había resuelto que, bajo ningún concepto, se le podía imputar moralmente aquel homicidio. El teniente se había despeñado él solo y había estado a punto de arrastrarle a él en la caída.

Pasó el primer día y no sucedió, ni en el pueblo ni en el Seminario, nada anormal. Aparentemente Enrique se dejó absorber por los detalles preliminares de las Órdenes. Sin embargo, tenía que hacer verdaderos esfuerzos para contenerse. Varias veces, de una manera mecánica, se encontró caminando hacia la Playa de los Muertos.

Transcurrían los días con una lentitud insoportable. Cada llamada a su puerta, cada vez que veía venir al Padre Prefecto por la terraza a su celda o a la de los vecinos, cada coche que subía del pueblo, era una especie de grito de alarma que le ponía en tensión. Con los ojos fijos en los senderos que conducían a las rocas del acantilado, Enrique dejaba pasar las horas muertas, preso de una inquietud obsesiva; pero como ni los soldados ni los pescadores merodeaban por allí, se sosegaba.

Todo continuaba tranquilo, envuelto en un silencio enervante. Las olas seguían rompiendo con su bárbara monotonía. Pensar que un cuerpo muerto podía hacer su aparición en cualquier instante y que de su presencia podía depender, para siempre, el giro de su vida, le tenía en un estado de nerviosismo constante. Si salía a flote el cadáver del teniente, era lógico que hicieran indagaciones y posiblemente algún cabo se quedaría suelto, como pasa siempre, por donde pudiera llegarse a descubrir la verdad.

Tampoco se atrevía a preguntar nada. Sospechaba que la desaparición del teniente sería comentada ávidamente en el pueblo. Si él intentaba indagar, acaso podía suscitar sospechas.

Varias noches se despertó sobresaltado, diciendo a gritos: "Soy inocente, soy inocente." Al otro día, Escoriaza le había preguntado en medio de todos:

—¿Sabes que te pasas las noches dando unos alaridos como si te estuvieran atormentando?

"Se lo comerán los peces, se descompondrá, nadie sabrá nada. Ya van diez días. Y si lo sacan y le hacen la autopsia, ¿será fácil aún saber que hubo lucha?

Tenía momentos en que estaba decidido a delatarse. Pero esto sólo en la soledad. Luego era incapaz de hacerlo.

Los roncos graznidos de los pajarracos que volaban tenazmente, como oliendo la carroña, sobre las rocas del litoral, le perseguían en su celda, en la capilla y hasta en el mismo comedor.

Varias veces llevó poco a poco a su grupo discutiendo hasta cerca de las tapias del cementerio. Quería ser él quien descubriera, como de improviso, el cuerpo descompuesto del teniente. Quería ver si quedaban por allí rastros de la pelea.

Uno de aquellos días llovió torrencialmente y el mar se removió como las tripas de un envenenado. Tuvo el presentimiento de que al día siguiente el cadáver aparecería y prestó mucha atención a todos los comentarios que podían llegar del pueblo.

No ocurrió nada y su tensión se disparó por otros derroteros. Exponiendo cualquier cuestión, se mostraba contradictorio, irónico, irritado y hasta colérico, pero al recreo siguiente se daba cuenta de su violencia y aparecía blando, humilde y paciente, revestido de una unción y de una bondad extraordinarias. Sus compañeros estaban admirados. Gerardo, más avisado y más sagaz, estudiaba todas estas fases con honda preocupación.

Acompañó al Padre Espiritual en sus visitas al Hospital del pueblo, donde agonizaban continuamente muchachos y niños tuberculosos. Las palabras de Enrique rezumaban una ternura y una compasión inmensas, hasta el punto de que el Padre Espiritual llegó a creer que el pensamiento de la muerte y la visión del dolor habían terminado por vencer el alocamiento de aquel alma, transformándola por fin. Hasta el rostro de Enrique se había transfigurado. Era más leve, más espiritual, más blanco.

A los quince días justos, apareció el cadáver del teniente Ricardo, en un recodo de la Playa de los Muertos. Desde la ventana de su celda, Enrique presenció el levantamiento judicial. Debía de estar muy descompuesto. Lo trasladaron a un cuartito medio derruído que había en el cementerio del pueblo, precisamente en la puerta donde había comenzado la discusión.

Por lo que dijo el Noli, Enrique lo relacionó en seguida con el teniente Ricardo; pero los pescadores creyeron que se trataba de algún aviador alemán derribado en pleno océano. Por entonces se repetían los combates aéreos mar adentro. Los compañeros del teniente, que lo habían dado por prófugo, se presentaron allí inmediatamente y trataron de explicarse los hechos. Pero fué el coronel del destacamento, un murciano llamado Ramón Ortega, el que impuso su opinión particular sobre el caso. Aparentemente él se había dado por satisfecho con la idea de una evasión; pero, por dentro, sabiendo lo calavera y anormal que era este oficial, había sospechado que bien podía haberse matado de una forma imbécil. Circularon también otros rumores, pero no llegaron a imponerse.

Todo lo sabía Enrique por el Noli, a quien interrogaba sin malicia cada vez que volvía de sus paseos.

El criterio del coronel fué adoptado oficialmente: el teniente Ricardo se había suicidado. Coincidían bastante los relatos de los testigos de la última noche. Las muchachas declararon que, en la Romería, había estado chistoso y fanfarrón y que, al despedirse de ellas, les había dicho que aquella noche iba a coger una trompa de "capitán general con mando en plaza", y que iba a hacer una sonada. Sus compañeros dijeron y repitieron que estaba ya bastante bebido y que se reía con una risa detonante. A uno de ellos, concretamente, le había dicho:

"Si me salen bien las cosas, os voy a dar una sorpresa de las de no te menees."

Enrique, mientras duraron el escándalo y los comentarios, vivió en un estado de tensión y sobresalto. Preguntaba ávidamente, aunque disimulando. Quería saberlo todo. Pero en cuanto cesó el revuelo y se sintió seguro de su impunidad, un vacío tremendo se apoderó de su conciencia. Parecía que el muerto había penetrado en su alma contagiándola de un frío mortal. Perdió interés por todas las cosas, y ni el recuerdo de Isabel tenía poder para sacarle de su apatía.

Las paredes del Seminario se le hacían cada día más insoportables. El recuerdo de la rubia del cabaret y el del teniente ahogado eran como sombras que le desafiaban desde fuera. Pero aún tuvo ocasión de reprocharse cobardías y vacilaciones hipócritas. Tendido en la cama o paseando por entre los pinos, con el breviario inútilmente abierto, se planteaba una y otra vez el problema de su vocación. Decididamente, él no debía estar allí. Él debía marcharse. Todas las cosas le habían sucedido porque él, en el fondo, no quería ser cura.

Había momentos en que se analizaba sinceramente y hasta llegó a consultar textos. Terribles dudas le asaltaban sobre la validez de su ordenación, en el caso de que llegara al altar. Reconocía en estos momentos que llevaba a cuestas un crimen, aparte de la cadena larga de pecados y falsedades. Estas reflexiones le dejaban abatido, desolado. A veces lloraba.

Una de esas tardes se halló, distraídamente, junto a las tapias del cementerio nuevo del Seminario. Como si obedeciera a un llamamiento inapelable, entró en el recinto y se encontró frente a la tumba del Hermano Gabriel, la única ocupada. Y de nuevo oyó claramente la voz del Hermano aquella noche de su llegada: "¿Qué haces tú aquí?" Él tenía razón. El había visto con los ojos de la eternidad. Debía haberse marchado entonces.

Volvió a la celda. Pero antes fué a arrodillarse en la capilla. Su oración fué monótona e insistente:

"Tú sabes, Señor, que no puedo. Tú sabes que no soy digno. Ellos no lo saben. Pero a Ti nada se te oculta. Tienes que ayudarme a salir."

Al día siguiente, antes del desayuno, vino a avisarle el Bedel de que el Padre Rector le esperaba. Tuvo un sobresalto. Pensó que la llamada podía relacionarse con el teniente.

"Ya están las cartas boca arriba. ¡Mejor! Vale más salir de esto de una vez."

Conocía los modales ceremoniosos del Padre Rector. Aun para sus enfados más serios, el Padre Gándara no dejaba de usar todo un ritual majestuoso de rodeos teatrales y palabras pomposas. Su gesto y su voz iban subiendo por períodos perfectamente estudiados, para descender luego en el final suave y complaciente.

No pudo entrar porque dentro del despacho del Padre Rector estaba en aquel momento Gaztelorrutia. Por la puerta de la Rectoral desfilaban continuamente Padres, Hermanos y alumnos, cada uno hacia su sitio. Los Padres, hieráticos, se dirigían hacia el *Aula Consultationis*. Los Hermanos iban y venían de sus menesteres domésticos, trajinando. Ellos eran en aquella máquina de sabios un lubrificante de humildad, que permitía el funcionamiento sin que las palancas y los ejes rechinaran demasiado. Los alumnos del Seminario Menor entraban a las celdas de los Padres y salían en seguida. Debían de estar ya de despedida.

Gaztelorrutia tardaba en salir.

Que éste estuviera allí no era muy buena señal. Se trataba de un vasco con manías de inventor mecánico, con talento de músico compositor y cabezota cuadrada de filósofo. Libre, de criterios independientes, estudiando lo que le viene en gana: matemáticas, física, la teoría de la relatividad, grafología, psicología y hasta la teoría del átomo. Inteligente de veras, pero no prospera. Los Padres le ven poco serio, lo toma todo a broma, imitando con la voz y los gestos a Padres y Hermanos. Lo dejan dirigir el *Orfeón* del Seminario, pero no es de los preferidos, ni mucho menos.

Al poco rato comenzaron a llegar todos los del curso. Esto tranquilizó a Enrique. No se trataba, pues, de nada personal contra él. Claro que cada uno vendría según su ficha.

Llegaron a la puerta de la Rectoral Federico, Sueto, Camilo Cabrera, Medina, Abrisqueta, Cura y Tello; cada uno con su fisonomía y su misterio.

Al entrar en la Rectoral, Enrique tembló. Por mucha entereza que tuviera, en estos momentos temía como un niño. Acudió a la protección divina y rezó un *avemaría* prometiendo ordenar sus actos en lo sucesivo.

El Padre Rector solía recibir de dos maneras: sentado o de pie; pero en ambos casos con un gesto un tanto teatral. Muchas veces uno salía de su celda sin poder precisar bien el objeto de la llamada. Cuando parecía feliz paseando ante la mesa de despacho de caoba, emocionándose con la propia grandilocuencia, en el instante más solemne, se paraba, se quedaba pensativo, y bajando la voz, dirigía a su víctima una pregunta directa:

—¿Dónde permaneció usted durante la guerra civil? ¿Ha

dicho que ha formado parte activa de la Falange? ¿Cuál es la situación económica de su familia? ¿De no ser sacerdote, qué le hubiera gustado ser?

El Padre Rector tenía sobre cada seminarista una ficha completamente detallada. Los temperamentos eran para él relojes adecuados, relojes discretos, cada uno de los cuales daba la hora de una manera distinta, pero acordes con lo que en cada tiempo estuviera sintiendo y pensando la mano sabia que ordenaba y movía el ritmo puntual de la Comunidad. No podía darse improvisación, adelanto o retraso posible. Todo tenía que estar cronométricamente vigilado y medido.

Fiaba mucho de su persona y de su aspecto. Creía en la sugestión de su aplomo y de sus actitudes. Tenía sus proverbios y sus movimientos severamente estudiados. Primero seriedad, después ondulante indulgencia y, por último, gravedad serena. En el primer apartado, cabían el reproche, la insinuación severa o la censura. En la fase intermedia, se daban a granel dulces promesas, sugestiones y alientos. En la última fase entraba de lleno la advertencia, el consejo o el mandato.

Aun conociendo algo el juego, no era fácil sustraerse a la influencia de su sistema.

—Siéntese, prohombre —le soltó a Enrique para empezar.

Y comenzó a hablar en tono cadencioso y lánguido sobre la inercia peligrosa que entraña para un clérigo la dedicación al arte. El Padre Rector no hablaba del arte como técnica ni como estilo; hablaba del arte como si fuera una malla de hilos aprisionadores que, poco a poco, iban disecando el alma para toda misión sacerdotal. Había que ir dándole la razón con los ojos y la cabeza, cediendo métricamente al resorte observador e inquisitivo de su figura. Sus lentes, que recogían dentro todo el paisaje circundante, sus manos muy bellas, su tipo excesivamente decorativo, hacían que uno se convirtiera bien pronto a su lado en un muñeco vacío de la propia personalidad.

Sacó del cajón de su mesa una fichita color crema y empezó a darle vueltas plácidamente. A veces parecía abanicarse con ella, otras se la ponía ante los ojos para tapar un rayo inoportuno de luz. Magnetizado, Enrique miraba atentamente su pelo canoso, su talle, sus pisadas.

Era delicioso oírle hablar del humanismo clásico, de equilibrio y serenidad, viendo que las citas de Homero y San Jerónimo fluían de sus labios con precisión casi impersonalizada. Sin poner nada de su parte, o poniendo muy poco, el sujeto se iba insensiblemente sometiendo a todo lo que el Padre dijera.

Inesperadamente le preguntó:

—¿Valetudo? ¿Qué tal su importante salud?

—Ahora estoy mejor.

—Magnífico, magnífico, magnífico...

Y el Padre Rector se enfrascó en una perorata sobre la sensibilidad, el método de trabajo, el régimen alimenticio y la distribución del tiempo. De vez en cuando empleaba artículos y partículas latinas: *nimis, valde, satis.*

Todo parecía resumirse a mero expediente de la observancia más o menos estricta del estudio y la piedad, cuando bruscamente dijo:

—¿Qué me dice de sus vacaciones, de sus amistades, diversiones, espectáculos, ocupaciones, etc., claro es, dentro de lo honesto?

Le dejó hablar y mientras tanto, el Padre le miraba sonriente, haciéndole guiños, dándole la razón a veces o quedándose frío y mudo como una estatua otras.

—¿Y su trato con los seminaristas de su diócesis y con el clero?

También Enrique tejió su pequeño discurso, no sin dejar entrever algún silencio con los que demostraba sus flacos, flacos que el Padre atajaba con comentarios y consejos.

Ya estaba a punto de despedirse, según le dió a entender, cuando, de una manera inesperada, le preguntó:

—¿No ha pensado nunca si su puesto, con sus condiciones de escritor y demás, con lo cual puede dar tanta gloria a Dios, estará más garantizado dentro de una institución especial? Pues piénselo, piénselo.

Enrique no respondió. Salió más confuso y atropellado que

nunca. Estaba descontento de la entrevista y asqueado de sí mismo. ¿Por qué ya siempre tenía que fingir, suplantar la verdad? ¿Por qué seguía consintiendo en la farsa de su vida? Sus condiscípulos se iban congregando en un aula. Querían trazarse un plan para permanecer unidos en el apostolado cuando ya hubieran salido. El resto de la Comunidad estaba en el frontón, presenciando un partido.

Enrique se subió a su celda, desganado y abúlico. Se sentó a la mesa y estuvo largo rato con la cabeza reclinada sobre ella. Lentamente, como cuando la techumbre de un antiguo palacio comienza a calarse de lluvia y de ruina, las gotas de dolor que rezumaba su alma fueron haciéndose imprecación y salmo.

Pero todavía no lloraba con humildad. En su llanto había, sobre todo, rabia. Acaso, en algún tiempo, tuvo una vocación verdadera, pero ya le había sido arrebatada, por frívolo e infiel a la Gracia. Lo que sí era innegable es que necesitaba romper en un supremo esfuerzo las ataduras con que lo tenían aprisionado su soberbia y su vanidad. Sin embargo, ya faltaba poco. Tendría que dar el sí o el no decisivo.

CAPITULO XIV

Después de la fiesta del Corazón de Jesús comenzó la desbandada general. Los filósofos y los teólogos de los primeros cursos, iban abandonando el Seminario. Cada día era mayor el número de huecos en los bancos de la Capilla y cada día quedaban más mesas desiertas en el Refectorio.

Pero antes de dejar el Seminario el Padre Espiritual procuraba que todos hicieran un día de *retiro espiritual*. En unas horas de recogimiento se trazaban el plan de vida y los propósitos para las vacaciones. Había que fijar la distribución del tiempo y abolir, de antemano, cualquier ocasión de descarrío.

El Padre Espiritual acorralaba a las almas con tremendas amenazas. Decía: "Difícilmente te salvarás si eres perjuro a la llamada de Dios." El mundo llegaba a inspirar verdadero pánico. Las tentaciones brillaban entonces, con un encanto fascinador. Mas el Padre, de buena fe, creía que insistir sobre los peligros era una de sus obligaciones. Una cosa era la pureza del claustro y otra los pasatiempos mundanos: de ninguna manera se podían comparar. Si alguno se sentía atraído a las vanidades del mundo, había que temer mucho por su alma, pero debería quedarse en el pueblo. Quizá Dios se apiadara y le concediera otra vía de salvación; aunque esto era dificilísimo. El que habiendo sido llamado por Dios no obedecía a la llamada, no tendría salvación. La única y total realidad, la verdad plena, la dicha perfecta, el Cielo anticipado, era Cristo: el Cristo martirizado en la Cruz.

Los seminaristas salían con el corazón encogido; pero obsesionados por los peligros y las sorpresas del mundo.

El curso más fervoroso, naturalmente, era el de los ordenandos. Ellos eran los que más tiempo se pasaban junto al Sagrario, los que más *Horas Santas* celebraban, los que a más costosos sacrificios se comprometían. Habían ofrecido para aquel primer verano de prueba casi sacerdotal una hora de oración mental, media hora de examen, lecturas espirituales, retiros semanales, y una correspondencia asidua con el Padre Espiritual. El capítulo del apostolado también había sido muy estudiado; cada uno, al salir del Seminario, debería dejar en su puesto una nueva vocación conquistada por ellos.

El acto de despedida a la Virgen fué muy emocionante. Se cantó una plegaria que Buitrago había sacado de un libro de cánticos franceses.

Pero todavía cosechó más aclamaciones y plácemes una poesía que leyó Enrique, en la que pintó dramáticamente la vida de un seminarista en vacaciones. Terminaba pidiendo a la Virgen que fuese amparo constante de sus corazones.

Muchas fueron las flores que se deshojaron en el altar de la Virgen aquellos días. Casi todas ellas provenían de los jardines de los señores del pueblo. Los seminaristas subían con cestas de jazmines y claveles. Temblaban las manos en aquella poda olorosa y dolía el corazón con tan gozoso acarreo de pétalos. La imaginación de Enrique trabajó mucho aquella semana porque el altar de la Virgen fuera renovado todos los días y variado en su decoración.

Su alma sentía la devoción como siente la salud un enfermo: con el recreo y el tormento de un bien irremediablemente perdido.

Después de varios días de lluvia, el sol era más vivo, el verde más sedante y la brisa más fresca y acariciadora.

Los que se marchaban, lo pregonaban a gritos, con una ilusión desorbitada en las palabras y en los ojos. El Seminario era una gran verdad, una verdad imponente, maciza; pero había otras ocultas verdades, flúidas y atrayentes, que se respiraban en el aire y que sonaban a música trastornadora.

Los ordenandos hablaban de su futuro con exaltado celo. Se iban quedando casi solos, y gozaban de una elástica distribución del tiempo. Se pasaban la mañana entera paseando por la explanada, tumbados a la sombra de los pinos, discutiendo, leyendo o repasando los sucesos más salientes del curso. Por la tarde se iban a la playa y se pasaban las horas metidos en el agua o jugando al fútbol. Algunos salían de compras a la ciudad. Era solamente un pequeño interregno de descanso, mientras no empezaban las duras jornadas de los ejercicios espirituales.

El primer día de playa, los cuerpos desnudos tenían una blancura amarillenta, de marfil antiguo. En este Seminario se iba imponiendo un criterio moderno en relación con la higiene. No era pecado ducharse, tener bañador, albornoz, pijama y trajes de color. Poco a poco el sol y los baños fueron coloreando las fláccidas mejillas y los afilados omoplatos. Los cuerpos ajados por nueve meses de celda y paño negro, aquellos cuerpos sin ejercicio físico apenas, se mostraban macilentos y flojos, desde los primeros días. Eran cuerpos oprimidos y encogidos, que bruscamente, se tornaban bulliciosos y galopantes.

Los acontecimientos que más comentarios levantaron fueron los mismos de siempre: el resultado de los exámenes, los dislates de algunas notas, la ruina de alguna puntuación, la glorificación de los *summa laude*.

Algunos *nueve* y *diez* valdrían pronto cargos privilegiados en la Curia. Los *ocho* presuponían un antecedente óptimo a la hora de las oposiciones. También la constante del *siete* y la medianía del *seis* cosechaban sus ventajas en la diócesis. Muchos eran los obispos que reclamaban licenciados y doctores para las aulas de sus Seminarios. Había incluso órdenes religiosas que enviaban allí a sus alumnos más precoces con tal de disponer de elementos aptos para el magisterio. Lo grave era quedarse en el *cinco* por pereza o nulidad. Había entonces que repetir el examen en el mejor de los casos hasta dejar salvado el justo nivel. De lo contrario, la vocación dejaba de valer lo que podía o debía valer. Sin embargo, el Padre Espiritual sacaba provecho de estas desgracias. Para él muchos *nueves* y *dieces* podían ser causa de perdición y muchos *cincos* habían sido y podían ser fuente de méritos. A él le interesaba, sobre todo, la parroquia, la sencillez del apostolado y, para esto, mucho estorba a veces el endiosamiento de los sobresalientes. Lo único que en realidad importaba era ser santo. Era, también, lo único que las almas ansiaban. No siempre corrían parejas la inteligencia y la virtud. Más bien se podía demostrar lo contrario. Pero, lamentablemente, allí se cotizaban, quizás demasiado, las notas brillantes y según las puntuaciones se distribuirían las futuras categorías del clero. Junto a esto, siempre ocurrían desastrosas experiencias. Había quien sucumbía a las primeras pruebas, y había también los que agotaban su salud en la empresa. De la noche a la mañana tenían que abandonar el Seminario, aquejados de trastornos mentales o tocados de otra enfermedad grave.

La tarde en que se marchó su paisano Andrés, Enrique bajó al coche de línea a despedirlo. Otros seminaristas se iban en el mismo coche. A Enrique le dió pena comprobar lo ridículo de los cuerpos de sus compañeros enfundados en los trajes, que se movían con la sensación de una lastimosa desnudez. Habituados al tapujo de la sotana, aquellas piernas y aquellos brazos, alicaídos y apocados, no sabían moverse. A las leguas se notaba un aire cohibido, característico. En el coche iban también muchachas desenvueltas y bulliciosas que acentuaban con su presencia el encogimiento de los muchachos. Casi todos se despedían con una dulce tristeza en la sonrisa.

Diez días después de los exámenes, se habían quedado ya completamente solos los ordenandos. Hasta los mismos Padres iban saliendo hacia sus residencias veraniegas de la costa o hacia la planicie castellana, según el dictamen facultativo del Provincial.

Ahora era para Enrique más difícil aislarse. Sin embargo, aunque seguía la vida y la distribución del tiempo de sus compañeros, su alma permanecía ajena, como embotada. La ordenación era inminente. Sin embargo, él esperaba aún que algo externo viniera a removerle, a obligarle. Esperaba que algo sucedería que, en el último momento, sacase a su enferma voluntad de aquel sopor. Siempre había sucedido así. Siempre él se había dejado arrastrar por los hechos e impresionar por algún acontecimiento que le electrizase.

Los momentos de mayor tormento para él eran los ratos de capilla, los momentos obligados de oración y los instantes inevitables de las visitas a los Padres. Tenía que hacer verdaderos esfuerzos para aguantar un cuarto de hora de iglesia. Mientras los demás ordenandos leían o meditaban, totalmente ajenos al cansancio y al aburrimiento, Enrique se entregaba a ensueños y monólogos, incapaz de concentrar su espíritu.

Una cosa le mantenía aún en expectativa: la tardanza en recibir las Letras Dimisorias. ¿Habría surgido algún conflicto? Mientras este documento no llegara, no había prisa en tomar una decisión.

Las cartas de su madre ya no le hacían efecto. Alguna la había tenido hasta tres días sin abrir. Se imaginaba su contenido: frases y más frases de exaltado fervor y desbordante alegría por verle ya pronto ordenado. Se sentía la madre más feliz del mundo y ardía en deseos de abrazarlo ya consagrado enteramente al Señor. Todo eso le producía a Enrique un dolor insoportable. Las cartas se quedaban sin abrir o se rompían a medio leer. ¿Por qué para él no era bastante a arrastrarle, como a otros, esta ilusión ciega de la madre? Cada día le dejaban más frío, más insensible. Sin embargo, era por ella, quizás, por lo que necesitaba más valor para abandonar el Seminario que para quedarse en él.

Por eso también, mientras su alma naufragaba en la vacilación y en la apatía, se dedicó por aquellos días a escribir él mismo cartas llenas de decisión y de mística entrega. Al hermano de Isabel le escribió en términos sosegados y confortantes. Aunque él no se consideraba merecedor de esta gracia, Dios le quería y su camino estaba trazado. Con su primo Alfredo se mostró más expresivo y duro. En estilo ardiente abominaba del mundo y de sus locuras. Pero la carta más apasionada y hermosa fué la que escribió a su madre. Al escribirla él mismo había llorado. Cuanto más caído estaba, más se sentía en el deber de adormecer a su madre con aquellos arrebatos que no existían sino en su imaginación y en su rapto de piedad filial.

Después de escribir estas cartas él mismo pareció sugestionado por sus protestas de fervor y de unción apostólica. Estaba decidido a ser sacerdote y nadie sabría lo que le costaba. Sólo Dios. Esta idea le producía cierto endiosamiento interior y una especie de orgullo por su sacrificio. ¿Qué sabían los demás de lucha interior, incluso los mismos Padres? Si a él le costaba más, es que su holocausto valía también más. Si había vacilaciones y oscuridades en su espíritu, es que su destino no era nada vulgar. Es que él había nacido para la aventura fenomenal, para el sacrificio heroico, sublime, de una hermosura que le producía éxtasis.

El recuerdo del incendio y de su aventura en la ciudad había pasado ya a una región vaga. Le costaba trabajo admitir que hubiera sido él mismo quien había vivido y participado de aquella hecatombe. Tampoco la muerte del teniente le inquietaba ya. Su sombra jocosa y abyecta dejó de causarle remordimientos; el teniente había querido suicidarse y se había suicidado.

Comenzó a ocuparse y entretenerse en detalles secundarios con una complacencia casi infantil. Componía cuidadosamente la lista de invitados a la ceremonia de su ordenación. Eligió la cartulina y la estampa que había de enviar. No le pondría como cita sagrada ninguna frase del Antiguo o del Nuevo Testamento, sino una frase suya, una frase que expresara todo el desgarramiento de su entrega al Señor. Se pasaba largos ratos meditando y componiendo esta frase.

Al mismo tiempo incurría, cada vez más, en la vanidad de pulir su persona. Se cuidaba del pelo exageradamente, usando brillantina y pensando que de este modo la tonsura resultaba más destacada. Se esmeraba en el afeitado y en el cuidado de sus manos. Hasta la sotana y los zapatos exigían ahora un esmeradísimo cepillado.

Y no sólo la indumentaria y la persona, sino hasta los gestos y las palabras comenzaron a sufrir revisión. Evitaba las irritaciones, los exabruptos y las violencias. Estudiaba una compostura afable e indulgente. Los compañeros creían que la proximidad de las Órdenes había aquietado y serenado su espíritu, un tanto independiente y rebelde. Prodigaba ahora las frases tolerantes y benévolas, la sonrisa comprensiva y melancólica.

Llegó el día de entrar en el retiro para los ordenandos. Iban a permanecer ocho días de "ejercicios". Ese mismo día recibió Enrique varios paquetes. Uno de ellos contenía un roquete bordado en seda con fiador de oro y muchas puntillas. Era el regalo de su tía la Abadesa de las Agustinas. De la Marquesa de C. recibió un precioso manteo. Un amigo, rico comerciante de Valencia, le enviaba un reloj de oro. Recibió también mil estampas con reproducciones artísticas de Salzillo.

El Padre Prefecto avisó que toda la correspondencia acumulada durante los días de retiro la entregaría después de la ceremonia.

El último paseo que dieron los ordenandos fué larguísimo y los acompañó el Padre Prefecto. Entraron por el Parque del Palacio del Marqués y atravesaron sembrados, bosques, aldeas y riachuelos. De vez en cuando, tropezaban con alguna casa solariega en ruinas: el escudo cubierto de musgo, las columnas rotas, las paredes desmoronadas, publicaban la extinción de una estirpe, la bagatela de un apellido ilustre. Al ver las obras modernizadas de una granja, el Padre Prefecto les reveló detalles sobre las obras del Colegio Hispanoamericano. Ya contaban con algunos donativos apreciables, pero se esperaba sobre todo la gestión del Padre Rector con el Nuncio. El Gobierno seguramente cargaría sobre sus hombros con lo más costoso del proyecto. No en vano aquel Seminario era una lumbrera nacional y la cantera más fuerte del catolicismo español.

—¡Hay que explotar el momento! —completó el Padre Prefecto sonriendo.

El rencor de Enrique contra el Padre Prefecto iba en aumento. Siempre lo tenía a su lado, reservándole un porvenir radiante y quizás por esto le odiaba más.

Al regresar, hastiado, al Seminario, se encontró sobre la mesa un solemne documento. Sentado en la cama, fué leyendo su tradicional texto:

Declaratio propria manu subscribenda: "¡Ya está aquí!" *a candidatis in singulis* SACRIS ORDINIBUS *suscipiendis, juramento coram Ordinario praestito.* Un papel de éstos lo contiene todo. Empieza: *Ego subsignatus*... Aquí, Enrique, tu nombre y tus apellidos. ¡Ponlos ya! No, con cuidado; no vaya a caer un borrón. Enrique... Mi nombre no es sólo un nombre, mi nombre soy yo, que tengo un destino propio, un destino único, un destino mío. Y abajo vendrá la firma... Si no hubiera ocurrido todo lo de la guerra, quizá tampoco tuviera yo tanto que pensar. Aunque ahora ya no hay que pensar nada. Lo de Pilatos: *Quod scripsi, scriptum est.* Uno es libre, pero no lo es. ¡Adelante! *Exhibueri, pro recipiendo*... Todavía en estas primeras Órdenes cabe un arrepentimiento, pero las que vienen después, ésas... ponen la carne de gallina. Las otras son las decisivas. Ahora no hay voto. Todavía... *Ordine sacra instante Ordinationem ac diligenter re perpensa coram Deo, juramento interposito.* "Juro por Dios y por España", que el trigo escondido... (De internis neque Ecclesia.) Prosigue: *recipiendo eodem sancto Ordine:* ¡A ordenarse! A ver quién es el guapo que ya, casi saliendo de la sacristía, se vuelve atrás... Con una madre esperanzada no se puede hacer eso. Ni con los demás tampoco. Todos me mirarían con la burla que se dispensa a los vencidos, con esa sonrisa... No hay quien rompa el nudo, se cierran los ojos y ¡adentro! Más bien debería retirarme. ¡Ah! Sí, la gracia de Estado. Lee: *Sed ipsum sponte exeptare, ac plena liberaque voluntate eundem velle, cum experiar ac sentiam a Deo me esse revera vocatum.* Ser llamado, llamarse. Querer: Querer es poder. Con Dios se entendería uno, directamente, mejor. Al principio, al hablarle de pesadillas, remordimientos, crueldades, recuerdos, la réplica del Padre Espiritual: "¡Tontadas, tontadas, hijo! El crucifijo. Las disciplinas... Eso, ¡nada más!"; la anulación. Todo es cosa de entrar en el rodaje de la máquina; después, engranaje y girar, como burros, alrededor de una noria, con los ojos tapados, dando vueltas, sacando agua o estiércol, lo que sea. Sigue: *Fateor mihi plena esse cognita cuncta onera, cesteraque ex eadem Sacra Ordine dimanantia.* Por ahora, vestigios de liturgia: tocar la campanilla, leer en el púlpito novenas y rosarios, guardar la llave de la iglesia, expulsar los demonios... *Quae sponte suscipere volo ac propono, eaque me vitae curriculo, Deo opitulante, diligentissime servare constituo.* ¡Muy bien puesto que Dios ayudará! No basta con querer. Hace falta la ayuda de Dios. Y esa ayuda... ahora viene lo gordo: *Praecipue quae explere atque integre servare eaque ad extremum, Deo adjutore, firmiter statuo.* No hay escape. Hay veces que no. Es el agua que se estanca la que cría musgo. Hay en el tránsito de Santo Tomás un cuadrito de un autor alemán, que no sé cómo se llama. Esta misma tarde estuve contemplándole. Y me llena de tristeza verlo. Es preciosa aquella triste figura difuminada de mujer. No por la carne, sino por la nostalgia de que está rodeada. ¿Qué espera, qué sueña...? Me paro allí, atontado, mientras los demás recitan pastorales y citas. Se refiere a la cautividad del pueblo judío. Esa hebrea, tan melancólica, sentada bajo un árbol frondoso, en el centro del grupo de desterrados, escuchando todos un instrumento de cuerda, da ganas de llorar..., porque su mirada está clavada en algo lejano, está como encantada en su dolor, pero se adivina algo de desesperación en sus ojos. Los protestantes y los del rito oriental pueden pronunciar nombres de mujer: Margarita, Magdalena, María... Música en el viento y en las olas, música en los colores. ¿Seré capaz de hacer nacer vocaciones en otros pechos de muchachos y niños? Quizás yo crearé vocaciones, llegarán ellos a la cima y acaso yo viviré en este desconsuelo brutal... El último párrafo, el de la firma: *Denique sincera fide spondeo jugiter me fore ad norman SS. Canonum obtemperaturum ob sequentissime iis omnibus, quae me praecipent Praepositi, et Ecclesiae disciplina exiget, paratum virtutum exempla praebere sive opere sive sermone adec ut de tanti officie susceptione remunerari a Deo mereat.* Yo iba hacia arriba, yo era fuerte, y... en unos meses... ¡Cómo he caído! Ya antes, en los veranos... Pero nunca ocurrió nada grave, nada definitivo. ¿Y la noche del incendio? Es verdad que tampoco ocurrió nada. El fuego lo impidió... ¡La firma! *Sic spondeo sic voveo, sic juro, sic me Deus adjuvet et haec Sancta Dei Evangelia quae manibus meis tango."* La fecha... Ahora la certificación del Rector, diciendo que el juramento ha sido otorgado."

Releyó el documento. Pero la lectura de tan conciso juramento, en vez de esclavizarlo a reflexiones decisivas, le fué sumiendo en un desaliento total. Él esperaría, esperaría, aun desligado de todo. No firmó ni escribió nada.

Sin embargo, no era tan fácil dejar el Seminario... Bajó a la explanada como un sonámbulo, repitiendo:

"¡A capitular! ¡Capitulación!"

Por la senda florida de Miramar paseaban, mohines y cabizbajos, los ordenandos; algunos de ellos con expresión de beatitud; otros, más pacatos, como aburridos.

Paseaban en silencio. El Noli iba pisando las babosas y arrastrándolas con el pie hacia el prado. Gerardo se sentó en un banco mirando con ojos vagos la azul lejanía del mar. Tomás caminaba con los ojos bajos. Juan pasaba cuentas del rosario. Escoriaza andaba algunos pasos y se detenía. Eran unos cuarenta seminaristas que se preparaban a subir, paso a paso, las primeras gradas del altar.

Se sentó bajo los pinos. Le murmuraban las ramas dolorosas confidencias, mientras cantaban y silbaban los mirlos. Caían hasta el suelo simientes y piñas que rodaban por el prado.

El perro del Seminario se acercó a él y estuvo lamiéndole la mano. Aquel perro, del que decía Gerardo que discurría en silogismos, parecía presentir la jornada postrera de Enrique. Era posible que aquellas palmaditas al perro del Seminario, dijeran mucho más que sus últimas conversaciones con el Padre Espiritual. Se le desarraigaban del alma cosas muy queridas y sólo unas palmaditas cariñosas a un ser inexplicablemente sentimental podían descubrir su tedio y su desconsuelo.

Sobre el mar iba cayendo un polvillo traslúcido, frío. Pasaban los barquichuelos por la costa, a grupas de las olas, como jinetes cansinos.

Entre las manos tenía Enrique las obras de Santo Tomás. De los místicos, apasionados y sufridos, había exprimido él algún valor. La vida hacia Dios era lucha y mientras el corazón se acongojaba en pesadumbres de eternidad, Dios estaba a la vista esperando amor.

"¿No podría yo salvarme *fuera?* Hay que ser más valiente ahora mismo para irse, que para continuar. Seguir es lo fácil, tenderse en el suelo, decir que sí, y subir las gradas, *tanquam oves ad occisionem!!!*

Todavía su ordenación era una cosa hipotética, pero posible. Sueño de su niñez que se evaporaba como las gotas de agua en un cristal cuando las besa el sol. Ordenarse había sido también anhelo de su adolescencia, su adolescencia que era ahora como el roce intacto de una flor sobre los párpados, puro ensueño hacia un ideal. Y en su juventud, cuando se imponía el comprobar la vocación, había surgido la mujer. La mujer, la imaginación, acaso la literatura, los sentidos...

—"Me tendré que ir, me tendré que escapar en silencio. Las palabras no explicarían nada. ¿Cómo comenzar ahora por el principio? Me da ya todo lo mismo. No es Isabel y es Isabel. No es la vida y es la vida. Soy yo, yo que no me explico a mí mismo, que no me entiendo. Que no puedo..."

Estaba abrumado. A pedazos se le desprendía el alma. Estaba a punto de ponerse a gritar en medio de la explanada: "¡Amigos míos, perdonadme, pero me voy...! ¡Os dejo...!"

Aunque quería a algunos, a todos les fundía en aquel momento en una fila compacta de rencor. Tenía que despreciarlos a todos para justificar su impotencia o fracaso. "Tú, a labrar, a la siega, Tú, a una tienda de tejidos. Tú, a una oficina de seguros. Tú, guardia urbano. ¡Sí, sí, veterinario! Tú, oficinista, claro." Y dejaría sólo a los ardientes, a los locos, a los caritativos exclusivamente. Y a los demás, ¡fuera! Que los arrastre el mundo. A purgar, a expiar, a luchar. No le molestaban los descontentos, sino los que se acomodan para no sufrir las violencias del espíritu.

Sonaron unas palmadas en la puerta de la iglesia. Los ordenandos acudieron resignadamente. Enrique no se levantó del banco. Varias veces hizo por levantarse y otras tantas continuó sentado. ¿Para qué? Si aún se sintiera más fuerte, si no estuviera tan caído, se iría a la China. Pero todo estaba perdido, todo...

"Míralos, qué mansos van los dos, Puente y López, un par de pobretones andaluces deslumbrados por el oro, la mirra y el incienso. Puente tiene gracia, cara de gitanillo triste, ademanes de torerillo campero. Un soñador infantil, que se sacude la mosca como puede, porque para él la vocación ha llegado a convertirse en un terror supersticioso, en gran parte miedo a todos los respetos, a los señoritos y a la familia. Sabe del mundo cosillas, en la guerra acaso lo probó todo, pero ahora... Tendrá tentaciones y sus dudas contra la fe, pero subsiste enroscadito, suplicando, afanoso de suplir con bondades de su alma las traicioncillas de su corazón. Hará bien, será al fin de la jornada un buen curita de Andalucía, organizará rifas para los pobres, compadecerá la miseria... Ya le está cuchicheando al oído López, este ganso con talla de peón de puerto, vago, consumado pancista y vividor. ¡Si lo conoceré yo! Ha encontrado su truco para curarse con lo de cura a base de una pimienta y sal que parece inofensiva, pero que es pura cazurrería. La tripa, la vidorra, misas cantadas, novenas, responsos, bodas, sermones, bautizos... Podía haber sido masajista de un hotel de lujo, porque tiene facha de mozo verbenero. Se cree guapo y presume, se sabe las canciones de moda, persigue a las chicas con el rabillo del ojo, y vengan genuflexiones, canto gregoriano y... pasando. Éste es de los que creen que todo consiste en que no le cojan a uno con la mano en la masa. Me crispan estos tipos que son capaces de rezar durante tres horas padrenuestros y avemarías con esa calma, y luego... ¡nada de espíritu! ¡Claro, clarito, peca uno, se confiesa y a otra cosa, mariposa! Pero esto no es verdad. Ahora pasa Vallina, el tipo más claro, sencillo y bueno de todo el Seminario. Esa risa suya sí que suena a verdad, ahí no hay problema ni trampa. Para mi juicio le sobra método, tanto fichero, tanto A B C; pero está orientado para llevar las sotanas limpias y con decoro. Acaso, acaso le falle la salud un buen día, que es muy fácil, y entonces se habrá perdido la Iglesia uno de los que valen por diez. Y Juan, allá va Juan también. Un santo. Todo mansedumbre y caridad. ¿Por qué no seré yo como Juan? Es el único, el único por quien me cambiaría... Ya están entrando en la capilla, todos han entrado. Ni uno ha vuelto la cabeza para ver que aquí me quedo yo..."

Se prolongaba el apagamiento del crepúsculo con una rica profusión de luces. El sol se trasponía lentamente y, por las montañas, sobre los colores ya apagados, iba posándose una neblina fría, inmaterial. Los ruidos parecían flotar en el espacio inmenso. Las olas morían antes de nacer.

Se levantó y cogió una margarita. Empezó a arrancarle los pétalos preguntando si se dirigiría a la capilla, o al pueblo. Salió que debía reunirse a los demás ordenandos.

Pero mientras subía los escalones que conducían a la iglesia miraba al pueblo con fijeza. Era como si alguien le llamara y le estuviera esperando.

Se colocó en el último banco.

El Padre Espiritual rezó las preces de costumbre y, antes de levantarse, pobló la capilla de rugidos desgarradores. Sombras caóticas y visiones espantosas se movían alrededor de un catafalco mental. Clamaba apocalíptico:

"Muchos, muchísimos, por menos pecados que los nuestros están ardiendo ya, ardiendo..."

Enrique se reprimía. Sentía deseos de echar a correr. No se

explicaba cómo aquel antagonismo virulento no levantaba ampollas en las almas lo mismo que los tizones en la carne de los reos.

La figura deforme del Padre se movía en un paroxismo de orgía frenética. Revoloteaba un murciélago extravagante por encima de su huesuda calva. La lamparilla del Sagrario despedía un fulgor póstumo, de auténtica agonía. Clamaba:

"Y podemos morir esta noche, cualquiera de nosotros..."

Enrique lo escuchaba descompuesto. Se sabía desquiciado definitivamente.

No era suficiente con el anhelo. Estaba cruzando una zona pantanosa, se le hundían los pies en el barro.

Decía el Padre, botando en el sillón:

"El cuerpo es podre, podre. ¡Nada más!"

Recordó Enrique a su Cura Párroco: grasiento, barrigudo, con la nariz colorada y el cuerpo hinchado. Efectivamente, podre. Sí.

—Y el cuerpo se hará gusanos, todo gusanos...

Y se acordó del Noli inconscientemente. Sí, se rascaba como si por el cuerpo le corrieran gusanos. Allí le tenía hurgándose en las piernas. Efectivamente, viscosidad de gusanera.

Decía el Padre pegando puñetazos en la mesita:

—¡Y morir con Cristo, habiendo sido fiel, tiene que ser el mayor consuelo...!

También el buen ejemplo existía. Enrique había asistido a la muerte de su tío, coadjutor de una parroquia célebre de Valencia. Su tío era intachable. Nunca había podido sospechar en él ni la más leve falta ni la más pequeña debilidad. Todos se hacían lenguas de su llaneza y de su bondad. Él mismo había leído sus "apuntes espirituales" y había tocado sus disciplinas empapadas en sangre. Podía haber alcanzado cargos importantes y había renunciado llanamente a los honores y a las prebendas. Su sabiduría se limitaba a saber que el hombre es flaco y está rodeado de peligros, pero que puede salvarse si confía en la misericordia del Señor y pone de su parte cuanto puede. ¡Si él hubiera podido ser como su tío...!

La plática preparatoria del Padre finalizaba. Fascinaba verlo de rodillas, con los brazos en cruz, traspasado de una sed formidable de estertores. Machacaba:

—Antes morir, morir esta noche, morir ahora mismo, morir siempre, morir con la muerte más horrenda, antes que profanar el sacerdocio...

Las cabezas de los seminaristas se hundían en tierra, abatidas, como frutas barridas por el viento.

Enrique sentía frío y sacudidas en las sienes. Sentía también un desmayo invencible. Abandonó la iglesia.

"Esto se acaba. Quise, pero no pudo ser..."

Veía ahora claro que su aturdida tenacidad era sólo un desesperante reto de orgullo. Sólo por eso había resistido hasta ahora.

"Si me ordenara diría que *no* por dentro. Soy incapaz de cumplir ese voto..."

Se dirigió a la Enfermería. Sólo las palabras del Hermano Enfermero tenían para él virtud curativa. Entre simples bromas, allí se aflojaba la tirantez de los sentimientos reprimidos.

—Hermano: Hágame un ponche.

—¿Qué le ocurre?

—Nada.

—El que nada no se ahoga, hijo.

—No me ahogaré.

—Hay gentes que se ahogan en un vaso de agua.

—¿Soy yo de ésos?

El diálogo no era normal; descubría una violencia originaria.

Enrique cambió de tono. ¿Se lo diría todo? ¿Le diría que el teniente no se había suicidado? ¿Le diría que estaba enamorado sin saber de quién?

—Creo que vuelve a cuidarse demasiado —le dijo el Hermano, como sin darle importancia. Enrique rompió el hielo de un modo brusco.

—¿Qué opina usted de los que dejan la carrera?

—¿Por qué lo dice?

—Por nada y por todo...

El Hermano se inquietó. Su voz vacilaba:

—Opino que ¡allá ellos! Pero, eso sólo lo sabe Dios. Muchos, más vale que la dejen. Otros, se arrepentirán de haberla dejado.

El Hermano se puso a hervir una jeringuilla. Enrique se arrimó a la ventana. De los bosques ascendían columnas de humo que se perdían en el azul descolorido.

Salió al tránsito de los Padres. El Padre Domingo había salido; su tablilla indicaba: Alrededores. Era una lástima que no estuviera. Aquel hombre nimio, bonachón, inocente, había sido su refugio en ocasiones.

Pero no estaba. Del claustro de los Padres, Enrique se fué dando vueltas por las terrazas. Algunas celdas estaban ya vacías. El colchón arrollado, la palangana puesta del revés, el baúl atado y el estante tumbado. En otras, se veía sentado a algún ordenando con los brazos sobre la frente, en actitud taciturna. Otros pasaban, soplándolas, las hojas de los breviarios recién estrenados.

Bajó a Miramar. En la sala de música se escuchaba un pitido silbante; algún Padre estaría buscando una emisora extranjera. Por aquellos días, la guerra submarina dividía al Seminario en dos bandos irreconciliables. Unos, seguían adictos a la potencia de Alemania; y otros, hasta el porvenir del catolicismo lo fiaban al triunfo de los aliados.

Recorrió preocupado el jardín. El boj y los evónimos crecían pomposos, simétricos. Caían al suelo pétalos marchitos. A su paso una nubecilla de mosquitos avanzaba por el aire.

Al pasar junto al estanque las ranas callaron y se zambulleron en el agua. Al rato, algunas asomaban la cabeza y hacían vibrar su ronca flauta.

El pueblo parecía congelado a través de la niebla. Torres, ventanas, cristaleras y jardines parecían petrificados. Las personas se movían como sombras en un turbio crepúsculo.

Una gran desazón le oprimía el pecho. Se sentía desalentado y, al mismo tiempo, osado, porfiadamente resuelto. Sonaron las campanadas del Angelus. Los Padres que pasaban por la explanada se quitaron reposadamente los bonetes y permanecieron quietos unos instantes. Enrique se santiguó maquinalmente.

Sonó la campanilla para los ordenandos. Enrique esperó unos

momentos a que entraran todos. Luego, lentamente, se incorporó al grupo.

Ya en su celda, estuvo escribiendo cartas interminablemente. Cartas que luego rompió una por una en menudos pedazos.

Casi clareaba cuando se acostó. No le fué posible dormir. Se levantó y se fué derecho al espejo. Se palpó el rostro desencajado. La lucha sostenida había dejado sus huellas.

Amanecía. Un sol macilento no lograba traspasar las nubes. Caían gotitas menudas sobre los campos. Cantaban y chillaban los pájaros.

Sacó la maleta de debajo de la cama. La dejó en medio de la habitación y se acostó. Al poco rato se quedó dormido.

CAPÍTULO XV

Le despertó un toque de corneta. Pero no la de los barracones. El toque era muy distinto. Había amanecido un día brumoso y triste.

—Pero, ¿qué es eso? —se dijo al mirar hacia la explanada. Un runruneo constante de motores iba invadiendo la placidez del monte. Bajaban de los camiones picos, palas y sierras. Una veintena de obreros iba y venía por la Tejavana siguiendo las instrucciones del Hermano Iturralde.

—Por aquí, ¿eh? —ordenaba.

Y se le obedecía ciegamente. Enrique no comprendía nada. Probablemente otros seminaristas que también estaban asomados a las ventanas de sus celdas tampoco acababan de entenderlo. Pero la cosa estaba clara. Se trataba de talar la pineda de Miramar, una pineda breve y bonita como un lunar en la mejilla de una muchacha. De los camiones, que seguían llegando, los obreros descargaban con gran diligencia sogas, ladrillos, sacos de cemento y herramientas.

La voz del cachazudo Hermano Iturralde arengaba:

—A la una, a las dos, a las tres... ¡Vaaa!

—¡Ahoraaa! —coreaban los obreros.

Y los pinos caían con gran estruendo de ramas y troncos. Conmovía ver los pinos descabezados en tierra. En aquellos pinos majestuosos, unos centenarios y otros muy tiernos, había visto Enrique posarse en las tardes de tormenta y en los amaneceres multitud de pájaros y parejas de palomas. A su sombra había pasado él los mejores ratos del Seminario, aquellos en que había considerado como la mejor de las suertes haber abandonado el mundo y aquellos otros, también, en los que había soñado volver al mundo, aunque derrotado, con la cabeza erguida.

Los pinos en el suelo parecían gladiadores muertos traidoramente por la espalda.

Era increíble tanta diligencia y a horas tan tempranas. A Enrique le parecía estar soñando. Vió venir al Padre Procurador y al Padre Rector.

—Suspenderán esta carnicería —se dijo.

El Padre Procurador saludó con mucha corrección a un tipo medio rubio con altas botas de cuero. Debía de ser el capataz de las obras. También el Padre Rector dió la mano a aquel hombre. Luego sacaron una libretita y unos planos y estuvieron señalando en varias direcciones.

La explanada exhalaba esencias de muchas primaveras pasadas. Bajo aquellos pinos cientos de muchachos habían entablado trascendentales duelos consigo mismos. Unos habían sido derrotados por la maldad del mundo y habían vuelto quizá los ojos atrás cuando ya estaban a punto de poner la mano en el arado; otros, neciamente, sin escuchar la voz interior que les gritaba su fracaso y les aconsejaba alejarse antes de que fuera definitivamente tarde, habían acabado recibiendo una bendición que les iba a pesar como una losa durante toda la vida. De vez en cuando, algún pino se resistía y entonces Enrique ponía un gran empeño en que no cayera, como si en aquel pino estuviera simbolizada su vida. Su camino era justamente no tener camino, estar en el aire tambaleándose, sin saber si las raíces resistirían o no los golpes del hacha. Pero la voz del Hermano Iturralde era cada vez más enérgica:

—A la una, a las dos, a las...

—¡Abajo! —gritaban los obreros sin dejarle terminar.

Los pinos se entregaban, seguían cayendo a tierra, doblegaban mansamente su frente altiva y rumorosa.

Los pinos caían como caerían en tierra los cuerpos de los ordenandos ante el Obispo.

Enrique puso un gran coraje en la rebeldía de un pino que se negaba a todos los tirones y golpetazos. Era su pino predilecto, un pino augusto y despreocupado, color de ceniza en los días de niebla, pino de oro al amanecer, pino en llamas al ocaso. Debajo de este pino había un banco y precisamente había sido bajo sus ramas, que habían conocido nieves, vendavales y chubascos con la mayor serenidad, donde el Hermano Gabriel le había profetizado a él su destino. No quería verlo horizontal como los demás, dispuesto para entrar rápidamente en la serrería. Ya el montecillo había perdido su sabor clásico. Ahora comenzaba a aparecer como la cabeza pelada de un hospitalizado.

—Seguramente han recibido dinero, algún donativo fuerte, y van a comenzar las obras.

Sonó una trompetilla bufa y al instante todos echaron a correr alejándose. Retumbó un barreno y el pino más querido de Enrique salió de la roca despedazado. Aquel prado parecía ya un campo de batalla. Inmóviles, abatidos, todavía con las gotas del rocío y quizá con algún nido entre el ramaje, los pinos iban siendo transportados en carretas. Sus frondas, al arrastrarse por el suelo de la explanada, levantaban una blanca polvareda. Pinos que pudieron morir atravesados por un rayo o arrancados por un ciclón, morían tontamente al lado de una grúa, habiendo perdido toda su arrogancia. Daban realmente pena.

De pronto, Enrique vió que los obreros se arremolinaban junto al Hermano Iturralde.

—¿Qué habrán descubierto? No faltaba sino que hubiera un tesoro debajo.

El Hermano Iturralde, al querer desarticular de la peña un

trozo de tronco, se había dado un golpe en un pie con un hacha. Lo conducían a la Enfermería.

A poco se oyó la campanilla que llamaba a los ordenandos.

Enrique siguió todavía un rato pegado a la ventana. Inesperadamente le inundaba una gran sensación de fuerza y optimismo. No tendría en lo sucesivo necesidad de sentir y dilatar las cosas. Aceptaría su destino con todas las consecuencias. Había llegado el momento de tomar una determinación y hacerse responsable de ella hasta el fin. Ahora era cuando estaba de más. Hasta el final cabía esperar que su naturaleza y su imaginación cedieran a la Gracia y a la disciplina. Pero ya su voluntad no tenía nada que hacer. Se hallaba gastada casi por entero. Con la poca que le quedaba debía entrar en el mundo y empezar una vida nueva.

Abrió la maleta y metió en ella alguna ropa. Se lavó y comenzó a vestirse. El traje estaba algo arrugado y tampoco la corbata era muy nueva. Pero podía pasar. Llevaría encima todo el dinero que le quedaba, no demasiado. Con ello tenía que llegar a alguna parte. Otros seguramente habían comenzado con menos.

De todos modos, las paredes de la celda parecían agarrarle con dedos invisibles y el mismo espejo parecía decirle que él no sería capaz de hacer aquello. Sensatamente no podía hacerse. No era lógico permanecer años y años encerrado en un claustro y, en el último momento, salir con que no era eso lo que uno deseaba. Aquella huída a última hora sería tomada por todos como la mayor de las cobardías. Sobre todo que Enrique recordaba, ahora mejor que nunca, aquellos años, meses, semanas y días en los que había vivido feliz, completamente feliz, dentro del Seminario.

Guardó en el baúl a toda prisa las cosas por las que tenía algún afecto y rompió cartas, apuntes, fotografías, sin someterlas casi a examen. Se metió en el bolsillo una de las últimas cartas de su amigo José María. Tenía que salir cuanto antes. No quería dar explicaciones de ninguna clase. Tenía que salir antes de que los ordenandos abandonaran la capilla.

Más de una vez, como una alucinación, se figuró que su

madre abría la puerta de la celda y se echaba a sus pies pidiéndole que no hiciera caso de aquella tentación. Llorando le pedía que no se expusiera de aquel modo a la condenación eterna. Recordaba con todo detalle aquella parábola que ella le había contado tantas veces, de aquel seminarista que dejó el Seminario porque le parecía pesada y dura la vida allí dentro. Se fugó del claustro ansioso de libertad. Pero la vida le maltrató horriblemente. Parte sabrosa de la parábola era que Dios no perdona estas retiradas de ningún modo. Los que han tenido en sus manos el más alto don que cabe poseer en la tierra y lo desprecian, luego han de sufrir todos los fracasos y amarguras. Nunca pueden tener paz ni ser felices. Son mirados como unos descastados, prófugos y miserables a quienes nada puede salir bien. Terminaba la alegoría con que el renegado padecía el castigo de una enfermedad espantosa y en la agonía clamaba como mortaja aquella sotana que antes había rehusado. Pero nada de esto podía detenerle. No quería pensar en nada que recordara el pasado. Su sotana estaba colgada en la percha y tapada con la sábana. Se había decidido y tenía que darse prisa.

Varias veces se miró en el espejo. A sí mismo se daba un poco de lástima. Había sufrido mucho. Había sido un loco. Había querido armonizar en él lo inarmonizable. Él no servía para aquello.

—Parezco un quinto recién licenciado —se dijo para alegrarse un poco.

La incertidumbre sobre el futuro le daba en cierto modo valor y audacia. ¿Por qué no se habría decidido antes? Una ambición nueva se concentraba en las prematuras arrugas de su frente y en la tirantez de su mentón. Todo lo pasado no había sido más que el vago presentimiento de un hombre que comenzaba a vivir con vida propia y que salía dispuesto a crearse una voluntad.

Salió de la celda. Este instante fué bastante penoso. Quiera que no, le tenía cariño. Al llegar a las escaleras con la maleta en la mano y la gabardina sobre los hombros, escuchó algunas voces y se detuvo. Dió un rodeo y bajó hasta el coro. Desde allí se despediría de sus compañeros que estaban en los primeros bancos de la iglesia meditando. Mentalmente, fué estrechando la mano de cada uno. En realidad, de algunos no hubiera querido despedirse. Más bien creía que deberían echar a andar delante de él. Hasta última hora los aborrecía, por rutinarios, por sórdidos, por fofos. Pero había otros que quedaban con pleno derecho, aquellos a quienes no tenía más remedio que admirar. Allí estaba Juan, con un sentido comprensivo del hombre, sencillo, pacífico, generoso. Allí estaba Tomás, violento, terco, insobornable. Allí estaba Vallina, inocente, entusiasta, tolerante. Allí se quedaba Gerardo con su enigmática e interesante personalidad. Quedaba Escoriaza, sereno y valioso...

Pero estaba visto que no era suficiente con haber querido y querer. Se necesitaba algo más. Este algo más podía haber dependido en algún momento de uno, pero llegaba un instante crítico en que la voluntad propia no significaba nada, absolutamente nada.

Desde la tarima, colocada delante del altar, el Padre Espiritual braceaba y con voz ronca repetía:

"...porque ese Dios que vais a consagrar y que tendréis pronto en vuestras manos, ese Dios que se ha hecho hombre por nosotros os pide por su pasión y muerte que si no habéis de ser santos, santos de cuerpo y alma..."

Él dejaba a Dios. Se dejaba allí al Dios de los raciocinios, al Dios de los rezos, al Dios justiciero que da y quita la vocación a quien quiere y como quiere. Él se iba detrás del Dios de los caminos, de los que quieren a Dios sin analizarlo, de los que lo quieren y lo sienten en su carne sin haberlo estudiado en los libros de teología, de los que sin tener hábitos ascéticos lo siguen por los campos y las ciudades heroicamente sin saberlo apenas. Se iba detrás de un Dios mucho más difícil y exigente.

Quizá estaba previsto y predeterminado desde mucho tiempo que él llegara hasta las mismas gradas del altar y diera un paso atrás. Acaso Dios le había reservado desde siempre esta prueba. La mayor expiación era ir derecho hacia el mundo.

Sólo aceptando su derrota podía aún tener esperanzas de vencer.

Salió de la iglesia. Miró hacia los prados y los vió solitarios, como abandonados. Ya era un evadido. Sus pasos parecían los de un ladrón medio arrepentido de su robo. Iba a coger ya las escaleras cuando se le ocurrió dejar la maleta en un rincón y acercarse a la Enfermería. Quería despedirse del Hermano Enfermero. Estaba preparando un cazo de arroz con leche para dos Padres enfermos. El Hermano, aunque lo vió de paisano, no puso mucha cara de sorpresa.

—Hermano, me voy.

—Ya lo veo. ¿Y adónde va?

—No lo sé.

—¿Lo ha pensado bien?

—Tengo que irme, Hermano.

—¿Sabe bien lo que hace?

—Creo que sí. Es lo mejor que puedo hacer.

—En ese caso, hace bien en irse.

Enrique se iba tranquilizando sólo con este diálogo. Pero el Hermano no estaba para confidencias. Siguió atendiendo al fogón. Enrique le dió la mano, se la apretó cariñosamente y salió. Desde la puerta, dijo:

—Adiós, Hermano.

—Que sea bueno, hijo.

Tornó por la maleta y bajó al vestíbulo. Una vez en la puerta principal volvió los ojos al escudo de la fachada y comenzó a andar. Rápidamente se internó en la sombra verdosa y espesa de la vereda. ¿Le habían visto desde las ventanas? ¿Le llamaban? No volvió la vista atrás. Allá cada uno con sus sueños y sus remordimientos, allá cada uno con sus recuerdos y su libertad. Compasión, escándalo, desprecio, burla, todo le daba lo mismo.

Descendió hacia el pueblo casi a la carrera. Antes de meterse en las calles estrechas y empinadas volvió una vez la cabeza. Quería despedirse. A fin de cuentas, allí quedaba encerrado lo más precioso de su juventud. Los ladrillos, los mosaicos y las vidrieras de la fachada relucían con un brillo opaco y tristón. Nadie desde allí abajo podría comprender nunca las torturas, los escrúpulos, las ansias y desesperaciones de los que vivían arriba.

El sol no lograba traspasar la cortina de las nubes que se iban desflecando por momentos. El ramaje se estremecía por las sacudidas del viento. Desorientado, pero con paso firme, Enrique avanzaba por en medio de la calle con la maleta en la mano.

Murcia, 1947.